D0668221

COLLECTION
FOLIO CLASSIQUE

Voltaire

Candide
ou l'Optimisme

Édition présentée, établie et annotée
par Frédéric Deloffre

Nouvelle édition revue

Gallimard

AVANT-PROPOS

« *Candeur de* Candide » : *le mot a fait fortune. Il dépeint, certes, le personnage Candide :* « *Il avait le jugement assez droit, avec l'esprit le plus simple; c'est, je crois, pour cette raison qu'on le nommait Candide.* » *Mais convient-il aussi à l'œuvre* Candide ?

Certes, à première vue, tout y est clair. Les adversaires sont déclarés, la satire franche, la conclusion, « *cultivons notre jardin* », *d'un parfait bon sens. Mais dans ce récit apparemment sans ombre, où l'auteur se cache-t-il ? Son* « *je* » *n'apparaît qu'une fois, comme dans un clin d'œil, avec l'incise* « *je crois* », *soulignée plus haut. Or les événements qu'il rapporte, même fictifs, ne peuvent lui être totalement étrangers. En a-t-il rencontré les acteurs ? Que sont-ils pour lui ? Pourquoi leur a-t-il assigné ces aventures ? Y a-t-il pris part lui-même ?*

Pour d'autres écrivains, ces problèmes de genèse pourraient n'avoir qu'un intérêt de curiosité. Avec Voltaire, il en va autrement. L'ironie, l'allusion, le sous-entendu, le déguisement, la supercherie même, font partie de son texte. Les critiques, qui en sont

conscients, n'ont pas manqué d'explorer les circonstances de la naissance de Candide, espérant y déceler quelque propos inavoué. Pourtant, au moment de conclure, tous avouent, avec René Pomeau, que la « raison suffisante » de cette œuvre leur échappe.

C'est cette intuition fondatrice que nous tenterons de retrouver, ce moment où les souvenirs qui hantaient la mémoire de Voltaire, en s'organisant, lui donnèrent l'idée d'en faire un roman, ce roman.

Dans une collection qui vise plutôt à exposer l'état des connaissances qu'à soulever des questions, le projet de proposer une interprétation nouvelle de Candide pourra surprendre. Mais après tout, l'histoire littéraire ne rejette pas les découvertes, si elles paraissent fondées. Pour en juger, le lecteur trouvera donc ici les pièces de l'enquête : telles lettres peu connues, tel document inédit, lui feront jeter un regard différent sur Candide, et peut-être même sur l'âme de son auteur.

Lorsque Candide parut sous l'anonymat au début de 1759, l'Europe était agitée par la plus grande guerre qu'elle eût jamais connue : on ne se battait pas seulement sur la terre ferme de l'Atlantique aux frontières russes, mais en Amérique du Nord et aux Indes. Pourtant, en ces mois d'hiver qui imposaient une trêve aux combats, on ne parla à Paris, à Londres, à Berlin, à Vienne et à Genève, que de ce petit livre, qu'on n'osait plus appeler un conte. Vingt mille exemplaires en furent bientôt vendus, chiffre énorme pour l'époque. Il fut unanimement attribué à Voltaire. On oublia que celui-ci était le célèbre auteur d'une épopée, de vingt tragédies, du

Siècle de Louis XIV, *d'une* Histoire universelle, *et d'autres nobles ouvrages. On négligea* La Henriade *qui le faisait comparer à Virgile pour ne plus se souvenir que de ce petit roman plein d'insolences, dont le tendre héros tue impunément plus d'adversaires que n'en fait Des Grieux dans l'ouvrage de l'abbé Prévost, et dont l'héroïne est plus souvent violée que Manon Lescaut n'a eu d'amants. Cet ouvrage adulé, détesté, condamné, adapté, continué, commenté, discuté, peut être pris de bien des manières : on voudrait le faire voir ici sous un jour nouveau, non pas pour le plaisir du paradoxe, mais parce que l'auteur, en livrant pour la première fois certains secrets de son atelier, prêtera en quelque sorte ses yeux au lecteur pour regarder ses personnages et leurs aventures. On trouvera cette approche, qui exige quelques développements nouveaux, à la fin du volume dans une postface. En revanche, la leçon pratique de* Candide, *qui est présentée par l'auteur sans déguisement, sera immédiatement abordée.*

LA LEÇON DE *CANDIDE*

On a soutenu[1] que Candide *n'était qu'une œuvre de divertissement, une «coïonnerie», comme Voltaire le disait lui-même, et cette thèse paradoxale n'a pas manqué d'avoir quelque succès. Il est pourtant clair que, de même qu'on tentera d'établir la signification figurée des aventures des personnages, de même aussi est-on fondé à rechercher la signification de l'ensemble du roman.*

Cette signification existe, au premier abord, sur le plan allégorique. Candide, *chassé du beau château de Thunder-ten-tronckh à coups de pied dans le derrière pour avoir embrassé Cunégonde derrière un paravent, est une allégorie d'Adam, expulsé du paradis terrestre pour avoir commis le péché de la chair. Nul ne le conteste, mais il faut ajouter que cette allégorie n'est pas qu'un simple clin d'œil burlesque, en passant. On la retrouve précisée dans*

1. Roy S. Wolpe, dans un article paru dans *Eighteenth Century Studies*, 3 (1969-1970), p. 265-277, intitulé «Gull in the garden», c'est-à-dire: «le nigaud dans le jardin» (*gull* signifie aussi «mouette», d'où le jeu de mots). Wolpe soutient que Candide n'a guère compris les leçons de l'expérience, et qu'il reste à la fin du roman aussi dupe qu'il l'était au début.

la conclusion du roman, avec la citation de la
Genèse : il fut mis dans le jardin d'Éden ut opera-
retur eum, pour qu'il le travaillât. Entre-temps,
d'autres allusions enveloppées à la Bible ont main-
tenu l'attention en éveil, comme le détail des cent
moutons perdus et du mouton retrouvé, réminis-
cence des brebis de l'Évangile. Il s'avère même que
l'allusion au péché originel n'est pas seulement
ironique : dans sa correspondance de l'époque, Vol-
taire affirme en effet, comme l'inquisiteur du cha-
pitre V, que cette croyance en la chute est plus
admissible que la position de Leibniz et de ses dis-
ciples, car elle rend compte de l'origine du mal
dans le monde, à la différence du « tout est bien ».

La signification de Candide est aussi d'ordre phi-
losophique, ou plutôt cosmologique. On pourrait s'en
étonner en considérant l'esprit pratique affiché par
Voltaire. Mais à l'époque toute physique est consi-
dérée comme devant présupposer une cosmologie.
On ne discute pas la loi mathématique de l'attrac-
tion, mais le « système » cartésien contre le « système »
newtonien. Mme du Châtelet, longtemps « neuto-
nienne », s'est convertie au leibnizianisme en 1740 :
elle croit dès lors que « tout est pour le mieux dans
le meilleur des mondes possibles » (le dernier mot
est important). Lorsque Voltaire reçoit de Frédéric
en 1736 la Logique de Wolf, le principal disciple de
Leibniz à l'époque, il avoue qu'il apprécie sa logique [1],
mais il ne prête pas d'intérêt au système leibnizien.

[1] « Je n'ai qu'une légère idée de la logique de Wolf, écrit-il à sa
nièce dans une lettre inédite du 27 mai 1742, mais, autant qu'il
m'en souvient, elle m'a fait plus de plaisir que la logique de Port-
Royal. »

Pourtant, parallèlement peut-être à sa réussite mondaine, de courtisan en 1744-1745 et de poète en 1746 (il est cette année-là élu à l'Académie), le regard qu'il porte sur l'optimisme devient plus favorable. Dans Zadig, composé en 1747-1748, on peut dire que la conclusion est : « de petits maux pour un grand bien [1] ». Si Zadig, en effet, n'avait pas été persécuté à tort, il ne serait pas devenu premier ministre et l'époux de la belle Astarté. Du reste, à Zadig qui lui présente des objections, l'ange Jesrad expose en fidèle leibnizien la doctrine de la Théodicée :

Mais quoi ! dit Zadig, il est donc nécessaire qu'il y ait des crimes et des malheurs, et les malheurs tombent sur les gens de bien ? — Les méchants, répondit Jesrad, sont toujours malheureux : ils servent à éprouver un petit nombre de justes répandus sur la terre, et il n'y a point de mal dont il ne naisse un bien. — Mais, dit Zadig, s'il n'y avait que du bien, et point de mal ? — Alors, reprit Jesrad, cette terre serait une autre terre ; l'enchaînement des événements serait un autre ordre de sagesse ; et cet autre ordre, qui serait parfait, ne peut être que dans la demeure éternelle de l'Être suprême, de qui le mal ne peut approcher [2].

Chaque conte de Voltaire, a-t-on dit, résume une période de sa vie. Si dix ans après Zadig le pessi-

1. Un des premiers contes de Voltaire, composé à la cour de Sceaux dans les années 1713 et suivantes, *Cosi Sancta*, est sous-titré : « Un petit mal pour un grand bien ».
2. Chap. XVIII, « L'Ermite ».

misme a pris la place de l'optimisme, c'est à la suite de nouvelles expériences : mort de Mme du Châtelet, déception prussienne, humiliation de Francfort, exil, et bientôt guerre et défaites. Le conte de Scarmentado *résume les raisons historiques de cette humeur noire ;* Candide *y ajoutera des aspects personnels. L'évolution est comparable dans le cas des «poèmes-méditations».* Le Poème sur la loi naturelle, *composé à Potsdam en 1751-1752, quand les relations avec Frédéric étaient encore passables, révèle une inspiration déiste — en désaccord avec le spinozisme du roi — et relativement optimiste. Dieu a mis dans tous les cœurs une «loi naturelle», reconnue par la conscience, et, loin de se cacher, il se fait partout connaître :*

Ô Dieu qu'on méconnaît ; ô Dieu que tout annonce
 [...]
Mon cœur peut s'égarer, mais il est plein de toi.

Le Poème *sur le désastre de Lisbonne (1756) affiche moins de confiance. Il s'en prend à la fois aux systèmes qui prétendent expliquer le monde, au «tout est bien» des leibniziens, aux prédicateurs qui appellent à la pénitence pour apaiser la divinité. La guerre y est dénoncée au même titre que les «éléments» :*

Éléments, animaux, humains, tout est en guerre.
Il le faut avouer, *le mal*[1] est sur la terre.

1. Le mot est souligné par l'auteur.

Parmi les philosophes, seul Bayle est agréé: le doute a remplacé la confiance du poème précédent. La conclusion témoigne des hésitations de Voltaire. Dans le texte qu'on lit de nos jours, elle consiste dans les deux vers suivants:

Un jour tout sera bien, voilà notre espérance·
Tout est bien aujourd'hui, voilà l'illusion.

Mais ils ne figuraient pas dans les premières éditions et ne furent ajoutés que pour faire plaisir à la duchesse de Saxe-Gotha, qui ne voulait pas renoncer à la consolante idée de la Providence. Encore un manuscrit conservé à Saint-Pétersbourg porte-t-il, de la main de Voltaire, la correction de «voilà notre espérance» en «quelle frêle espérance!»

C'est donc dans une disposition d'idées incertaine que Voltaire aborde la composition de Candide. *Mais, si cette œuvre résume la décennie de 1750, cette décennie inclut aussi pour lui des aspects positifs. Entre l'optimisme rejeté et le pessimisme absolu, quelle est donc sa position telle qu'elle s'exprime par le roman? Aucun exposé d'ensemble ne vient dans* Candide, *comme l'avait fait dans* Zadig *la leçon de l'ange Jesrad, proposer un sommaire de la pensée de l'auteur, quitte à la nuancer ensuite à la lumière de certains aspects du récit. Ce sont ici les événements eux-mêmes qu'il faut, le plus souvent, interpréter directement.*

Une exception pourtant. Au début du premier chapitre, la façon dont Pangloss démontre la thèse du meilleur des mondes disqualifie par son absur-

*dité l'optimisme évoqué par le titre. Mais dès la fin
du même chapitre ce sont les faits, le coup de pied
au derrière de Candide et son expulsion du château,
qui se chargent d'infirmer la thèse de « l'oracle de
la maison » : la démonstration se poursuivra impi-
toyablement par les malheurs de Candide chez les
Bulgares, par le manque de charité des riches Hol-
landais, par le sectarisme qui règne désormais chez
eux. Il est vrai qu'une correction est apportée au
tableau par l'anabaptiste Jacques. La source du mal
n'est pas tant dans la nature que dans l'homme:
« Il faut bien, disait-il, que les hommes aient un
peu corrompu la nature, car ils ne sont point nés
loups, et ils sont devenus loups. Dieu ne leur a
donné ni canon de vingt-quatre ni baïonnettes, et
ils se sont fait des baïonnettes et des canons pour
se détruire » (chap. IV, p. 40).*

*Mais ce sont encore les événements qui vont
montrer que la nature et les hommes ont une part
égale dans le mal, puisque l'une et les autres
concourent à la mort du charitable anabaptiste.*

*Après la reconnaissance du mal naturel et
humain dont témoigneront encore le désastre de
Lisbonne et l'Inquisition, quelle leçon tirer de l'épi-
sode fameux de l'Eldorado ?*

*Manifestement, l'Eldorado s'inscrit dans la tra-
dition des utopies qui ont fleuri depuis celle de
Bacon. Mais il présente des traits particuliers qui
doivent être définis.*

*D'abord, à son habitude, Voltaire lui donne une
certaine vraisemblance topographique par la façon
dont il décrit la route des voyageurs, comme les
notes le montreront. L'épisode participe aussi d'une*

sorte de cohérence psychologique. Nombreuses sont les lettres de 1758 où le nouveau «Suisse» célèbre avec insistance les charmes de sa situation, sans prêtres, sans roi, cultivant son jardin autant pour l'utilité que pour l'agrément, recevant une agréable compagnie, y compris la comtesse Bentinck, dont nous verrons la place dans la genèse du roman. Voici du reste comment celle-ci décrit au poète Gottsched la façon dont les choses se passent chez le maître des Délices, précisément au moment où il compose Candide *:*

M. de Voltaire est présentement la divinité que tout le monde adore. Je n'ai jamais vu une idolâtrie plus poussée que celle que tout le monde a pour lui. Aussi sait-il bien la mériter par ses façons. Il est charmant, doux, égal, gracieux, sociable; enfin, Monsieur, vous ne le reconnaîtriez assurément pas [1]. D'abord il est coquet, bien poudré, tiré à quatre épingles. Il se faufile [2] régulièrement avec la compagnie, il se prête à tous, il daigne se communiquer à chacun; il soupe, il joue, il se promène; il vit comme les hommes, et parle comme personne n'a jamais parlé. Sa maison est montée comme celle d'un prince. Il fait une dépense enragée, et il est le seul de ce pays qui vive de cette opulence [3].

1. Gottsched avait rencontré Voltaire à Leipzig après son départ de Berlin, en avril 1753.
2. Il se mêle.
3. Cité par Anne Soprani et André Magnan, *Une femme des Lumières* [Mme Bentinck], CNRS Éditions, 1997, p. 106.

Mais l'Eldorado est très loin de n'être que le reflet fugitif d'un moment heureux. Intervenant entre l'amoralité de la « sous-civilisation¹ » à la Rousseau des Oreillons et la dureté de la « civilisation » apportée par les Hollandais à Surinam, il présente les aspects d'une « sur-civilisation » à la fois quasi vraisemblable par quelques points (monnaie « forte », la livre anglaise ; accueil gratuit des voyageurs, comme dans les chandris des Indes…) et utopique par d'autres (accumulation excessive du luxe, des richesses, des serviteurs…). Il est l'idéal déiste de Voltaire (pas de temples, pas de prières propitiatoires, perpétuel cours d'actions de grâces…) Mais la société idéale de l'Eldorado est aussi une société irréelle. Soit que la narration l'exige, soit parce que l'homme ne peut se satisfaire de ce qu'il a, soit parce que l'utopie n'existe pas (si même elle n'est pas destructrice), l'épisode ne constitue qu'un temps fort du récit, sans apporter de conclusion. Cette autre forme d'optimisme n'est guère plus crédible que celle de Pangloss. Candide y renonce de lui-même au nom de valeurs plus modestement humaines.

Dès lors, la rencontre importante est celle de Martin, l'avocat du diable pour Candide redevenu malheureux. Sa thèse est qu'« il y avait peu de vertu et peu de bonheur sur la terre, excepté peut-être dans Eldorado, où personne ne pouvait aller² ». On l'a accusé de socinianisme, hérésie qui rejette la divinité du Christ. Il se dit manichéen : autre hérésie,

1. Mot de William Bottiglia, *Voltaire's Candide : Analysis of a Classic*, p. 119.
2. Chap. XXIV, p. 122, n. 1.

dont l'initiateur fut Manès, qui vécut à Babylone au IIIᵉ siècle après Jésus-Christ. Il donnait pour prophètes de sa doctrine Adam, Bouddha, Zoroastre et Jésus. Elle consistait dans un strict dualisme : le Bien et le Mal sont des principes radicalement opposés, qui par leur mélange, imputable au Mal, ont corrompu le monde. Le salut résiderait dans la libération de la bonté divine et dans le retour à la séparation primitive.

Martin n'est pas le seul à s'intéresser au manichéisme. Voltaire lui-même y a prêté assez d'attention pour composer un conte onirique, Le Blanc et le Noir, qui roule entièrement sur l'opposition des deux principes, incarnés dans les deux serviteurs et conseillers d'un jeune prince oriental, Rustan : Topaze et Ébène sont l'un son bon génie, l'autre son mauvais génie ; et tout ce que Rustan rencontre est l'incarnation de l'un ou de l'autre. La leçon à tirer du conte est d'ailleurs volontairement obscure. Le problème du mal est pour Voltaire une réalité irritante, sa solution « une grande difficulté », comme le dit Topaze. Trouve-t-on dans Candide une adhésion plus claire au manichéisme ?

Il est vrai qu'en quelques passages, Martin tente bien de montrer que le diable gouverne le monde, par exemple à propos du sort de Giroflée et de Paquette. Mais en fait, pas plus qu'aucun des autres protagonistes, il ne tentera de présenter son prétendu credo sous une forme quelque peu élaborée. Quant à Candide, qui l'a choisi pour son compagnon et qui lui a fait confiance, il n'a certes pas

lieu de s'en repentir. Mais ne se laisse-t-il pas trop impressionner par le caractère tranchant des thèses de son interlocuteur? Lorsqu'il demande à Martin s'il croit que les hommes ont toujours été «menteurs, fourbes, perfides, ingrats, brigands», celui-ci se sert de l'exemple des oiseaux de proie pour affirmer le caractère fondamental du mal: alors Candide ne semble pas se souvenir de ce qu'avait dit Jacques, cité plus haut: «Il faut bien que les hommes aient un peu corrompu la nature, car ils ne sont point nés loups, et ils sont devenus loups¹.» De même réagit-il trop faiblement lorsque Martin, ayant mis en doute l'honnêteté de Cacambo, ne présente ni regret ni remords quand celle-ci est démontrée. Niant l'existence de l'honnêteté et le prix de l'amitié, Martin manifeste un esprit de système presque aussi obtus que celui de Pangloss.

Pourtant, entre l'optimisme et le pessimisme, Candide trouvera sa voie. À vrai dire, il ne tranchera pas, approuvant successivement Pangloss («Les grandeurs, dit Pangloss, sont fort dangereuses...»), Martin («Travaillons sans raisonner, dit Martin; c'est le seul moyen de rendre la vie supportable»), et enfin encore Pangloss («Tous les événements sont enchaînés dans le meilleur des mondes possibles...»). Mais c'est lui qui fait «de profondes réflexions sur le discours du Turc», spécialement sur la maxime qui résume toute une morale pratique: «le travail éloigne de nous trois grands maux: l'ennui, le vice, et le besoin». C'est lui qui approuve la pensée du Turc, lui qui prononce la

1. Chap. IV, p. 40

phrase décisive, «mais il faut cultiver notre jar-
din», puis la reprend comme mot de la fin.

Reste alors seulement à se demander quel sens
accorder à cette formule apparemment si simple,
dont on a pourtant proposé tant d'interprétations.

Le possessif «notre» mérite un mot de commen-
taire. Dans ses aventures Candide a vu de nom-
breux jardins, parfois très agréables, comme celui
des jésuites du Paraguay, ou somptueux comme
celui de l'Eldorado, raffinés comme celui de Poco-
curanté, cultivés avec amour comme celui du vieux
Turc. Mais ce jardin est le premier qui lui appar-
tienne. De même Voltaire, tout nouveau proprié-
taire foncier, apprécie lui aussi d'être maître chez
lui, non seulement aux Délices et à Lausanne, mais
surtout à Ferney et à Tournay qu'il est en train
d'acquérir.

Au sens le plus concret, les jardins et leur culture
l'enchantent. Dans une de ses très rares lectures à
l'Académie française, peu après son élection, à la
fête de Saint-Louis du 25 août 1746, le sujet qu'il
traitait comportait l'éloge en vers de l'agriculture:
«La nature est inépuisable,/Et le travail infati-
gable/Est un dieu qui la rajeunit.» La célébration
de l'agriculture reviendra sans cesse dans ses œuvres
ultérieures, spécialement dans L'Homme aux qua-
rante écus. Pour sa part, dès qu'il est maître de ses
nouveaux domaines, il cultive, plante vignes et
arbres fruitiers, achète les semoirs les plus perfec
tionnés. De grand cœur, le poète s'est fait jardinier.

Le jardin de Candide est aussi un jardin secret.
Comme tout le roman, il contient un jeu d'allu-

*sions ou de réminiscences à l'usage de quelques
initiés. Allusion par exemple aux hésitations et
finalement au refus de Mme Bentinck de s'installer
en Suisse: Voltaire avait tenté, en vain, de la conver-
tir à la vie champêtre. Comme il le lui écrit, ses
Délices devraient être rebaptisés les Regrets. Man-
dane est retournée à ses fantômes, et Cunégonde a
pris le visage de Mme Denis. Contre celle qui n'avait
pas voulu devenir une Flore et une Pomone[1], le
destin a consacré la victoire de Vertumne, le dieu
des jardins.*

*Mais le refuge que s'est ménagé Candide n'est
pas tourné seulement vers le passé. Il lance aussi
un discret appel aux «frères». La société qui se
réunit autour de Candide pourrait être une image
de celle que Voltaire appelle à cette époque à se ras-
sembler autour de lui pour lutter contre «l'infâme».
Le jardin de Candide fait penser à la «vigne du sei-
gneur» à laquelle, dans mainte lettre des années
1758 et suivantes, le seigneur de Ferney propose
à Diderot, D'Alembert et autres, de travailler avec
lui. Fier de son opulence et de son indépendance, il
leur offrira même le vivre et le couvert pour former
une petite société destinée à achever l'*Encyclopé-
die[2] *et à écraser «l'infâme»*

1. «Je veux vous faire dame de campagne. Je veux que vous cul-
tiviez des fleurs et des fruits. Soyez Pomone et Flore au lieu d'être
plaideuse», lui avait écrit Voltaire le 4 juin 1757 (*Correspondance*,
Pléiade, lettre 4786; *Voltaire et sa grande amie*, lettre 287). On sait
que Mandane est une héroïne du *Grand Cyrus*; voir ci-après p. 191.
2. Il écrit le 7 mars 1758 à d'Alembert: «... si on s'entendait, si
on avait du courage, si on osait prendre une résolution, on pourrait
très bien finir ici l'*Encyclopédie* [...]. Si on était assez peu de son
siècle et de son pays pour prendre ce parti, j'y mettrais la moitié de
mon bien. J'aurais de quoi vous loger tous et très bien. Je vou-

Plus généralement, bien sûr, la culture du jardin est le refuge contre le désespoir, l'élan salvateur qui apporte à la fois consolation individuelle et progrès social. Ce n'est plus une utopie comme Eldorado, c'est le modèle d'une société où un déisme positif rend la tolérance inutile, où chacun contribue au bonheur de tous suivant ses possibilités.

Ni pessimisme, ni optimisme, mais un «méliorisme» tout pratique. Telle est à peu près la leçon de Candide. *Quant aux systèmes, Candide a laissé entendre à Pangloss et à Martin ce qu'il convenait d'en penser. Un mot qui revient plusieurs fois sous la plume de Voltaire dans sa correspondance serait ici plus que jamais de mise:* Vanitas vanitatum, et metaphysica vanitas. *Vanité des vanités, certes, que l'existence humaine, mais vanité suprême que la métaphysique: il faut cultiver notre jardin.*

Frédéric Deloffre

drais venir à bout de cette affaire, et mourir gaiement» (Pléiade, lettre 5075).

Candide

ou l'Optimisme

Traduit de l'allemand
de M. le docteur Ralph

avec les additions qu'on a trouvées
dans la poche du docteur,
lorsqu'il mourut à Minden, l'an de grâce 1759

CHAPITRE PREMIER

Comment Candide fut élevé
dans un beau château, et comment
il fut chassé d'icelui

Il y avait en Westphalie[1], dans le château de M. le baron de Thunder-ten-tronckh, un jeune garçon à qui la nature avait donné les mœurs les plus douces. Sa physionomie annonçait son âme. Il avait le jugement assez droit, avec l'esprit le plus simple ; c'est, je crois, pour cette raison qu'on le nommait Candide. Les anciens domestiques de la maison soupçonnaient qu'il était fils de la sœur de monsieur le baron et d'un bon et honnête gentilhomme du voisinage, que cette demoiselle ne voulut jamais épouser parce qu'il n'avait pu prouver que soixante et onze quartiers, et que le reste de son arbre généalogique avait été perdu par l'injure du temps.

Monsieur le baron était un des plus puissants seigneurs de la Westphalie, car son château avait une porte et des fenêtres[2]. Sa grande salle même était ornée d'une tapisserie. Tous les chiens de ses basses-cours composaient une meute dans le besoin ; ses palefreniers étaient ses piqueurs ; le vicaire du village était son grand aumônier. Ils

l'appelaient tous monseigneur, et ils riaient quand il faisait des contes.

Madame la baronne, qui pesait environ trois cent cinquante livres, s'attirait par là une très grande considération, et faisait les honneurs de la maison avec une dignité qui la rendait encore plus respectable. Sa fille Cunégonde, âgée de dix-sept ans, était haute en couleur, fraîche, grasse, appétissante. Le fils du baron paraissait en tout digne de son père. Le précepteur[1] Pangloss était l'oracle de la maison, et le petit Candide écoutait ses leçons avec toute la bonne foi de son âge et de son caractère.

Pangloss enseignait la métaphysico-théologo-cosmolo-nigologie[2]. Il prouvait admirablement qu'il n'y a point d'effet sans cause, et que, dans ce meilleur des mondes possibles, le château de monseigneur le baron était le plus beau des châteaux et madame la meilleure des baronnes possibles[3].

«Il est démontré, disait-il, que les choses ne peuvent être autrement: car, tout étant fait pour une fin, tout est nécessairement pour la meilleure fin. Remarquez bien que les nez ont été faits pour porter des lunettes, aussi avons-nous des lunettes[4]. Les jambes sont visiblement instituées pour être chaussées, et nous avons des chausses. Les pierres ont été formées pour être taillées, et pour en faire des châteaux, aussi monseigneur a un très beau château; le plus grand baron de la province doit être le mieux logé; et, les cochons étant faits pour être mangés, nous mangeons du porc toute l'année: par conséquent, ceux qui ont avancé que tout

est bien ont dit une sottise ; il fallait dire que tout est au mieux. »

Candide écoutait attentivement, et croyait innocemment ; car il trouvait Mlle Cunégonde extrêmement belle, quoiqu'il ne prît jamais la hardiesse de le lui dire. Il concluait qu'après le bonheur d'être né baron de Thunder-ten-tronckh, le second degré de bonheur était d'être Mlle Cunégonde ; le troisième, de la voir tous les jours ; et le quatrième, d'entendre maître Pangloss, le plus grand philosophe de la province, et par conséquent de toute la terre.

Un jour, Cunégonde, en se promenant auprès du château, dans le petit bois qu'on appelait *parc*, vit entre des broussailles le docteur Pangloss qui donnait une leçon de physique expérimentale à la femme de chambre de sa mère, petite brune très jolie et très docile. Comme Mlle Cunégonde avait beaucoup de dispositions pour les sciences, elle observa, sans souffler, les expériences réitérées dont elle fut témoin ; elle vit clairement la raison suffisante du docteur[1], les effets et les causes, et s'en retourna tout agitée, toute pensive, toute remplie du désir d'être savante, songeant qu'elle pourrait bien être la raison suffisante du jeune Candide, qui pouvait aussi être la sienne.

Elle rencontra Candide en revenant au château, et rougit ; Candide rougit aussi ; elle lui dit bonjour d'une voix entrecoupée, et Candide lui parla sans savoir ce qu'il disait. Le lendemain après le dîner, comme on sortait de table, Cunégonde et Candide se trouvèrent derrière un paravent ; Cunégonde laissa tomber son mouchoir, Candide

le ramassa, elle lui prit innocemment la main, le
jeune homme baisa innocemment la main de la
jeune demoiselle avec une vivacité, une sensibi-
lité, une grâce toute particulière; leurs bouches se
rencontrèrent, leurs yeux s'enflammèrent, leurs
genoux tremblèrent, leurs mains s'égarèrent. M. le
baron de Thunder-ten-tronckh passa auprès du
paravent, et voyant cette cause et cet effet, chassa
Candide du château à grands coups de pied dans
le derrière; Cunégonde s'évanouit; elle fut souf-
fletée par madame la baronne dès qu'elle fut reve-
nue à elle-même; et tout fut consterné dans le plus
beau et le plus agréable des châteaux possibles.

CHAPITRE SECOND

Ce que devint Candide
parmi les Bulgares[1]

Candide, chassé du paradis terrestre[2], marcha
longtemps sans savoir où, pleurant, levant les yeux
au ciel, les tournant souvent vers le plus beau des
châteaux qui renfermait la plus belle des baron-
nettes; il se coucha sans souper au milieu des
champs entre deux sillons; la neige tombait à gros
flocons[3]. Candide, tout transi, se traîna le len-
demain vers la ville voisine, qui s'appelle Vald-
berghoff-trarbk-dikdorff[4], n'ayant point d'argent,
mourant de faim et de lassitude. Il s'arrêta tris·
tement à la porte d'un cabaret. Deux hommes

habillés de bleu[1] le remarquèrent : «Camarade, dit
l'un, voilà un jeune homme très bien fait, et qui a
la taille requise.» Ils s'avancèrent vers Candide
et le prièrent à dîner très civilement. «Messieurs,
leur dit Candide avec une modestie charmante,
vous me faites beaucoup d'honneur, mais je n'ai
pas de quoi payer mon écot. — Ah! monsieur, lui
dit un des bleus, les personnes de votre figure et
de votre mérite ne payent jamais rien : n'avez-
vous pas cinq pieds cinq pouces de haut ? — Oui,
messieurs, c'est ma taille, dit-il en faisant la révé-
rence. — Ah! monsieur, mettez-vous à table ; non
seulement nous vous défrayerons, mais nous ne
souffrirons jamais qu'un homme comme vous
manque d'argent ; les hommes ne sont faits que
pour se secourir les uns les autres. — Vous avez
raison, dit Candide : c'est ce que M. Pangloss m'a
toujours dit, et je vois bien que tout est au mieux.»
On le prie d'accepter quelques écus, il les prend
et veut faire son billet[2] ; on n'en veut point,
on se met à table : «N'aimez-vous pas tendre-
ment ?... — Oh! oui, répondit-il, j'aime tendre-
ment Mlle Cunégonde. — Non, dit l'un de ces
messieurs, nous vous demandons si vous n'aimez
pas tendrement le roi des Bulgares. — Point du
tout, dit-il, car je ne l'ai jamais vu. — Comment!
c'est le plus charmant des rois, et il faut boire à
sa santé. — Oh! très volontiers, messieurs»; et il
boit. «C'en est assez, lui dit-on, vous voilà l'appui,
le soutien, le défenseur, le héros des Bulgares ;
votre fortune est faite, et votre gloire est assu-
rée.» On lui met sur-le-champ les fers aux pieds,
et on le mène au régiment. On le fait tourner à

droite, à gauche, hausser la baguette[1], remettre la baguette, coucher en joue, tirer, doubler le pas, et on lui donne trente coups de bâton ; le lende-main il fait l'exercice un peu moins mal, et il ne reçoit que vingt coups ; le surlendemain on ne lui en donne que dix, et il est regardé par ses cama-rades comme un prodige.

Candide, tout stupéfait, ne démêlait pas encore trop bien comment il était un héros. Il s'avisa un beau jour de printemps de s'aller promener, mar-chant tout droit devant lui, croyant que c'était un privilège de l'espèce humaine, comme de l'espèce animale, de se servir de ses jambes à son plaisir. Il n'eut pas fait deux lieues que voilà quatre autres héros[2] de six pieds qui l'atteignent, qui le lient, qui le mènent dans un cachot. On lui demanda juridiquement ce qu'il aimait le mieux d'être fus-tigé trente-six fois par tout le régiment, ou de recevoir à la fois douze balles de plomb dans la cervelle. Il eut beau dire que les volontés sont libres ; et qu'il ne voulait ni l'un ni l'autre, il fal-lut faire un choix ; il se détermina, en vertu du don de Dieu qu'on nomme *liberté*, à passer trente-six fois par les baguettes[3] ; il essuya deux prome-nades. Le régiment était composé de deux mille hommes ; cela lui composa quatre mille coups de baguette, qui, depuis la nuque du cou jusqu'au cul, lui découvrirent les muscles et les nerfs. Comme on allait procéder à la troisième course, Candide, n'en pouvant plus, demanda en grâce qu'on vou-lût bien avoir la bonté de lui casser la tête ; il obtint cette faveur ; on lui bande les yeux, on le fait mettre à genoux. Le roi des Bulgares passe

dans ce moment, s'informe du crime du patient; et comme ce roi avait un grand génie[1], il comprit, par tout ce qu'il apprit de Candide, que c'était un jeune métaphysicien, fort ignorant des choses de ce monde, et il lui accorda sa grâce avec une clémence qui sera louée dans tous les journaux et dans tous les siècles[2]. Un brave chirurgien guérit Candide en trois semaines avec les émollients enseignés par Dioscoride[3]. Il avait déjà un peu de peau et pouvait marcher, quand le roi des Bulgares livra bataille au roi des Abares[4].

CHAPITRE TROISIÈME

Comment Candide se sauva d'entre les Bulgares, et ce qu'il devint

Rien n'était si beau, si leste, si brillant, si bien ordonné que les deux armées. Les trompettes, les fifres, les hautbois, les tambours, les canons, formaient une harmonie telle qu'il n'y en eut jamais en enfer. Les canons renversèrent d'abord à peu près six mille hommes de chaque côté; ensuite la mousqueterie ôta du meilleur des mondes environ neuf à dix mille coquins qui en infectaient la surface. La baïonnette fut aussi la raison suffisante de la mort de quelques milliers d'hommes. Le tout pouvait bien se monter à une trentaine de mille âmes[5]. Candide, qui tremblait comme un

philosophe, se cacha du mieux qu'il put pendant cette boucherie héroïque[1].

Enfin, tandis que les deux rois faisaient chanter des *Te Deum* chacun dans son camp[2], il prit le parti d'aller raisonner ailleurs des effets et des causes. Il passa par-dessus des tas de morts et de mourants, et gagna d'abord un village voisin; il était en cendres: c'était un village abare que les Bulgares avaient brûlé, selon les lois du droit public. Ici des vieillards criblés de coups regardaient mourir leurs femmes égorgées, qui tenaient leurs enfants à leurs mamelles sanglantes; là des filles éventrées après avoir assouvi les besoins naturels de quelques héros rendaient les derniers soupirs; d'autres, à demi brûlées, criaient qu'on achevât de leur donner la mort. Des cervelles étaient répandues sur la terre à côté de bras et de jambes coupés.

Candide s'enfuit au plus vite dans un autre village: il appartenait à des Bulgares, et des héros abares l'avaient traité de même[3]. Candide, toujours marchant sur des membres palpitants ou à travers des ruines, arriva enfin hors du théâtre de la guerre, portant quelques petites provisions dans son bissac, et n'oubliant jamais Mlle Cunégonde. Ses provisions lui manquèrent quand il fut en Hollande; mais ayant entendu dire que tout le monde était riche dans ce pays-là[4], et qu'on y était chrétien, il ne douta pas qu'on ne le traitât aussi bien qu'il l'avait été dans le château de monsieur le baron avant qu'il en eût été chassé pour les beaux yeux de Mlle Cunégonde.

Il demanda l'aumône à plusieurs graves per

sonnages, qui lui répondirent tous que, s'il conti-
nuait à faire ce métier, on l'enfermerait dans une
maison de correction pour lui apprendre à vivre.

Il s'adressa ensuite à un homme qui venait de
parler tout seul une heure de suite sur la cha-
rité dans une grande assemblée. Cet orateur[1], le
regardant de travers, lui dit : «Que venez-vous
faire ici ? y êtes-vous pour la bonne cause ? — Il
n'y a point d'effet sans cause, répondit modeste-
ment Candide, tout est enchaîné nécessairement
et arrangé pour le mieux. Il a fallu que je fusse
chassé d'auprès de Mlle Cunégonde, que j'aie
passé par les baguettes, et il faut que je demande
mon pain jusqu'à ce que je puisse en gagner ; tout
cela ne pouvait être autrement. — Mon ami, lui
dit l'orateur, croyez-vous que le pape soit l'Anté-
christ ? — Je ne l'avais pas encore entendu dire,
répondit Candide ; mais qu'il le soit ou qu'il ne le
soit pas, je manque de pain. — Tu ne mérites pas
d'en manger, dit l'autre ; va, coquin, va, misé-
rable, ne m'approche de ta vie.» La femme de
l'orateur, ayant mis la tête à la fenêtre et avisant
un homme qui doutait que le pape fût antéchrist,
lui répandit sur le chef un plein... Ô ciel ! à quel
excès se porte le zèle de la religion dans les
dames !

Un homme qui n'avait point été baptisé, un
bon anabaptiste, nommé Jacques[2], vit la manière
cruelle et ignominieuse dont on traitait ainsi un
de ses frères, un être à deux pieds sans plumes,
qui avait une âme[3] ; il l'amena chez lui, le nettoya,
lui donna du pain et de la bière, lui fit présent de
deux florins, et voulut même lui apprendre à tra-

vailler dans ses manufactures aux étoffes de Perse
qu'on fabrique en Hollande. Candide, se proster-
nant presque devant lui, s'écriait: «Maître Pan-
gloss me l'avait bien dit que tout est au mieux
dans ce monde, car je suis infiniment plus touché
de votre extrême générosité que de la dureté de
ce monsieur à manteau noir et de madame son
épouse.»

Le lendemain, en se promenant, il rencontra un
gueux tout couvert de pustules, les yeux morts, le
bout du nez rongé, la bouche de travers, les dents
noires, et parlant de la gorge, tourmenté d'une
toux violente et crachant une dent à chaque effort.

CHAPITRE QUATRIÈME

*Comment Candide rencontra
son ancien maître de philosophie,
le docteur Pangloss[1],
et ce qui en advint*

Candide, plus ému encore de compassion que
d'horreur, donna à cet épouvantable gueux les
deux florins qu'il avait reçus de son honnête ana-
baptiste Jacques. Le fantôme le regarda fixement,
versa des larmes, et sauta à son cou. Candide,
effrayé, recule. «Hélas! dit le misérable à l'autre
misérable, ne reconnaissez-vous plus votre cher
Pangloss? — Qu'entends-je? Vous, mon cher

maître. vous, dans cet état horrible! Quel malheur
vous est-il donc arrivé? Pourquoi n'êtes-vous plus
dans le plus beau des châteaux? Qu'est devenue
Mlle Cunégonde, la perle des filles, le chef-d'œuvre
de la nature? — Je n'en peux plus», dit Pangloss.
Aussitôt Candide le mena dans l'étable de l'ana-
baptiste, où il lui fit manger un peu de pain; et
quand Pangloss fut refait: «Eh bien! lui dit-il,
Cunégonde? — Elle est morte», reprit l'autre.
Candide s'évanouit à ce mot; son ami rappela
ses sens avec un peu de mauvais vinaigre qui se
trouva par hasard dans l'étable. Candide rouvre
les yeux. «Cunégonde est morte! Ah! meilleur
des mondes, où êtes-vous? Mais de quelle mala-
die est-elle morte? ne serait-ce point de m'avoir
vu chasser du beau château de monsieur son père
à grands coups de pied? — Non, dit Pangloss;
elle a été éventrée par des soldats bulgares, après
avoir été violée autant qu'on peut l'être; ils ont
cassé la tête à monsieur le baron qui voulait la
défendre; madame la baronne a été coupée en
morceaux; mon pauvre pupille, traité précisément
comme sa sœur; et quant au château, il n'est pas
resté pierre sur pierre, pas une grange, pas un
mouton, pas un canard, pas un arbre; mais nous
avons été bien vengés, car les Abares en ont fait
autant dans une baronnie voisine qui appartenait
à un seigneur bulgare[1].»
À ce discours Candide s'évanouit encore; mais
revenu à soi, et ayant dit tout ce qu'il devait dire,
il s'enquit de la cause et de l'effet, et de la raison
suffisante qui avait mis Pangloss dans un si piteux
état. «Hélas! dit l'autre, c'est l'amour; l'amour,

le consolateur du genre humain, le conservateur de l'univers, l'âme de tous les êtres sensibles, le tendre amour. — Hélas! dit Candide, je l'ai connu, cet amour, ce souverain des cœurs, cette âme de notre âme; il ne m'a jamais valu qu'un baiser et vingt coups de pied au cul. Comment cette belle cause a-t-elle pu produire en vous un effet si abominable? »

Pangloss répondit en ces termes: « Ô mon cher Candide! vous avez connu Paquette[1], cette jolie suivante de notre auguste baronne; j'ai goûté dans ses bras les délices du paradis, qui ont produit ces tourments d'enfer dont vous me voyez dévoré; elle en était infectée, elle en est peut-être morte. Paquette tenait ce présent d'un cordelier très savant, qui avait remonté à la source; car il l'avait eue d'une vieille comtesse, qui l'avait reçue d'un capitaine de cavalerie, qui la devait à une marquise, qui la tenait d'un page, qui l'avait reçue d'un jésuite, qui, étant novice, l'avait eue en droite ligne d'un des compagnons de Christophe Colomb[2]. Pour moi, je ne la donnerai à personne, car je me meurs.

— Ô Pangloss! s'écria Candide, voilà une étrange généalogie! n'est-ce pas le diable qui en fut la souche? — Point du tout, répliqua ce grand homme; c'était une chose indispensable dans le meilleur des mondes, un ingrédient nécessaire; car si Colomb n'avait pas attrapé, dans une île de l'Amérique, cette maladie qui empoisonne la source de la génération, qui souvent même empêche la génération, et qui est évidemment l'opposé du grand but de la nature, nous n'aurions ni le chocolat ni la cochenille; il faut encore

observer que jusqu'aujourd'hui, dans notre conti-
nent, cette maladie nous est particulière, comme
la controverse. Les Turcs, les Indiens, les Per-
sans, les Chinois, les Siamois, les Japonais, ne la
connaissent pas encore ; mais il y a une raison
suffisante pour qu'ils la connaissent à leur tour
dans quelques siècles. En attendant, elle a fait un
merveilleux progrès parmi nous, et surtout dans
ces grandes armées composées d'honnêtes stipen-
diaires[1], bien élevés, qui décident du destin des
États ; on peut assurer que, quand trente mille
hommes combattent en bataille rangée contre des
troupes égales en nombre, il y a environ vingt
mille vérolés de chaque côté.

— Voilà qui est admirable, dit Candide, mais il
faut vous faire guérir. — Et comment le puis-je ?
dit Pangloss ; je n'ai pas le sou, mon ami ; et dans
toute l'étendue de ce globe, on ne peut ni se faire
saigner ni prendre un lavement sans payer, ou
sans qu'il y ait quelqu'un qui paye pour nous. »

Ce dernier discours détermina Candide ; il alla
se jeter aux pieds de son charitable anabaptiste
Jacques, et lui fit une peinture si touchante de
l'état où son ami était réduit que le bonhomme
n'hésita pas à recueillir le docteur Pangloss ; il le
fit guérir à ses dépens. Pangloss, dans la cure, ne
perdit qu'un œil et une oreille. Il écrivait bien et
savait parfaitement l'arithmétique[2]. L'anabaptiste
Jacques en fit son teneur de livres. Au bout de
deux mois, étant obligé d'aller à Lisbonne pour
les affaires de son commerce, il mena dans son
vaisseau ses deux philosophes. Pangloss lui expli-
qua comment tout était on ne peut mieux. Jacques

n'était pas de cet avis. « Il faut bien, disait-il, que les hommes aient un peu corrompu la nature, car ils ne sont point nés loups, et ils sont devenus loups. Dieu ne leur a donné ni canon de vingt-quatre[1] ni baïonnettes, et ils se sont fait des baïonnettes et des canons pour se détruire. Je pourrais mettre en ligne de compte les banqueroutes[2], et la justice qui s'empare des biens des banqueroutiers pour en frustrer les créanciers[3]. — Tout cela était indispensable, répliquait le docteur borgne, et les malheurs particuliers font le bien général, de sorte que plus il y a de malheurs particuliers, et plus tout est bien[4]. » Tandis qu'il raisonnait, l'air s'obscurcit, les vents soufflèrent des quatre coins du monde, et le vaisseau fut assailli de la plus horrible tempête à la vue du port de Lisbonne.

CHAPITRE CINQUIÈME

*Tempête, naufrage, tremblement
de terre, et ce qui advint
du docteur Pangloss, de Candide
et de l'anabaptiste Jacques*

La moitié des passagers, affaiblis, expirants de ces angoisses inconcevables que le roulis d'un vaisseau porte dans les nerfs et dans toutes les humeurs du corps agitées en sens contraires[5], n'avait pas même la force de s'inquiéter du danger. L'autre

moitié jetait des cris et faisait des prières; les voiles étaient déchirées, les mâts brisés, le vaisseau entrouvert. Travaillait qui pouvait, personne ne s'entendait, personne ne commandait. L'anabaptiste aidait un peu à la manœuvre; il était sur le tillac; un matelot furieux le frappe rudement[1] et l'étend sur les planches; mais du coup qu'il lui donna il eut lui-même une si violente secousse qu'il tomba hors du vaisseau la tête la première. Il restait suspendu et accroché à une partie de mât rompue. Le bon Jacques court à son secours, l'aide à remonter, et de l'effort qu'il fit il est précipité dans la mer à la vue du matelot, qui le laissa périr, sans daigner seulement le regarder. Candide approche, voit son bienfaiteur qui reparaît un moment et qui est englouti pour jamais. Il veut se jeter après lui dans la mer; le philosophe Pangloss l'en empêche, en lui prouvant que la rade de Lisbonne avait été formée exprès pour que cet anabaptiste s'y noyât. Tandis qu'il le prouvait *a priori*, le vaisseau s'entrouvre[2], tout périt à la réserve de Pangloss, de Candide, et de ce brutal de matelot qui avait noyé le vertueux anabaptiste; le coquin nagea heureusement jusqu'au rivage, où Pangloss et Candide furent portés sur une planche.

Quand ils furent revenus un peu à eux, ils marchèrent vers Lisbonne; il leur restait quelque argent, avec lequel ils espéraient se sauver de la faim après avoir échappé à la tempête.

À peine ont-ils mis le pied dans la ville en pleurant la mort de leur bienfaiteur, qu'ils sentent la terre trembler sous leurs pas; la mer s'élève en

bouillonnant dans le port, et brise les vaisseaux qui sont à l'ancre. Des tourbillons de flammes et de cendres couvrent les rues et les places publiques[1]; les maisons s'écroulent, les toits sont renversés sur les fondements, et les fondements se dispersent; trente mille habitants de tout âge et de tout sexe sont écrasés sous des ruines[2]. Le matelot disait en sifflant et en jurant: «Il y aura quelque chose à gagner ici. — Quelle peut être la raison suffisante de ce phénomène? disait Pangloss. — Voici le dernier jour du monde!» s'écriait Candide. Le matelot court incontinent au milieu des débris, affronte la mort pour trouver de l'argent, en trouve, s'en empare, s'enivre, et, ayant cuvé son vin, achète les faveurs de la première fille de bonne volonté qu'il rencontre sur les ruines des maisons détruites et au milieu des mourants et des morts. Pangloss le tirait cependant par la manche. «Mon ami, lui disait-il, cela n'est pas bien, vous manquez à la raison universelle, vous prenez mal votre temps. — Tête et sang! répondit l'autre, je suis matelot et né à Batavia[3]; j'ai marché quatre fois sur le crucifix dans quatre voyages au Japon; tu as bien trouvé ton homme avec ta raison universelle!»

Quelques éclats de pierre avaient blessé Candide; il était étendu dans la rue et couvert de débris. Il disait à Pangloss: «Hélas! procure-moi un peu de vin et d'huile; je me meurs. — Ce tremblement de terre n'est pas une chose nouvelle, répondit Pangloss; la ville de Lima éprouva les mêmes secousses en Amérique l'année passée; mêmes causes, mêmes effets: il y a certainement

une traînée de soufre sous terre depuis Lima jus-
qu'à Lisbonne[1]. — Rien n'est plus probable, dit
Candide; mais, pour Dieu, un peu d'huile et de
vin. — Comment, probable? répliqua le philo-
sophe; je soutiens que la chose est démontrée.»
Candide perdit connaissance, et Pangloss lui
apporta un peu d'eau d'une fontaine voisine.

Le lendemain, ayant trouvé quelques provisions
de bouche en se glissant à travers des décombres,
ils réparèrent un peu leurs forces. Ensuite, ils tra-
vaillèrent comme les autres à soulager les habitants
échappés à la mort. Quelques citoyens secourus
par eux leur donnèrent un aussi bon dîner qu'on
le pouvait dans un tel désastre. Il est vrai que le
repas était triste; les convives arrosaient leur pain
de leurs larmes; mais Pangloss les consola en les
assurant que les choses ne pouvaient être autre-
ment: «Car, dit-il, tout ceci est ce qu'il y a de
mieux. Car, s'il y a un volcan à Lisbonne, il ne
pouvait être ailleurs. Car il est impossible que les
choses ne soient pas où elles sont. Car tout est
bien.»

Un petit homme noir, familier de l'Inquisition,
lequel était à côté de lui, prit poliment la parole
et dit: «Apparemment que monsieur ne croit pas
au péché originel[2]; car, si tout est au mieux, il
n'y a donc eu ni chute ni punition

— Je demande très humblement pardon à Votre
Excellence, répondit Pangloss encore plus poli-
ment, car la chute de l'homme et la malédiction
entraient nécessairement dans le meilleur des
mondes possibles. — Monsieur ne croit donc pas
à la liberté? dit le familier. — Votre Excellence

m'excusera[1], dit Pangloss ; la liberté peut subsister avec la nécessité absolue ; car il était nécessaire que nous fussions libres ; car enfin la volonté déterminée...» Pangloss était au milieu de sa phrase, quand le familier fit un signe de tête à son estafier qui lui servait à boire du vin de Porto, ou d'Oporto[2].

CHAPITRE SIXIÈME

*Comment on fit un bel auto-da-fé
pour empêcher les tremblements
de terre, et comment
Candide fut fessé*

Après le tremblement de terre qui avait détruit les trois quarts de Lisbonne, les sages du pays n'avaient pas trouvé un moyen plus efficace pour prévenir une ruine totale que de donner au peuple un bel auto-da-fé ; il était décidé par l'université de Coïmbre que le spectacle de quelques personnes brûlées à petit feu, en grande cérémonie, est un secret infaillible pour empêcher la terre de trembler[3].

On avait en conséquence saisi un Biscayen convaincu d'avoir épousé sa commère[4], et deux Portugais qui en mangeant un poulet en avaient arraché le lard[5] : on vint lier après le dîner le docteur Pangloss et son disciple Candide, l'un pour

avoir parlé, et l'autre pour avoir écouté avec un
air d'approbation : tous deux furent menés sépa-
rément dans des appartements d'une extrême fraî-
cheur, dans lesquels on n'était jamais incommodé
du soleil ; huit jours après ils furent tous deux
revêtus d'un *san-benito*, et on orna leurs têtes de
mitres de papier : la mitre et le san-benito de Can-
dide étaient peints de flammes renversées et de
diables qui n'avaient ni queues ni griffes ; mais
les diables de Pangloss portaient griffes et queues,
et les flammes étaient droites[1]. Ils marchèrent en
procession ainsi vêtus, et entendirent un sermon
très pathétique, suivi d'une belle musique en faux-
bourdon. Candide fut fessé en cadence, pendant
qu'on chantait ; le Biscayen et les deux hommes
qui n'avaient point voulu manger de lard furent
brûlés, et Pangloss fut pendu, quoique ce ne soit
pas la coutume. Le même jour la terre trembla de
nouveau avec un fracas épouvantable.

Candide, épouvanté, interdit, éperdu, tout san-
glant, tout palpitant, se disait à lui-même : « Si c'est
ici le meilleur des mondes possibles, que sont donc
les autres ? Passe encore si je n'étais que fessé, je
l'ai été chez les Bulgares[2]. Mais, ô mon cher Pan-
gloss ! le plus grand des philosophes, faut-il vous
avoir vu pendre sans que je sache pourquoi[3] ! Ô
mon cher anabaptiste, le meilleur des hommes,
faut-il que vous ayez été noyé dans le port ! Ô
Mlle Cunégonde ! la perle des filles, faut-il qu'on
vous ait fendu le ventre ! »

Il s'en retournait, se soutenant à peine, prêché,
fessé, absous et béni, lorsqu'une vieille l'aborda
et lui dit : « Mon fils, prenez courage, suivez-moi. »

CHAPITRE SEPTIÈME

*Comment une vieille prit soin
de Candide, et comment il retrouva
ce qu'il aimait*

Candide ne prit point courage, mais il suivit la vieille dans une masure; elle lui donna un pot de pommade pour se frotter, lui laissa à manger et à boire; elle lui montra un petit lit assez propre; il y avait auprès du lit un habit complet. «Mangez, buvez, dormez, lui dit-elle, et que Notre-Dame d'Atocha[1], Mgr saint Antoine de Padoue et Mgr saint Jacques de Compostelle prennent soin de vous: je reviendrai demain.» Candide, toujours étonné de tout ce qu'il avait vu, de tout ce qu'il avait souffert, et encore plus de la charité de la vieille, voulut lui baiser la main. «Ce n'est pas ma main qu'il faut baiser[2], dit la vieille; je reviendrai demain. Frottez-vous de pommade, mangez et dormez.»

Candide, malgré tant de malheurs, mangea et dormit. Le lendemain la vieille lui apporte à déjeuner, visite son dos, le frotte elle-même d'une autre pommade; elle lui apporte ensuite à dîner; elle revient sur le soir, et apporte à souper. Le surlendemain elle fit encore les mêmes cérémonies. «Qui êtes-vous? lui disait toujours Candide; qui vous a inspiré tant de bonté? quelles grâces puis-je vous

rendre?» La bonne femme ne répondait jamais
rien; elle revint sur le soir et n'apporta point à
souper. «Venez avec moi, dit-elle, et ne dites mot.»
Elle le prend sous le bras, et marche avec lui dans
la campagne environ un quart de mille: ils arri-
vent à une maison isolée, entourée de jardins et de
canaux[1]. La vieille frappe à une petite porte. On
ouvre; elle mène Candide, par un escalier dérobé,
dans un cabinet doré, le laisse sur un canapé
de brocart, referme la porte, et s'en va. Candide
croyait rêver, et regardait toute sa vie comme un
songe funeste, et le moment présent comme un
songe agréable.

La vieille reparut bientôt; elle soutenait avec
peine une femme tremblante, d'une taille majes-
tueuse, brillante de pierreries et couverte d'un
voile[2]. «Ôtez ce voile», dit la vieille à Candide. Le
jeune homme approche; il lève le voile d'une main
timide. Quel moment! quelle surprise! il croit
voir Mlle Cunégonde; il la voyait en effet, c'était
elle-même. La force lui manque, il ne peut profé-
rer une parole, il tombe à ses pieds. Cunégonde
tombe sur le canapé. La vieille les accable d'eaux
spiritueuses; ils reprennent leurs sens, ils se par-
lent: ce sont d'abord des mots entrecoupés, des
demandes et des réponses qui se croisent, des sou-
pirs, des larmes, des cris. La vieille leur recom-
mande de faire moins de bruit, et les laisse en
liberté. «Quoi! c'est vous, lui dit Candide, vous
vivez! Je vous retrouve en Portugal! On ne vous
a donc pas violée? On ne vous a point fendu le
ventre, comme le philosophe Pangloss me l'avait
assuré? — Si fait, dit la belle Cunégonde; mais

on ne meurt pas toujours de ces deux accidents [1].
— Mais votre père et votre mère ont-ils été tués ?
— Il n'est que trop vrai, dit Cunégonde en pleu-
rant. — Et votre frère ? — Mon frère a été tué
aussi. — Et pourquoi êtes-vous en Portugal ? et
comment avez-vous su que j'y étais ? et par quelle
étrange aventure m'avez-vous fait conduire dans
cette maison ? — Je vous dirai tout cela, répliqua
la dame ; mais il faut auparavant que vous m'ap-
preniez tout ce qui vous est arrivé depuis le bai-
ser innocent que vous me donnâtes et les coups
de pied que vous reçûtes. »

Candide lui obéit avec un profond respect ; et
quoiqu'il fût interdit, quoique sa voix fût faible et
tremblante, quoique l'échine lui fît encore un peu
mal, il lui raconta de la manière la plus naïve
tout ce qu'il avait éprouvé depuis le moment de
leur séparation. Cunégonde levait les yeux au ciel ;
elle donna des larmes à la mort du bon anabap-
tiste et de Pangloss ; après quoi elle parla en ces
termes à Candide, qui ne perdait pas une parole,
et qui la dévorait des yeux.

CHAPITRE HUITIÈME

Histoire de Cunégonde

« J'étais dans mon lit et je dormais profondé-
ment, quand il plut au ciel d'envoyer les Bulgares
dans notre beau château [2] de Thunder-ten-tronckh ;

ils égorgèrent mon père et mon frère, et coupè-
rent ma mère par morceaux. Un grand Bulgare
haut de six pieds, voyant qu'à ce spectacle j'avais
perdu connaissance, se mit à me violer ; cela me
fit revenir, je repris mes sens, je criai, je me débat-
tis, je mordis, j'égratignai, je voulais arracher les
yeux à ce grand Bulgare, ne sachant pas que tout
ce qui arrivait dans le château de mon père était
une chose d'usage : le brutal me donna un coup de
couteau dans le flanc gauche dont je porte encore
la marque. — Hélas ! j'espère bien la voir, dit le
naïf Candide. — Vous la verrez, dit Cunégonde ;
mais continuons. — Continuez», dit Candide.

Elle reprit ainsi le fil de son histoire[1] : «Un
capitaine bulgare entra, il me vit toute sanglante,
et le soldat ne se dérangeait pas. Le capitaine se
mit en colère du peu de respect que lui témoi-
gnait ce brutal, et le tua sur mon corps. Ensuite il
me fit panser, et m'emmena prisonnière de guerre
dans son quartier. Je blanchissais le peu de che-
mises qu'il avait, je faisais sa cuisine ; il me trou-
vait fort jolie, il faut l'avouer ; et je ne nierai pas
qu'il ne fût très bien fait, et qu'il n'eût la peau
blanche et douce ; d'ailleurs peu d'esprit, peu
de philosophie[2] : on voyait bien qu'il n'avait pas
été élevé par le docteur Pangloss. Au bout de
trois mois, ayant perdu tout son argent et s'étant
dégoûté de moi, il me vendit à un Juif nommé
don Issacar, qui trafiquait en Hollande et en Por-
tugal, et qui aimait passionnément les femmes[3].
Ce Juif s'attacha beaucoup à ma personne, mais
il ne pouvait en triompher ; je lui ai mieux résisté
qu'au soldat bulgare. Une personne d'honneur

peut être violée une fois, mais sa vertu s'en affermit[1]. Le Juif, pour m'apprivoiser, me mena dans cette maison de campagne que vous voyez. J'avais cru jusque-là qu'il n'y avait rien sur la terre de si beau que le château de Thunder-ten-tronckh; j'ai été détrompée.

« Le grand inquisiteur m'aperçut un jour à la messe, il me lorgna beaucoup, et me fit dire qu'il avait à me parler pour des affaires secrètes. Je fus conduite à son palais; je lui appris ma naissance; il me représenta combien il était au-dessous de mon rang d'appartenir à un Israélite. On proposa de sa part à don Issacar de me céder à monseigneur. Don Issacar, qui est le banquier de la cour et homme de crédit[2], n'en voulut rien faire. L'inquisiteur le menaça d'un auto-da-fé. Enfin mon Juif, intimidé, conclut un marché, par lequel la maison et moi leur appartiendraient à tous deux en commun; que le Juif aurait pour lui les lundis, mercredis et le jour du sabbat, et que l'inquisiteur aurait les autres jours de la semaine. Il y a six mois que cette convention subsiste. Ce n'a pas été sans querelles; car souvent il a été indécis si la nuit du samedi au dimanche appartenait à l'ancienne loi ou à la nouvelle[3]. Pour moi, j'ai résisté jusqu'à présent à toutes les deux, et je crois que c'est pour cette raison que j'ai toujours été aimée.

« Enfin, pour détourner le fléau des tremblements de terre, et pour intimider don Issacar, il plut à monseigneur l'inquisiteur de célébrer un auto-da-fé. Il me fit l'honneur de m'y inviter. Je fus très bien placée; on servit aux dames des

rafraîchissements entre la messe et l'exécution. Je fus, à la vérité, saisie d'horreur en voyant brûler ces deux Juifs et cet honnête Biscayen qui avait épousé sa commère; mais quelle fut ma surprise, mon effroi, mon trouble, quand je vis, dans un san-benito et sous une mitre, une figure qui ressemblait à celle de Pangloss! Je me frottai les yeux, je regardai attentivement, je le vis pendre; je tombai en faiblesse. À peine reprenais-je mes sens que je vous vis dépouillé tout nu: ce fut là le comble de l'horreur, de la consternation, de la douleur, du désespoir. Je vous dirai, avec vérité, que votre peau est encore plus blanche et d'un incarnat plus parfait que celle de mon capitaine des Bulgares. Cette vue redoubla tous les sentiments qui m'accablaient, qui me dévoraient. Je m'écriai, je voulus dire: "Arrêtez, barbares!" mais la voix me manqua, et mes cris auraient été inutiles. Quand vous eûtes été bien fessé: "Comment se peut-il faire, disais-je, que l'aimable Candide et le sage Pangloss se trouvent à Lisbonne, l'un pour recevoir cent coups de fouet, et l'autre pour être pendu par l'ordre de monseigneur l'inquisiteur dont je suis la bien-aimée? Pangloss m'a donc bien cruellement trompée quand il me disait que tout va le mieux du monde."

«Agitée, éperdue, tantôt hors de moi-même, et tantôt prête de mourir de faiblesse, j'avais la tête remplie du massacre de mon père, de ma mère, de mon frère, de l'insolence de mon vilain soldat bulgare, du coup de couteau qu'il me donna, de ma servitude, de mon métier de cuisinière, de mon capitaine bulgare, de mon vilain don Issacar, de

mon abominable inquisiteur, de la pendaison du
docteur Pangloss, de ce grand *miserere* en faux-
bourdon pendant lequel on vous fessait, et sur-
tout du baiser que je vous avais donné derrière
un paravent, le jour que je vous avais vu pour la
dernière fois. Je louai Dieu qui vous ramenait à
moi par tant d'épreuves. Je recommandai à ma
vieille d'avoir soin de vous, et de vous amener ici
dès qu'elle le pourrait. Elle a très bien exécuté ma
commission ; j'ai goûté le plaisir inexprimable de
vous revoir, de vous entendre, de vous parler. Vous
devez avoir une faim dévorante ; j'ai grand appé-
tit ; commençons par souper. »

Les voilà qui se mettent tous deux à table ; et
après le souper, ils se replacent sur ce beau canapé
dont on a déjà parlé ; ils y étaient quand le signor[1]
don Issacar, l'un des maîtres de la maison, arriva.
C'était le jour du sabbat. Il venait jouir de ses
droits, et expliquer son tendre amour.

CHAPITRE NEUVIÈME

Ce qui advint de Cunégonde,
de Candide, du grand inquisiteur
et d'un Juif

Cet Issacar était le plus colérique[2] Hébreu qu'on
eût vu dans Israël depuis la captivité en Baby-
lone. « Quoi ! dit-il, chienne de Galiléenne, ce n'est
pas assez de monsieur l'inquisiteur ? Il faut que

ce coquin partage aussi avec moi?» En disant cela il tire un long poignard dont il était toujours pourvu, et ne croyant pas que son adverse partie eût des armes, il se jette sur Candide; mais notre bon Westphalien avait reçu une belle épée de la vieille avec l'habit complet. Il tire son épée, quoiqu'il eût les mœurs fort douces, et vous étend l'Israélite roide mort sur le carreau, aux pieds de la belle Cunégonde.

«Sainte Vierge! s'écria-t-elle, qu'allons-nous devenir? Un homme tué chez moi! si la justice vient, nous sommes perdus. — Si Pangloss n'avait pas été pendu, dit Candide, il nous donnerait un bon conseil dans cette extrémité, car c'était un grand philosophe. À son défaut consultons la vieille.» Elle était fort prudente, et commençait à dire son avis, quand une autre petite porte s'ouvrit. Il était une heure après minuit, c'était le commencement du dimanche. Ce jour appartenait à monseigneur l'inquisiteur. Il entre et voit le fessé Candide l'épée à la main, un mort étendu par terre, Cunégonde effarée, et la vieille donnant des conseils.

Voici dans ce moment ce qui se passa dans l'âme de Candide, et comment il raisonna: «Si ce saint homme appelle du secours, il me fera infailliblement brûler; il pourra en faire autant de Cunégonde; il m'a fait fouetter impitoyablement; il est mon rival; je suis en train de tuer, il n'y a pas à balancer.» Ce raisonnement fut net et rapide; et sans donner le temps à l'inquisiteur de revenir de sa surprise, il le perce d'outre en outre, et le jette à côté du Juif. «En voici bien

d'une autre, dit Cunégonde ; il n'y a plus de rémission ; nous sommes excommuniés, notre dernière heure est venue. Comment avez-vous fait, vous qui êtes né si doux, pour tuer en deux minutes un Juif et un prélat ? — Ma belle demoiselle, répondit Candide, quand on est amoureux, jaloux et fouetté par l'Inquisition, on ne se connaît plus. »

La vieille prit alors la parole et dit : « Il y a trois chevaux andalous dans l'écurie, avec leurs selles et leurs brides : que le brave Candide les prépare ; madame a des moyadors[1] et des diamants : montons vite à cheval, quoique je ne puisse me tenir que sur une fesse, et allons à Cadix ; il fait le plus beau temps du monde, et c'est un grand plaisir de voyager pendant la fraîcheur de la nuit. »

Aussitôt Candide selle les trois chevaux. Cunégonde, la vieille et lui font trente milles d'une traite. Pendant qu'ils s'éloignaient, la Sainte-Hermandad arrive dans la maison ; on enterre monseigneur dans une belle église, et on jette Issacar à la voirie.

Candide, Cunégonde et la vieille étaient déjà dans la petite ville d'Avacéna[2], au milieu des montagnes de la Sierra-Morena ; et ils parlaient ainsi dans un cabaret.

CHAPITRE DIXIÈME

Dans quelle détresse Candide,
Cunégonde et la vieille arrivent
à Cadix, et de leur embarquement

«Qui a donc pu me voler mes pistoles et mes
diamants? disait en pleurant Cunégonde; de quoi
vivrons-nous? comment ferons-nous? où trouver
des inquisiteurs et des Juifs qui m'en donnent
d'autres[1]? — Hélas! dit la vieille, je soupçonne
fort un révérend père cordelier qui coucha hier
dans la même auberge que nous à Badajoz[2]; Dieu
me garde de faire un jugement téméraire! mais il
entra deux fois dans notre chambre, et il partit
longtemps avant nous. — Hélas! lit Candide, le
bon Pangloss m'avait souvent prouvé que les biens
de la terre sont communs à tous les hommes, que
chacun y a un droit égal. Ce cordelier devait
bien, suivant ces principes, nous laisser de quoi
achever notre voyage. Il ne vous reste donc rien
du tout, ma belle Cunégonde? — Pas un maravé-
dis, dit-elle. — Quel parti prendre? dit Candide.
— Vendons un des chevaux, dit la vieille; je mon-
terai en croupe derrière mademoiselle, quoique
je ne puisse me tenir que sur une fesse, et nous
arriverons à Cadix.»

Il y avait dans la même hôtellerie un prieur de
bénédictins; il acheta le cheval bon marché. Can-
dide, Cunégonde et la vieille passèrent par Lucena,

par Chillas, par Lebrixa, et arrivèrent enfin à Cadix[1]. On y équipait une flotte, et on y assemblait des troupes pour mettre à la raison les révérends pères jésuites du Paraguay, qu'on accusait d'avoir fait révolter une de leurs hordes contre les rois d'Espagne et de Portugal, auprès de la ville du Saint-Sacrement[2]. Candide, ayant servi chez les Bulgares, fit l'exercice bulgarien devant le général de la petite armée avec tant de grâce, de célérité, d'adresse, de fierté, d'agilité, qu'on lui donna une compagnie d'infanterie à commander Le voilà capitaine ; il s'embarque avec Mlle Cunégonde, la vieille, deux valets et les deux chevaux andalous qui avaient appartenu à M. le grand inquisiteur de Portugal.

Pendant toute la traversée ils raisonnèrent beaucoup sur la philosophie du pauvre Pangloss. « Nous allons dans un autre univers, disait Candide ; c'est dans celui-là sans doute que tout est bien. Car il faut avouer qu'on pourrait gémir un peu de ce qui se passe dans le nôtre en physique et en morale. — Je vous aime de tout mon cœur, disait Cunégonde ; mais j'ai encore l'âme tout effarouchée de ce que j'ai vu, de ce que j'ai éprouvé. — Tout ira bien, répliquait Candide ; la mer de ce nouveau monde vaut déjà mieux que les mers de notre Europe ; elle est plus calme, les vents plus constants. C'est certainement le nouveau monde qui est le meilleur des univers possibles. — Dieu le veuille ! disait Cunégonde ; mais j'ai été si horriblement malheureuse dans le mien que mon cœur est presque fermé à l'espérance. — Vous vous plaignez, leur dit la vieille ; hélas ! vous n'avez pas

éprouvé des infortunes telles que les miennes.»
Cunégonde se mit presque à rire, et trouva cette
bonne femme fort plaisante de prétendre être
plus malheureuse qu'elle. «Hélas! lui dit-elle, ma
bonne, à moins que vous n'ayez été violée par
deux Bulgares, que vous n'ayez reçu deux coups de
couteau dans le ventre, qu'on n'ait démoli deux de
vos châteaux, qu'on n'ait égorgé à vos yeux deux
mères et deux pères, et que vous n'ayez vu deux de
vos amants fouettés par un auto-da-fé, je ne vois
pas que vous puissiez l'emporter sur moi; ajoutez
que je suis née baronne avec soixante et douze
quartiers, et que j'ai été cuisinière. — Mademoi-
selle, répondit la vieille, vous ne savez pas quelle
est ma naissance; et si je vous montrais mon der-
rière, vous ne parleriez pas comme vous faites, et
vous suspendriez votre jugement.» Ce discours
fit naître une extrême curiosité dans l'esprit de
Cunégonde et de Candide. La vieille leur parla en
ces termes.

CHAPITRE ONZIÈME

Histoire de la vieille

«Je n'ai pas eu toujours les yeux éraillés et bor
dés d'écarlate; mon nez n'a pas toujours touché à
mon menton, et je n'ai pas toujours été servante.
Je suis la fille du pape Urbain X, et de la princesse
de Palestrine[1]. On m'éleva jusqu'à quatorze ans

dans un palais auquel tous les châteaux de vos
barons allemands n'auraient pas servi d'écurie ;
et une de mes robes valait mieux que toutes les
magnificences de la Westphalie. Je croissais en
beauté, en grâces, en talents, au milieu des plaisirs,
des respects et des espérances. J'inspirais déjà
de l'amour, ma gorge se formait ; et quelle gorge !
blanche, ferme, taillée comme celle de la Vénus
de Médicis ; et quels yeux ! quelles paupières ! quels
sourcils noirs ! quelles flammes brillaient dans mes
deux prunelles, et effaçaient la scintillation des
étoiles, comme me disaient les poètes du quartier.
Les femmes qui m'habillaient et qui me désha-
billaient tombaient en extase en me regardant par-
devant et par-derrière, et tous les hommes auraient
voulu être à leur place.

« Je fus fiancée à un prince souverain de Massa-
Carrara. Quel prince ! aussi beau que moi, pétri de
douceur et d'agréments, brillant d'esprit et brû-
lant d'amour. Je l'aimais comme on aime pour la
première fois, avec idolâtrie, avec emportement.
Les noces furent préparées. C'était une pompe,
une magnificence inouïe ; c'étaient des fêtes, des
carrousels, des opera-buffa continuels ; et toute
l'Italie fit pour moi des sonnets dont il n'y eut pas
un seul de passable. Je touchais au moment de
mon bonheur, quand une vieille marquise qui avait
été maîtresse de mon prince l'invita à prendre du
chocolat chez elle. Il mourut en moins de deux
heures avec des convulsions épouvantables. Mais
ce n'est qu'une bagatelle. Ma mère, au désespoir,
et bien moins affligée que moi, voulut s'arracher
pour quelque temps à un séjour si funeste. Elle

avait une très belle terre auprès de Gaète. Nous nous embarquâmes sur une galère du pays, dorée comme l'autel de Saint-Pierre de Rome[1]. Voilà qu'un corsaire de Salé[2] fond sur nous et nous aborde. Nos soldats se défendirent comme des soldats du pape; ils se mirent tous à genoux en jetant leurs armes, et en demandant au corsaire une absolution *in articulo mortis*[3].

«Aussitôt on les dépouilla nus comme des singes, et ma mère aussi, nos filles d'honneur aussi, et moi aussi. C'est une chose admirable que la diligence avec laquelle ces messieurs déshabillent le monde. Mais ce qui me surprit davantage, c'est qu'ils nous mirent à tous le doigt dans un endroit où nous autres femmes nous ne nous laissons mettre d'ordinaire que des canules. Cette cérémonie me paraissait bien étrange: voilà comme on juge de tout quand on n'est pas sorti de son pays. J'appris bientôt que c'était pour voir si nous n'avions pas caché là quelques diamants: c'est un usage établi de temps immémorial parmi les nations policées qui courent sur mer. J'ai su que MM. les religieux chevaliers de Malte n'y manquent jamais quand ils prennent des Turcs et des Turques; c'est une loi du droit des gens à laquelle on n'a jamais dérogé.

«Je ne vous dirai point combien il est dur pour une jeune princesse d'être menée esclave à Maroc avec sa mère. Vous concevez assez tout ce que nous eûmes à souffrir dans le vaisseau corsaire. Ma mère était encore très belle; nos filles d'honneurs, nos simples femmes de chambre, avaient plus de charmes qu'on n'en peut trouver dans

toute l'Afrique. Pour moi, j'étais ravissante, j'étais
la beauté, la grâce même, et j'étais pucelle ; je ne
le fus pas longtemps : cette fleur qui avait été
réservée pour le beau prince de Massa-Carrara
me fut ravie par le capitaine corsaire ; c'était un
nègre abominable, qui croyait encore me faire
beaucoup d'honneur. Certes, il fallait que Mme la
princesse de Palestrine et moi fussions bien fortes
pour résister à tout ce que nous éprouvâmes jus-
qu'à notre arrivée à Maroc. Mais passons ; ce sont
des choses si communes qu'elles ne valent pas la
peine qu'on en parle.

« Maroc nageait dans le sang quand nous arri-
vâmes. Cinquante fils de l'empereur Muley-Ismaël[1]
avaient chacun leur parti : ce qui produisait en effet
cinquante guerres civiles, de noirs contre noirs,
de noirs contre basanés, de basanés contre basa-
nés, de mulâtres contre mulâtres. C'était un car-
nage continuel dans toute l'étendue de l'empire.

« À peine fûmes-nous débarqués que des noirs
d'une faction ennemie de celle de mon corsaire
se présentèrent pour lui enlever son butin. Nous
étions, après les diamants et l'or, ce qu'il avait de
plus précieux. Je fus témoin d'un combat tel que
vous n'en voyez jamais dans vos climats d'Eu-
rope. Les peuples septentrionaux n'ont pas le sang
assez ardent. Ils n'ont pas la rage des femmes au
point où elle est commune en Afrique. Il semble
que vos Européans[2] aient du lait dans les veines ;
c'est du vitriol, c'est du feu qui coule dans celles
des habitants du mont Atlas et des pays voisins.
On combattit avec la fureur des lions, des tigres
et des serpents de la contrée, pour savoir à qui

nous aurait. Un Maure saisit ma mère par le bras
droit, le lieutenant de mon capitaine la retint par
le bras gauche; un soldat maure la prit par une
jambe, un de nos pirates la tenait par l'autre. Nos
filles se trouvèrent presque toutes en un moment
tirées ainsi à quatre soldats[1]. Mon capitaine me
tenait cachée derrière lui. Il avait le cimeterre au
poing, et tuait tout ce qui s'opposait à sa rage.
Enfin, je vis toutes nos Italiennes et ma mère
déchirées, coupées, massacrées par les monstres
qui se les disputaient. Les captifs de mes compa-
gnons, ceux qui les avaient pris, soldats, matelots,
noirs, basanés, blancs, mulâtres, et enfin mon
capitaine, tout fut tué; et je demeurai mourante
sur un tas de morts. Des scènes pareilles se pas-
saient, comme on sait, dans l'étendue de plus de
trois cents lieues, sans qu'on manquât aux cinq
prières par jour ordonnées par Mahomet.

«Je me débarrassai avec beaucoup de peine de
la foule de tant de cadavres sanglants entassés, et
je me traînai sous un grand oranger au bord d'un
ruisseau voisin; j'y tombai d'effroi, de lassitude
d'horreur, de désespoir et de faim. Bientôt après,
mes sens accablés se livrèrent à un sommeil qui
tenait plus de l'évanouissement que du repos.
J'étais dans cet état de faiblesse et d'insensibilité
entre la mort et la vie, quand je me sentis pressée
de quelque chose qui s'agitait sur mon corps. J'ou-
vris les yeux, je vis un homme blanc et de bonne
mine qui soupirait, et qui disait entre ses dents:
O che sciagura d'essere senza c...[2]!

CHAPITRE DOUZIÈME

Suite des malheurs de la vieille

« Étonnée et ravie d'entendre la langue de ma
patrie, et non moins surprise des paroles que
proférait cet homme, je lui répondis qu'il y avait
de plus grands malheurs que celui dont il se plai-
gnait. Je l'instruisis en peu de mots des horreurs
que j'avais essuyées, et je retombai en faiblesse. Il
m'emporta dans une maison voisine, me fit mettre
au lit, me fit donner à manger, me servit, me
consola, me flatta, me dit qu'il n'avait rien vu de
si beau que moi, et que jamais il n'avait tant
regretté ce que personne ne pouvait lui rendre. "Je
suis né à Naples, me dit-il, on y chaponne deux
ou trois mille enfants tous les ans ; les uns en
meurent, les autres acquièrent une voix plus belle
que celle des femmes, les autres vont gouverner
les États[1]. On me fit cette opération avec un très
grand succès, et j'ai été musicien de la chapelle
de Mme la princesse de Palestrine. — De ma
mère ! m'écriai-je. — De votre mère ! s'écria-t-il
en pleurant. Quoi ! vous seriez cette jeune prin-
cesse que j'ai élevée jusqu'à l'âge de six ans, et
qui promettait déjà d'être aussi belle que vous
êtes ? — C'est moi-même ; ma mère est à quatre
cents pas d'ici, coupée en quartiers sous un tas
de morts…"

« Je lui contai tout ce qui m'était arrivé ; il me
conta aussi ses aventures, et m'apprit comment

il avait été envoyé chez le roi de Maroc par une puissance chrétienne[1], pour conclure avec ce monarque un traité, par lequel on lui fournirait de la poudre, des canons et des vaisseaux, pour l'aider à exterminer le commerce des autres chrétiens. "Ma mission est faite, me dit cet honnête eunuque ; je vais m'embarquer à Ceuta, et je vous ramènerai en Italie. *Ma che sciagura d'essere senza c…!*"

« Je le remerciai avec des larmes d'attendrissement ; et au lieu de me mener en Italie, il me conduisit à Alger, et me vendit au dey de cette province. À peine fus-je vendue que cette peste[2] qui a fait le tour de l'Afrique, de l'Asie et de l'Europe, se déclara dans Alger avec fureur. Vous avez vu des tremblements de terre ; mais, mademoiselle, avez-vous jamais eu la peste ? — Jamais, répondit la baronne.

— Si vous l'aviez eue, reprit la vieille, vous avoueriez qu'elle est bien au-dessus d'un tremblement de terre. Elle est fort commune en Afrique ; j'en fus attaquée. Figurez-vous quelle situation pour la fille d'un pape, âgée de quinze ans, qui en trois mois de temps avait éprouvé la pauvreté, l'esclavage, avait été violée presque tous les jours, avait vu couper sa mère en quatre, avait essuyé la faim et la guerre, et mourait pestiférée dans Alger. Je n'en mourus pourtant pas. Mais mon eunuque et le dey, et presque tout le sérail[3] d'Alger, périrent.

« Quand les premiers ravages de cette épouvantable peste furent passés, on vendit les esclaves du dey. Un marchand m'acheta et me mena à Tunis ; il me vendit à un autre marchand, qui me

revendit à Tripoli ; de Tripoli je fus revendue à Alexandrie, d'Alexandrie revendue à Smyrne, de Smyrne à Constantinople[1]. J'appartins enfin à un aga[2] des janissaires, qui fut bientôt commandé pour aller défendre Azof[3] contre les Russes qui l'assiégeaient.

« L'aga, qui était un très galant homme, mena avec lui tout son sérail, et nous logea dans un petit fort sur les Palus-Méotides, gardé par deux eunuques noirs et vingt soldats. On tua prodigieusement de Russes, mais ils nous le rendirent bien. Azof fut mis à feu et à sang, et on ne pardonna ni au sexe ni à l'âge ; il ne resta que notre petit fort ; les ennemis voulurent nous prendre par famine. Les vingt janissaires avaient juré de ne se jamais rendre. Les extrémités de la faim où ils furent réduits les contraignirent à manger nos deux eunuques, de peur de violer leur serment. Au bout de quelques jours, ils résolurent de manger les femmes.

« Nous avions un iman[4] très pieux et très compatissant, qui leur fit un beau sermon par lequel il leur persuada de ne nous pas tuer tout à fait. "Coupez, dit-il, seulement une fesse à chacune de ces dames, vous ferez très bonne chère ; s'il faut y revenir, vous en aurez encore autant dans quelques jours ; le ciel vous saura gré d'une action si charitable, et vous serez secourus."

« Il avait beaucoup d'éloquence ; il les persuada. On nous fit cette horrible opération. L'iman nous appliqua le même baume qu'on met aux enfants qu'on vient de circoncire. Nous étions toutes à la mort.

«À peine les janissaires eurent-ils fait le repas que nous leur avions fourni que les Russes arrivent sur des bateaux plats ; il ne réchappa pas un janissaire. Les Russes ne firent aucune attention à l'état où nous étions. Il y a partout des chirurgiens français[1] : un d'eux, qui était fort adroit, prit soin de nous ; il nous guérit, et je me souviendrai toute ma vie que, quand les plaies furent bien fermées, il me fit des propositions. Au reste, il nous dit à toutes de nous consoler ; il nous assura que dans plusieurs sièges pareille chose était arrivée, et que c'était la loi de la guerre.

«Dès que mes compagnes purent marcher, on les fit aller à Moscou. J'échus en partage à un boyard qui me fit sa jardinière, et qui me donnait vingt coups de fouet par jour. Mais ce seigneur ayant été roué au bout de deux ans avec une trentaine de boyards pour quelque tracasserie de cour[2], je profitai de cette aventure ; je m'enfuis ; je traversai toute la Russie ; je fus longtemps servante de cabaret à Riga, puis à Rostock, à Vismar, à Leipsick, à Cassel, à Utrecht, à Leyde, à La Haye, à Rotterdam[3] : j'ai vieilli dans la misère et dans l'opprobre, n'ayant que la moitié d'un derrière, me souvenant toujours que j'étais fille d'un pape ; je voulus cent fois me tuer, mais j'aimais encore la vie. Cette faiblesse ridicule est peut-être un de nos penchants les plus funestes : car y a-t-il rien de plus sot que de vouloir porter continuellement un fardeau qu'on veut toujours jeter par terre ? d'avoir son être en horreur, et de tenir à son être ? enfin de caresser le serpent qui nous dévore, jusqu'à ce qu'il nous ait mangé le cœur ?

« J'ai vu dans les pays que le sort m'a fait parcourir, et dans les cabarets où j'ai servi, un nombre prodigieux de personnes qui avaient leur existence en exécration ; mais je n'en ai vu que douze qui aient mis volontairement fin à leur misère : trois nègres, quatre Anglais[1], quatre Genevois et un professeur allemand nommé Robeck[2]. J'ai fini par être servante chez le Juif don Issacar[3] ; il me mit auprès de vous, ma belle demoiselle ; je me suis attachée à votre destinée, et j'ai été plus occupée de vos aventures que des miennes. Je ne vous aurais même jamais parlé de mes malheurs, si vous ne m'aviez pas un peu piquée, et s'il n'était d'usage dans un vaisseau de conter des histoires pour se désennuyer. Enfin, mademoiselle, j'ai de l'expérience, je connais le monde ; donnez-vous un plaisir, engagez chaque passager à vous conter son histoire ; et s'il s'en trouve un seul qui n'ait souvent maudit sa vie, qui ne se soit souvent dit à lui-même qu'il était le plus malheureux des hommes, jetez-moi dans la mer la tête la première. »

CHAPITRE TREIZIÈME

Comment Candide fut obligé
de se séparer de la belle Cunégonde
et de la vieille

La belle Cunégonde, ayant entendu l'histoire de la vieille, lui fit toutes les politesses qu'on devait

à une personne de son rang et de son mérite. Elle
accepta la proposition ; elle engagea tous les pas-
sagers l'un après l'autre à lui conter leurs aven-
tures. Candide et elle avouèrent que la vieille avait
raison. « C'est bien dommage, disait Candide, que
le sage Pangloss ait été pendu contre la coutume
dans un auto-da-fé ; il nous dirait des choses admi-
rables sur le mal physique et sur le mal moral qui
couvrent la terre et la mer, et je me sentirais
assez de force pour oser lui faire respectueuse-
ment quelques objections. »

À mesure que chacun racontait son histoire, le
vaisseau avançait. On aborda dans Buenos-Ayres.
Cunégonde, le capitaine Candide et la vieille allè-
rent chez le gouverneur Don Fernando d'Ibaraa, y
Figueora, y Mascarenes, y Lampourdos, y Souza[1].
Ce seigneur avait une fierté convenable à un
homme qui portait tant de noms. Il parlait aux
hommes avec le dédain le plus noble, portant le nez
si haut, élevant si impitoyablement la voix, pre-
nant un ton si imposant, affectant une démarche
si altière, que tous ceux qui le saluaient étaient
tentés de le battre. Il aimait les femmes à la
fureur[2]. Cunégonde lui parut ce qu'il avait jamais
vu de plus beau. La première chose qu'il fit fut de
demander si elle n'était point la femme du capi-
taine. L'air dont il fit cette question alarma Can-
dide : il n'osa pas dire qu'elle était sa femme, parce
qu'en effet elle ne l'était point ; il n'osait pas dire
que c'était sa sœur, parce qu'elle ne l'était pas
non plus ; et quoique ce mensonge officieux eût
été autrefois très à la mode chez les anciens[3], et
qu'il pût être utile aux modernes, son âme était

trop pure pour trahir la vérité. «Mlle Cunégonde, dit-il, doit me faire l'honneur de m'épouser, et nous supplions Votre Excellence de daigner faire notre noce.»

Don Fernando d'Ibaraa, y Figueora, y Mascarenes, y Lampourdos, y Souza, relevant sa moustache, sourit amèrement, et ordonna au capitaine Candide d'aller faire la revue de sa compagnie. Candide obéit; le gouverneur demeura avec Mlle Cunégonde. Il lui déclara sa passion, lui protesta que le lendemain il l'épouserait à la face de l'Église, ou autrement, ainsi qu'il plairait à ses charmes. Cunégonde lui demanda un quart d'heure pour se recueillir, pour consulter la vieille et pour se déterminer.

La vieille dit à Cunégonde: «Mademoiselle, vous avez soixante et douze quartiers, et pas une obole; il ne tient qu'à vous d'être la femme du plus grand seigneur de l'Amérique méridionale, qui a une très belle moustache; est-ce à vous de vous piquer d'une fidélité à toute épreuve? Vous avez été violée par les Bulgares; un Juif et un inquisiteur ont eu vos bonnes grâces: les malheurs donnent des droits. J'avoue que, si j'étais à votre place, je ne ferais aucun scrupule d'épouser monsieur le gouverneur et de faire la fortune de M. le capitaine Candide.» Tandis que la vieille parlait avec toute la prudence que l'âge et l'expérience donnent, on vit entrer dans le port un petit vaisseau; il portait un alcade et des alguazils, et voici ce qui était arrivé.

La vieille avait très bien deviné que ce fut un cordelier à la grande manche[1] qui vola l'argent et

les bijoux de Cunégonde dans la ville de Badajoz, lorsqu'elle fuyait en hâte avec Candide. Ce moine voulut vendre quelques-unes des pierreries à un joaillier. Le marchand les reconnut pour celles du grand inquisiteur. Le cordelier, avant d'être pendu, avoua qu'il les avait volées ; il indiqua les personnes et la route qu'elles prenaient. La fuite de Cunégonde et de Candide était déjà connue. On les suivit à Cadix ; on envoya sans perdre temps un vaisseau à leur poursuite. Le vaisseau était déjà dans le port de Buenos-Ayres. Le bruit se répandit qu'un alcade allait débarquer, et qu'on poursuivait les meurtriers de monseigneur le grand inquisiteur. La prudente vieille vit dans l'instant tout ce qui était à faire. « Vous ne pouvez fuir, dit-elle à Cunégonde, et vous n'avez rien à craindre ; ce n'est pas vous qui avez tué monseigneur ; et d'ailleurs le gouverneur, qui vous aime, ne souffrira pas qu'on vous maltraite ; demeurez. » Elle court sur-le-champ à Candide : « Fuyez, dit-elle, ou dans une heure vous allez être brûlé. » Il n'y avait pas un moment à perdre ; mais comment se séparer de Cunégonde, et où se réfugier ?

CHAPITRE QUATORZIÈME

*Comment Candide et Cacambo
furent reçus chez les jésuites
du Paraguay*[1]

Candide avait amené de Cadix un valet tel qu'on
en trouve beaucoup sur les côtes d'Espagne et
dans les colonies. C'était un quart d'Espagnol, né
d'un métis dans le Tucuman; il avait été enfant
de chœur, sacristain, matelot, moine, facteur[2],
soldat, laquais. Il s'appelait Cacambo, et aimait
fort son maître, parce que son maître était un fort
bon homme. Il sella au plus vite les deux chevaux
andalous. «Allons, mon maître, suivons le conseil
de la vieille; partons, et courons sans regarder
derrière nous.» Candide versa des larmes. «Ô ma
chère Cunégonde! faut-il vous abandonner dans
le temps que monsieur le gouverneur va faire nos
noces! Cunégonde amenée de si loin, que devien-
drez-vous? — Elle deviendra ce qu'elle pourra,
dit Cacambo; les femmes ne sont jamais embar-
rassées d'elles; Dieu y pourvoit; courons. — Où
me mènes-tu? où allons-nous? que ferons-nous
sans Cunégonde? disait Candide. — Par saint
Jacques de Compostelle, dit Cacambo, vous alliez
faire la guerre aux jésuites; allons la faire pour
eux; je sais assez les chemins, je vous mènerai
dans leur royaume, ils seront charmés d'avoir un
capitaine qui fasse l'exercice à la bulgare; vous

ferez une fortune prodigieuse ; quand on n'a pas
son compte dans un monde, on le trouve dans un
autre[1]. C'est un très grand plaisir de voir et de
faire des choses nouvelles.

— Tu as donc été déjà dans le Paraguay ? dit
Candide. — Eh vraiment oui ! dit Cacambo ; j'ai
été cuistre[2] dans le collège de l'Assomption[3], et je
connais le gouvernement de Los Padres comme
je connais les rues de Cadix. C'est une chose admi-
rable que ce gouvernement. Le royaume[4] a déjà
plus de trois cents lieues de diamètre ; il est divisé
en trente provinces. Los Padres y ont tout, et les
peuples rien ; c'est le chef-d'œuvre de la raison et
de la justice. Pour moi, je ne vois rien de si divin
que Los Padres, qui font ici la guerre au roi d'Es-
pagne et au roi de Portugal, et qui en Europe
confessent ces rois ; qui tuent ici des Espagnols, et
qui à Madrid les envoient au ciel : cela me ravit ;
avançons ; vous allez être le plus heureux de tous
les hommes. Quel plaisir auront Los Padres quand
ils sauront qu'il leur vient un capitaine qui sait
l'exercice bulgare ! »

Dès qu'ils furent arrivés à la première barrière,
Cacambo dit à la garde avancée qu'un capitaine
demandait à parler à monseigneur le comman-
dant. On alla avertir la grande garde. Un officier
paraguain courut aux pieds du commandant lui
donner part de la nouvelle. Candide et Cacambo
furent d'abord désarmés ; on se saisit de leurs deux
chevaux andalous. Les deux étrangers sont intro-
duits au milieu de deux files de soldats ; le com-
mandant était au bout, le bonnet à trois cornes
en tête, la robe retroussée, l'épée au côté, l'es-

ponton à la main. Il fit un signe, aussitôt vingt-
quatre soldats entourent les deux nouveaux venus.
Un sergent leur dit qu'il faut attendre, que le
commandant ne peut leur parler, que le révérend
père provincial ne permet pas qu'aucun Espagnol
ouvre la bouche qu'en sa présence, et demeure
plus de trois heures dans le pays[1]. « Et où est le
révérend père provincial ? dit Cacambo. — Il est
à la parade après avoir dit sa messe, répondit le
sergent ; et vous ne pourrez baiser ses éperons
que dans trois heures. — Mais, dit Cacambo, mon-
sieur le capitaine, qui meurt de faim comme moi,
n'est point espagnol, il est allemand ; ne pourrions-
nous point déjeuner en attendant Sa Révérence ? »
Le sergent alla sur-le-champ rendre compte de
ce discours au commandant. « Dieu soit béni ! dit
ce seigneur ; puisqu'il est allemand, je peux lui
parler ; qu'on le mène dans ma feuillée. » Aussitôt
on conduit Candide dans un cabinet de verdure
orné d'une très jolie colonnade de marbre vert et
or, et de treillages qui renfermaient des perro-
quets, des colibris, des oiseaux-mouches, des pin-
tades, et tous les oiseaux les plus rares. Un excellent
déjeuner était préparé dans des vases d'or ; et tan-
dis que les Paraguains mangèrent du maïs dans
des écuelles de bois, en plein champ, à l'ardeur du
soleil, le révérend père commandant entra dans la
feuillée.

C'était un très beau jeune homme, le visage plein,
assez blanc, haut en couleur, le sourcil relevé,
l'œil vif, l'oreille rouge, les lèvres vermeilles, l'air
fier, mais d'une fierté qui n'était ni celle d'un
Espagnol ni celle d'un jésuite. On rendit à Candide

et à Cacambo leurs armes, qu'on leur avait saisies, ainsi que les deux chevaux andalous; Cacambo leur fit manger l'avoine auprès de la feuillée, ayant toujours l'œil sur eux, crainte de surprise.

Candide baisa d'abord le bas de la robe du commandant, ensuite ils se mirent à table. «Vous êtes donc allemand? lui dit le jésuite en cette langue[1]. — Oui, mon Révérend Père», dit Candide. L'un et l'autre, en prononçant ces paroles, se regardaient avec une extrême surprise et une émotion dont ils n'étaient pas les maîtres. « Et de quel pays d'Allemagne êtes-vous? dit le jésuite. — De la sale province de Westphalie[2], dit Candide: je suis né dans le château de Thunder-ten-tronckh. — Ô ciel! est-il possible? s'écria le commandant. — Quel miracle! s'écria Candide. — Serait-ce vous? dit le commandant. — Cela n'est pas possible», dit Candide. Ils se laissent tomber tous deux à la renverse, ils s'embrassent, ils versent des ruisseaux de larmes. «Quoi! serait-ce vous, mon Révérend Père? vous, le frère de la belle Cunégonde! vous, qui fûtes tué par les Bulgares! vous, le fils de monsieur le baron! vous, jésuite au Paraguay! Il faut avouer que ce monde est une étrange chose. Ô Pangloss! Pangloss! que vous seriez aise si vous n'aviez pas été pendu!»

Le commandant fit retirer les esclaves nègres et les Paraguains qui servaient à boire dans des gobelets de cristal de roche. Il remercia Dieu et saint Ignace mille fois; il serrait Candide entre ses bras; leurs visages étaient baignés de pleurs. «Vous seriez bien plus étonné, plus attendri, plus hors de vous-même, dit Candide, si je vous disais

que Mlle Cunégonde, votre sœur, que vous avez
crue éventrée, est pleine de santé. — Où ? — Dans
votre voisinage, chez M. le gouverneur de Bue-
nos-Ayres ; et je venais pour vous faire la guerre. »
Chaque mot qu'ils prononcèrent dans cette longue
conversation accumulait prodige sur prodige. Leur
âme tout entière volait sur leur langue, était atten-
tive dans leurs oreilles et étincelante dans leurs
yeux. Comme ils étaient allemands, ils tinrent
table longtemps, en attendant le révérend père
provincial ; et le commandant parla ainsi à son
cher Candide.

CHAPITRE QUINZIÈME

Comment Candide tua le frère
de sa chère Cunégonde

« J'aurai toute ma vie présent à la mémoire le
jour horrible où je vis tuer mon père et ma mère,
et violer ma sœur. Quand les Bulgares furent reti-
rés, on ne trouva point cette sœur adorable, et on
mit dans une charrette ma mère, mon père et
moi, deux servantes et trois petits garçons égorgés,
pour nous aller enterrer dans une chapelle de
jésuites[1], à deux lieues du château de mes pères.
Un jésuite nous jeta de l'eau bénite ; elle était
horriblement salée ; il en entra quelques gouttes
dans mes yeux ; le père s'aperçut que ma pau-
pière faisait un petit mouvement : il mit la main

sur mon cœur et le sentit palpiter ; je fus secouru,
et, au bout de trois semaines, il n'y paraissait pas.
Vous savez, mon cher Candide, que j'étais fort joli,
je le devins encore davantage ; aussi le révérend
père Croust[1], supérieur de la maison, prit pour
moi la plus grande amitié ; il me donna l'habit
de novice ; quelque temps après je fus envoyé à
Rome. Le père général avait besoin d'une recrue[2]
de jeunes jésuites allemands. Les souverains du
Paraguay reçoivent le moins qu'ils peuvent de
jésuites espagnols ; ils aiment mieux les étrangers,
dont ils se croient plus maîtres. Je fus jugé propre
par le révérend père général pour aller travailler
dans cette vigne[3]. Nous partîmes, un Polonais, un
Tyrolien et moi. Je fus honoré, en arrivant, du
sous-diaconat et d'une lieutenance ; je suis aujour-
d'hui colonel et prêtre. Nous recevrons vigou-
reusement les troupes du roi d'Espagne ; je vous
réponds qu'elles seront excommuniées et battues.
La Providence vous envoie ici pour nous seconder.
Mais est-il bien vrai que ma chère sœur Cuné-
gonde soit dans le voisinage, chez le gouverneur
de Buenos-Ayres ? » Candide l'assura par serment
que rien n'était plus vrai. Leurs larmes recom-
mencèrent à couler.

· Le baron ne pouvait se lasser d'embrasser Can-
dide[4] ; il l'appelait son frère, son sauveur. « Ah !
peut-être, lui dit-il, nous pourrons ensemble, mon
cher Candide, entrer en vainqueurs dans la ville,
et reprendre ma sœur Cunégonde. — C'est tout
ce que je souhaite, dit Candide ; car je comptais
l'épouser, et je l'espère encore. — Vous, inso-
lent ! répondit le baron, vous auriez l'impudence

d'épouser ma sœur qui a soixante et douze quartiers ! Je vous trouve bien effronté d'oser me parler d'un dessein si téméraire !» Candide, pétrifié d'un tel discours, lui répondit : «Mon Révérend Père, tous les quartiers du monde n'y font rien ; j'ai tiré votre sœur des bras d'un Juif et d'un inquisiteur ; elle m'a assez d'obligations, elle veut m'épouser. Maître Pangloss m'a toujours dit que les hommes sont égaux[1], et assurément je l'épouserai. — C'est ce que nous verrons, coquin !» dit le jésuite baron de Thunder-ten-tronckh, et en même temps il lui donna un grand coup du plat de son épée sur le visage. Candide dans l'instant tire la sienne et l'enfonce jusqu'à la garde dans le ventre du baron jésuite ; mais, en la retirant toute fumante, il se mit à pleurer : «Hélas ! mon Dieu, dit-il, j'ai tué mon ancien maître, mon ami, mon beau-frère ; je suis le meilleur homme du monde, et voilà déjà trois hommes que je tue ; et dans ces trois il y a deux prêtres.»

Cacambo, qui faisait sentinelle à la porte de la feuillée, accourut. «Il ne nous reste qu'à vendre cher notre vie, lui dit son maître : on va sans doute entrer dans la feuillée, il faut mourir les armes à la main.» Cacambo, qui en avait vu bien d'autres, ne perdit point la tête ; il prit la robe de jésuite que portait le baron, la mit sur le corps de Candide, lui donna le bonnet carré du mort, et le fit monter à cheval. Tout cela se fit en un clin d'œil. «Galopons, mon maître ; tout le monde vous prendra pour un jésuite qui va donner des ordres ; et nous aurons passé les frontières avant qu'on puisse courir après nous.» Il volait déjà en

prononçant ces paroles, et en criant en espagnol :
« Place, place pour le révérend père colonel. »

CHAPITRE SEIZIÈME

Ce qui advint aux deux voyageurs
avec deux filles, deux singes
et les sauvages nommés Oreillons

Candide et son valet furent au-delà des bar-
rières, et personne ne savait encore dans le camp
la mort du jésuite allemand. Le vigilant Cacambo
avait eu soin de remplir sa valise de pain, de cho-
colat, de jambon, de fruits, et de quelques mesures
de vin. Ils s'enfoncèrent avec leurs chevaux anda-
lous dans un pays inconnu, où ils ne découvrirent
aucune route. Enfin une belle prairie entrecou-
pée de ruisseaux se présenta devant eux. Nos deux
voyageurs font repaître leurs montures. Cacambo
propose à son maître de manger, et lui en donne
l'exemple. « Comment veux-tu, disait Candide, que
je mange du jambon, quand j'ai tué le fils de
monsieur le baron, et que je me vois condamné à
ne revoir la belle Cunégonde de ma vie ? à quoi
me servira de prolonger mes misérables jours,
puisque je dois les traîner loin d'elle dans les
remords et dans le désespoir ? et que dira le jour-
nal de Trévoux[2] ? »

En parlant ainsi, il ne laissait pas de manger.
Le soleil se couchait. Les deux égarés entendirent

quelques petits cris qui paraissaient poussés par
des femmes. Ils ne savaient si ces cris étaient de
douleur ou de joie; mais ils se levèrent précipi-
tamment avec cette inquiétude et cette alarme
que tout inspire dans un pays inconnu. Ces cla-
meurs partaient de deux filles toutes nues qui cou-
raient légèrement au bord de la prairie, tandis
que deux singes les suivaient en leur mordant les
fesses. Candide fut touché de pitié; il avait appris
à tirer chez les Bulgares, et il aurait abattu une
noisette dans un buisson sans toucher aux feuilles.
Il prend son fusil espagnol à deux coups, tire, et
tue les deux singes. «Dieu soit loué, mon cher
Cacambo! j'ai délivré d'un grand péril ces deux
pauvres créatures; si j'ai commis un péché en
tuant un inquisiteur et un jésuite, je l'ai bien
réparé en sauvant la vie à deux filles. Ce sont
peut-être deux demoiselles de condition, et cette
aventure nous peut procurer de très grands avan-
tages dans le pays.»

Il allait continuer, mais sa langue devint per-
cluse quand il vit ces deux filles embrasser ten-
drement les deux singes, fondre en larmes sur
leurs corps et remplir l'air des cris les plus dou-
loureux[1]. «Je ne m'attendais pas à tant de bonté
d'âme», dit-il enfin à Cacambo; lequel lui répli-
qua: «Vous avez fait là un beau chef-d'œuvre, mon
maître; vous avez tué les deux amants de ces
demoiselles. — Leurs amants! serait-il possible?
vous vous moquez de moi, Cacambo; le moyen de
vous croire? — Mon cher maître, reprit Cacambo,
vous êtes toujours étonné de tout; pourquoi trou-
vez-vous si étrange que dans quelques pays il y

ait des singes qui obtiennent les bonnes grâces des dames[1] ? Ils sont des quarts d'hommes, comme je suis un quart d'Espagnol. — Hélas! reprit Candide, je me souviens d'avoir entendu dire à maître Pangloss qu'autrefois pareils accidents étaient arrivés, et que ces mélanges avaient produit des égipans, des faunes, des satyres; que plusieurs grands personnages de l'antiquité en avaient vu; mais je prenais cela pour des fables. — Vous devez être convaincu à présent, dit Cacambo, que c'est une vérité, et vous voyez comment en usent les personnes qui n'ont pas reçu une certaine éducation[2]; tout ce que je crains, c'est que ces dames ne nous fassent quelque méchante affaire. »

Ces réflexions solides engagèrent Candide à quitter la prairie et à s'enfoncer dans un bois. Il y soupa avec Cacambo; et tous deux, après avoir maudit l'inquisiteur de Portugal, le gouverneur de Buenos-Ayres et le baron, s'endormirent sur la mousse. À leur réveil, ils sentirent qu'ils ne pouvaient remuer[3]; la raison en était que pendant la nuit les Oreillons, habitants du pays, à qui les deux dames les avaient dénoncés, les avaient garrottés avec des cordes d'écorce d'arbre. Ils étaient entourés d'une cinquantaine d'Oreillons tout nus, armés de flèches, de massues et de haches de caillou : les uns faisaient bouillir une grande chaudière; les autres préparaient des broches, et tous criaient : « C'est un jésuite, c'est un jésuite! nous serons vengés, et nous ferons bonne chère; mangeons du jésuite, mangeons du jésuite! »

« Je vous l'avais bien dit, mon cher maître,

s'écria tristement Cacambo, que ces deux filles nous joueraient d'un mauvais tour.» Candide, apercevant la chaudière et les broches, s'écria : «Nous allons certainement être rôtis ou bouillis. Ah! que dirait maître Pangloss, s'il voyait comme la pure nature est faite? Tout est bien; soit, mais j'avoue qu'il est bien cruel d'avoir perdu Mlle Cunégonde et d'être mis à la broche par des Oreillons.» Cacambo ne perdait jamais la tête. «Ne désespérez de rien, dit-il au désolé Candide; j'entends un peu le jargon de ces peuples, je vais leur parler. — Ne manquez pas, dit Candide, de leur représenter quelle est l'inhumanité affreuse de faire cuire des hommes, et combien cela est peu chrétien.»

«Messieurs, dit Cacambo, vous comptez donc manger aujourd'hui un jésuite : c'est très bien fait; rien n'est plus juste que de traiter ainsi ses ennemis. En effet le droit naturel nous enseigne à tuer notre prochain, et c'est ainsi qu'on en agit dans toute la terre. Si nous n'usons pas du droit de le manger, c'est que nous avons d'ailleurs de quoi faire bonne chère; mais vous n'avez pas les mêmes ressources que nous; certainement il vaut mieux manger ses ennemis[1] que d'abandonner aux corbeaux et aux corneilles le fruit de sa victoire. Mais, messieurs, vous ne voudriez pas manger vos amis. Vous croyez aller mettre un jésuite en broche, et c'est votre défenseur, c'est l'ennemi de vos ennemis que vous allez rôtir. Pour moi, je suis né dans votre pays; monsieur que vous voyez est mon maître, et, bien loin d'être jésuite, il vient de tuer un jésuite, il en porte les dépouilles : voilà

le sujet de votre méprise. Pour vérifier ce que je vous dis, prenez sa robe, portez-la à la première barrière du royaume de Los Padres ; informez-vous si mon maître n'a pas tué un officier jésuite. Il vous faudra peu de temps ; vous pourrez toujours nous manger si vous trouvez que je vous ai menti. Mais, si je vous ai dit la vérité, vous connaissez trop les principes du droit public, les mœurs et les lois, pour ne nous pas faire grâce. »

Les Oreillons trouvèrent ce discours très raisonnable ; ils députèrent deux notables pour aller en diligence s'informer de la vérité ; les deux députés s'acquittèrent de leur commission en gens d'esprit, et revinrent bientôt apporter de bonnes nouvelles. Les Oreillons délièrent leurs deux prisonniers, leur firent toutes sortes de civilités, leur offrirent des filles, leur donnèrent des rafraîchissements, et les reconduisirent jusqu'aux confins de leurs États, en criant avec allégresse : « Il n'est point jésuite, il n'est point jésuite ! »

Candide ne se lassait point d'admirer[1] le sujet de sa délivrance. « Quel peuple ! disait-il, quels hommes ! quelles mœurs ! Si je n'avais pas eu le bonheur de donner un grand coup d'épée au travers du corps du frère de Mlle Cunégonde, j'étais mangé sans rémission. Mais, après tout, la pure nature est bonne, puisque ces gens-ci, au lieu de me manger, m'ont fait mille honnêtetés dès qu'ils ont su que je n'étais pas jésuite. »

CHAPITRE DIX-SEPTIÈME

*Arrivée de Candide et de son valet
au pays d'Eldorado[1],
et ce qu'ils y virent*

Quand ils furent aux frontières des Oreillons:
«Vous voyez, dit Cacambo à Candide, que cet
hémisphère-ci ne vaut pas mieux que l'autre:
croyez-moi, retournons en Europe par le plus
court. — Comment y retourner? dit Candide, et
où aller? Si je vais dans mon pays, les Bulgares
et les Abares y égorgent tout; si je retourne en
Portugal, j'y suis brûlé; si nous restons dans ce
pays-ci, nous risquons à tout moment d'être mis
en broche. Mais comment se résoudre à quitter la
partie du monde que Mlle Cunégonde habite?

— Tournons vers la Cayenne, dit Cacambo:
nous y trouverons des Français[2], qui vont par
tout le monde; ils pourront nous aider. Dieu aura
peut-être pitié de nous.»

Il n'était pas facile d'aller à la Cayenne: ils
savaient bien à peu près de quel côté il fallait
marcher; mais des montagnes, des fleuves, des
précipices, des brigands, des sauvages, étaient par-
tout de terribles obstacles. Leurs chevaux mouru-
rent de fatigue; leur provisions furent consumées;
ils se nourrirent un mois entier de fruits sauvages,
et se trouvèrent enfin auprès d'une petite rivière
bordée de cocotiers, qui soutinrent leur vie et
leurs espérances.

Cacambo, qui donnait toujours d'aussi bons conseils que la vieille, dit à Candide : « Nous n'en pouvons plus, nous avons assez marché ; j'aperçois un canot vide sur le rivage, emplissons-le de cocos, jetons-nous dans cette petite barque, laissons-nous aller au courant ; une rivière mène toujours à quelque endroit habité. Si nous ne trouvons pas des choses agréables, nous trouverons du moins des choses nouvelles. — Allons, dit Candide, recommandons-nous à la Providence. »

Ils voguèrent quelques lieues entre des bords tantôt fleuris, tantôt arides, tantôt unis, tantôt escarpés. La rivière s'élargissait toujours ; enfin elle se perdait sous une voûte de rochers épouvantables qui s'élevaient jusqu'au ciel. Les deux voyageurs eurent la hardiesse de s'abandonner aux flots sous cette voûte. Le fleuve, resserré en cet endroit, les porta avec une rapidité et un bruit horrible. Au bout de vingt-quatre heures ils revirent le jour ; mais leur canot se fracassa contre les écueils ; il fallut se traîner de rocher en rocher pendant une lieue entière ; enfin ils découvrirent un horizon immense, bordé de montagnes inaccessibles[1]. Le pays était cultivé pour le plaisir comme pour le besoin ; partout l'utile était agréable. Les chemins étaient couverts ou plutôt ornés de voitures[2] d'une forme et d'une matière brillante, portant des hommes et des femmes d'une beauté singulière, traînés rapidement par de gros moutons rouges[3] qui surpassaient en vitesse les plus beaux chevaux d'Andalousie, de Tétuan et de Méquinez[4].

« Voilà pourtant, dit Candide, un pays qui vaut

mieux que la Westphalie. » Il mit pied à terre[1] avec
Cacambo auprès du premier village qu'il rencon-
tra. Quelques enfants du village, couverts de bro-
carts d'or tout déchirés, jouaient au palet à l'entrée
du bourg ; nos deux hommes de l'autre monde
s'amusèrent à les regarder : leurs palets étaient
d'assez larges pièces rondes, jaunes, rouges, vertes,
qui jetaient un éclat singulier. Il prit envie aux
voyageurs d'en ramasser quelques-uns ; c'était de
l'or, c'était des émeraudes, des rubis, dont le
moindre aurait été le plus grand ornement du trône
du Mogol. « Sans doute, dit Cacambo, ces enfants
sont les fils du roi du pays qui jouent au petit palet. »
Le magister du village parut dans ce moment
pour les faire rentrer à l'école. « Voilà, dit Can-
dide, le précepteur de la famille royale. »

Les petits gueux quittèrent aussitôt le jeu, en
laissant à terre leurs palets et tout ce qui avait
servi à leurs divertissements. Candide les ramasse,
court au précepteur, et les lui présente humble-
ment, lui faisant entendre par signes que Leurs
Altesses Royales avaient oublié leur or et leurs
pierreries. Le magister du village, en souriant, les
jeta par terre, regarda un moment la figure de
Candide avec beaucoup de surprise, et continua
son chemin.

Les voyageurs ne manquèrent pas de ramasser
l'or, les rubis et les émeraudes. « Où sommes-
nous ? s'écria Candide ; il faut que les enfants des
rois de ce pays soient bien élevés, puisqu'on leur
apprend à mépriser l'or et les pierreries. » Cacambo
était aussi surpris que Candide. Ils approchèrent
enfin de la première maison du village ; elle était

bâtie comme un palais d'Europe. Une foule de monde s'empressait à la porte, et encore plus dans le logis. Une musique très agréable se faisait entendre, et une odeur délicieuse de cuisine se faisait sentir. Cacambo s'approcha de la porte, et entendit qu'on parlait péruvien; c'était sa langue maternelle : car tout le monde sait que Cacambo était né au Tucuman, dans un village où l'on ne connaissait que cette langue. «Je vous servirai d'interprète, dit-il à Candide; entrons, c'est ici un cabaret.»

Aussitôt deux garçons et deux filles de l'hôtellerie, vêtus de drap d'or, et les cheveux renoués avec des rubans, les invitent à se mettre à la table de l'hôte. On servit quatre potages garnis chacun de deux perroquets, un contour bouilli[1] qui pesait deux cents livres, deux singes[2] rôtis d'un goût excellent, trois cents colibris dans un plat, et six cents oiseaux-mouches dans un autre; des ragoûts exquis, des pâtisseries délicieuses; le tout dans des plats d'une espèce de cristal de roche. Les garçons et les filles de l'hôtellerie versaient plusieurs liqueurs faites de canne de sucre.

Les convives étaient pour la plupart des marchands et des voituriers, tous d'une politesse extrême, qui firent quelques questions à Cacambo avec la discrétion la plus circonspecte, et qui répondirent aux siennes d'une manière à le satisfaire.

Quand le repas fut fini, Cacambo crut, ainsi que Candide, bien payer son écot en jetant sur la table de l'hôte deux de ces larges pièces d'or qu'il avait ramassées; l'hôte et l'hôtesse éclatèrent de

rire, et se tinrent longtemps les côtés. Enfin ils se
remirent : «Messieurs, dit l'hôte, nous voyons bien
que vous êtes des étrangers ; nous ne sommes pas
accoutumés à en voir. Pardonnez-nous si nous
nous sommes mis à rire quand vous nous avez
offert en payement les cailloux de nos grands
chemins. Vous n'avez pas sans doute de la mon-
naie du pays, mais il n'est pas nécessaire d'en
avoir pour dîner ici. Toutes les hôtelleries établies
pour la commodité du commerce sont payées par
le gouvernement[1]. Vous avez fait mauvaise chère
ici, parce que c'est un pauvre village ; mais par-
tout ailleurs vous serez reçus comme vous méri-
tez de l'être. » Cacambo expliquait à Candide tous
les discours de l'hôte, et Candide les écoutait avec
la même admiration et le même égarement que
son ami Cacambo les rendait. «Quel est donc ce
pays, disaient-ils l'un et l'autre, inconnu à tout le
reste de la terre, et où toute la nature est d'une
espèce si différente de la nôtre ? C'est probable-
ment le pays où tout va bien ; car il faut absolu-
ment qu'il y en ait de cette espèce. Et, quoi qu'en
dît maître Pangloss, je me suis souvent aperçu
que tout allait assez mal en Westphalie. »

CHAPITRE DIX-HUITIÈME

Ce qu'ils virent[1]
dans le pays d'Eldorado

Cacambo temoigna à son hôte toute sa curio-
sité; l'hôte lui dit: «Je suis fort ignorant, et je m'en
trouve bien; mais nous avons ici un vieillard[1]
retiré de la cour, qui est le plus savant homme du
royaume, et le plus communicatif.» Aussitôt il
mène Cacambo chez le vieillard. Candide ne jouait
plus que le second personnage, et accompagnait
son valet. Ils entrèrent dans une maison fort
simple, car la porte n'était que d'argent, et les lam-
bris des appartements n'étaient que d'or, mais tra-
vaillés avec tant de goût que les plus riches lambris
ne l'effaçaient pas. L'antichambre n'était à la vérité
incrustée que de rubis et d'émeraudes; mais l'ordre
dans lequel tout était arrangé réparait bien cette
extrême simplicité.

Le vieillard reçut les deux étrangers sur un
sopha matelassé de plumes de colibri, et leur fit
présenter des liqueurs dans des vases de dia-
mant; après quoi il satisfit à leur curiosité en ces
termes:

«Je suis âgé de cent soixante et douze ans, et
j'ai appris de feu mon père, écuyer du roi, les
étonnantes révolutions du Pérou dont il avait été
témoin. Le royaume où nous sommes est l'an-
cienne patrie des Incas, qui en sortirent très
imprudemment pour aller subjuguer une partie

du monde, et qui furent enfin détruits par les
Espagnols.

«Les princes de leur famille qui restèrent dans
leur pays natal furent plus sages; ils ordonnèrent,
du consentement de la nation, qu'aucun habitant
ne sortirait jamais de notre petit royaume; et c'est
ce qui nous a conservé notre innocence et notre
félicité. Les Espagnols ont eu une connaissance
confuse de ce pays, ils l'ont appelé El Dorado[1], et
un Anglais, nommé le chevalier Raleigh[2], en a
même approché il y a environ cent années; mais,
comme nous sommes entourés de rochers inabor-
dables et de précipices, nous avons toujours été
jusqu'à présent à l'abri de la rapacité des nations
de l'Europe, qui ont une fureur inconcevable
pour les cailloux et pour la fange de notre terre
et qui, pour en avoir, nous tueraient tous jus-
qu'au dernier.»

La conversation fut longue; elle roula sur la
forme du gouvernement, sur les mœurs, sur les
femmes, sur les spectacles publics, sur les arts.
Enfin Candide, qui avait toujours du goût pour la
métaphysique, fit demander par Cacambo si dans
le pays il y avait une religion.

Le vieillard rougit un peu. «Comment donc, dit-
il, en pouvez-vous douter? Est-ce que vous nous
prenez pour des ingrats?» Cacambo demanda
humblement quelle était la religion d'Eldorado.
Le vieillard rougit encore «Est-ce qu'il peut y
avoir deux religions? dit-il; nous avons, je crois,
la religion de tout le monde: nous adorons Dieu
du soir jusqu'au matin. — N'adorez-vous qu'un
seul Dieu? dit Cacambo, qui servait toujours d'in-

terprète aux doutes de Candide. — Apparemment,
dit le vieillard, qu'il n'y en a ni deux, ni trois, ni
quatre. Je vous avoue que les gens de votre monde
font des questions bien singulières. » Candide ne
se lassait pas de faire interroger ce bon vieillard ;
il voulut savoir comment on priait Dieu dans l'El-
dorado. « Nous ne le prions point, dit le bon et
respectable sage ; nous n'avons rien à lui deman-
der ; il nous a donné tout ce qu'il nous faut ; nous
le remercions sans cesse. » Candide eut la curio-
sité de voir des prêtres ; il fit demander où ils
étaient. Le bon vieillard sourit. « Mes amis, dit-il,
nous sommes tous prêtres¹ ; le roi et tous les chefs
de famille chantent des cantiques d'actions de
grâces solennellement tous les matins ; et cinq ou
six mille musiciens les accompagnent.

— Quoi ! vous n'avez point de moines qui ensei-
gnent, qui disputent, qui gouvernent, qui cabalent,
et qui font brûler les gens qui ne sont pas de leur
avis ? — Il faudrait que nous fussions fous, dit le
vieillard ; nous sommes tous ici du même avis, et
nous n'entendons pas ce que vous voulez dire avec
vos moines. » Candide à tous ces discours demeu-
rait en extase, et disait en lui-même : « Ceci est
bien différent de la Westphalie et du château de
monsieur le baron : si notre ami Pangloss avait
vu Eldorado, il n'aurait plus dit que le château de
Thunder-ten-tronckh était ce qu'il y avait de mieux
sur la terre ; il est certain qu'il faut voyager. »

Après cette longue conversation, le bon vieillard
fit atteler un carrosse à six moutons, et donna
douze de ses domestiques aux deux voyageurs
pour les conduire à la cour : « Excusez-moi, leur

dit-il, si mon âge me prive de l'honneur de vous accompagner. Le roi vous recevra d'une manière dont vous ne serez pas mécontents, et vous pardonnerez sans doute aux usages du pays s'il y en a quelques-uns qui vous déplaisent.»

Candide et Cacambo montent en carrosse; les six moutons volaient, et en moins de quatre heures on arriva au palais du roi, situé à un bout de la capitale. Le portail était de deux cent vingt pieds de haut et de cent de large; il est impossible d'exprimer quelle en était la matière. On voit assez quelle supériorité prodigieuse elle devait avoir sur ces cailloux et sur ce sable que nous nommons *or* et *pierreries*.

Vingt belles filles de la garde[1] reçurent Candide et Cacambo à la descente du carrosse, les conduisirent aux bains, les vêtirent de robes d'un tissu de duvet de colibri; après quoi les grands officiers et les grandes officières de la couronne les menèrent à l'appartement de Sa Majesté, au milieu de deux files chacune de mille musiciens, selon l'usage ordinaire. Quand ils approchèrent de la salle du trône, Cacambo demanda à un grand officier comment il fallait s'y prendre pour saluer Sa Majesté; si on se jetait à genoux ou ventre à terre; si on mettait les mains sur la tête ou sur le derrière; si on léchait la poussière de la salle[2]; en un mot, quelle était la cérémonie. «L'usage, dit le grand officier, est d'embrasser le roi et de le baiser des deux côtés.» Candide et Cacambo sautèrent au cou de Sa Majesté, qui les reçut avec toute la grâce imaginable et qui les pria poliment à souper.

En attendant, on leur fit voir la ville, les édifices publics élevés jusqu'aux nues, les marchés ornés de mille colonnes, les fontaines d'eau pure, les fontaines d'eau rose, celles de liqueurs de canne de sucre, qui coulaient continuellement dans de grandes places, pavées d'une espèce de pierreries qui répandaient une odeur semblable à celle du gérofle et de la cannelle. Candide demanda à voir la cour de justice, le parlement ; on lui dit qu'il n'y en avait point, et qu'on ne plaidait jamais. Il s'informa s'il y avait des prisons, et on lui dit que non. Ce qui le surprit davantage, et qui lui fit le plus de plaisir, ce fut le palais des sciences, dans lequel il vit une galerie de deux mille pas, toute pleine d'instruments de mathématique et de physique.

Après avoir parcouru, toute l'après-dînée, à peu près la millième partie de la ville, on les ramena chez le roi. Candide se mit à table entre Sa Majesté, son valet Cacambo et plusieurs dames. Jamais on ne fit meilleure chère, et jamais on n'eut plus d'esprit à souper qu'en eut Sa Majesté. Cacambo expliquait les bons mots du roi à Candide, et quoique traduits, ils paraissaient toujours des bons mots[1]. De tout ce qui étonnait Candide, ce n'était pas ce qui l'étonna le moins.

Ils passèrent un mois dans cet hospice[2]. Candide ne cessait de dire à Cacambo : « Il est vrai, mon ami, encore une fois, que le château où je suis né ne vaut pas le pays où nous sommes ; mais enfin Mlle Cunégonde n'y est pas, et vous avez sans doute quelque maîtresse en Europe. Si nous restons ici, nous n'y serons que comme les autres ; au lieu que si nous retournons dans notre

monde seulement avec douze moutons chargés de
cailloux d'Eldorado, nous serons plus riches que
tous les rois ensemble, nous n'aurons plus d'in-
quisiteurs à craindre, et nous pourrons aisément
reprendre Mlle Cunégonde. »

Ce discours plut à Cacambo : on aime tant
à courir, à se faire valoir chez les siens, à faire
parade de ce qu'on a vu dans ses voyages, que les
deux heureux résolurent de ne plus l'être et de
demander leur congé à Sa Majesté.

« Vous faites une sottise, leur dit le roi ; je sais
bien que mon pays est peu de chose ; mais, quand
on est passablement quelque part, il faut y res-
ter ; je n'ai pas assurément le droit de retenir des
étrangers ; c'est une tyrannie qui n'est ni dans
nos mœurs, ni dans nos lois[1] : tous les hommes
sont libres ; partez quand vous voudrez, mais la
sortie est bien difficile. Il est impossible de remon-
ter la rivière rapide sur laquelle vous êtes arri-
vés par miracle, et qui court sous les voûtes de
rochers. Les montagnes qui entourent tout mon
royaume ont dix mille pieds de hauteur, et sont
droites comme des murailles ; elles occupent cha-
cune en largeur un espace de plus de dix lieues ;
on ne peut en descendre que par des précipices.
Cependant, puisque vous voulez absolument par-
tir, je vais donner ordre aux intendants des
machines d'en faire une qui puisse vous transpor-
ter commodément. Quand on vous aura conduits
au revers des montagnes, personne ne pourra vous
accompagner ; car mes sujets ont fait vœu de ne
jamais sortir de leur enceinte, et ils sont trop sages
pour rompre leur vœu. Demandez-moi d'ailleurs

tout ce qu'il vous plaira. — Nous ne demandons à Votre Majesté, dit Cacambo, que quelques moutons chargés de vivres, de cailloux, et de la boue du pays.» Le roi rit. «Je ne conçois pas, dit-il, quel goût vos gens d'Europe ont pour notre boue jaune; mais emportez-en tant que vous voudrez, et grand bien vous fasse.»

Il donna l'ordre sur-le-champ à ses ingénieurs de faire une machine pour guinder[1] ces deux hommes extraordinaires hors du royaume. Trois mille bons physiciens y travaillèrent; elle fut prête au bout de quinze jours, et ne coûta pas plus de vingt millions de livres sterling, monnaie du pays[2]. On mit sur la machine Candide et Cacambo; il y avait deux grands moutons rouges sellés et bridés pour leur servir de monture quand ils auraient franchi les montagnes, vingt moutons de bât chargés de vivres, trente qui portaient des présents de ce que le pays a de plus curieux, et cinquante chargés d'or, de pierreries et de diamants. Le roi embrassa tendrement les deux vagabonds.

Ce fut un beau spectacle que leur départ, et la manière ingénieuse dont ils furent hissés, eux et leurs moutons, au haut des montagnes. Les physiciens prirent congé d'eux après les avoir mis en sûreté, et Candide n'eut plus d'autre désir et d'autre objet que d'aller présenter ses moutons à Mlle Cunégonde. «Nous avons, dit-il, de quoi payer le gouverneur de Buenos-Ayres, si Mlle Cunégonde peut être mise à prix. Marchons vers la Cayenne, embarquons-nous, et nous verrons ensuite quel royaume nous pourrons acheter.»

CHAPITRE DIX-NEUVIÈME

*Ce qui leur arriva à Surinam,
et comment Candide
fit connaissance avec Martin*

La première journée de nos deux voyageurs fut
assez agréable. Ils étaient encouragés par l'idée de
se voir possesseurs de plus de trésors que l'Asie,
l'Europe et l'Afrique n'en pouvaient rassembler.
Candide, transporté, écrivit le nom de Cunégonde
sur les arbres. À la seconde journée deux de leurs
moutons s'enfoncèrent dans des marais, et y furent
abîmés avec leurs charges; deux autres moutons
moururent de fatigue quelques jours après; sept
ou huit périrent ensuite de faim dans un désert;
d'autres tombèrent au bout de quelques jours dans
des précipices. Enfin, après cent jours de marche,
il ne leur resta que deux moutons. Candide dit
à Cacambo: «Mon ami, vous voyez comme les
richesses de ce monde sont périssables; il n'y a
rien de solide que la vertu et le bonheur de revoir
Mlle Cunégonde. — Je l'avoue, dit Cacambo;
mais il nous reste encore deux moutons avec plus
de trésors que n'en aura jamais le roi d'Espagne,
et je vois de loin une ville que je soupçonne
être Surinam[1], appartenant aux Hollandais. Nous
sommes au bout de nos peines et au commence-
ment de notre félicité[2].»
En approchant de la ville, ils rencontrèrent un

nègre étendu par terre, n'ayant plus que la moitié de son habit, c'est-à-dire d'un caleçon de toile bleue; il manquait à ce pauvre homme la jambe gauche et la main droite. «Eh, mon dieu! lui dit Candide en hollandais, que fais-tu là, mon ami, dans l'état horrible où je te vois? — J'attends mon maître, M. Vanderdendur[1], le fameux négociant, répondit le nègre. — Est-ce M. Vanderdendur, dit Candide, qui t'a traité ainsi? — Oui, monsieur, dit le nègre, c'est l'usage. On nous donne un caleçon de toile pour tout vêtement deux fois l'année[2]. Quand nous travaillons aux sucreries, et que la meule nous attrape le doigt, on nous coupe la main; quand nous voulons nous enfuir, on nous coupe la jambe[3]: je me suis trouvé dans les deux cas. C'est à ce prix que vos mangez du sucre en Europe. Cependant, lorsque ma mère me vendit dix écus patagons sur la côte de Guinée, elle me disait: "Mon cher enfant, bénis nos fétiches[4], adore-les toujours, ils te feront vivre heureux, tu as l'honneur d'être esclave de nos seigneurs les blancs, et tu fais par là la fortune de ton père et de ta mère." Hélas! je ne sais pas si j'ai fait leur fortune, mais ils n'ont pas fait la mienne. Les chiens, les singes et les perroquets sont mille fois moins malheureux que nous. Les fétiches hollandais qui m'ont converti me disent tous les dimanches que nous sommes tous enfants d'Adam, blancs et noirs. Je ne suis pas généalogiste; mais si ces prêcheurs disent vrais, nous sommes tous cousins issus de germains. Or vous m'avouerez qu'on ne peut pas en user avec ses parents d'une manière plus horrible.

— Ô Pangloss! s'écria Candide, tu n'avais pas
deviné cette abomination; c'en est fait, il faudra
qu'à la fin je renonce à ton optimisme[1]. — Qu'est-
ce qu'optimisme? disait Cacambo. — Hélas! dit
Candide, c'est la rage de soutenir que tout est
bien quand on est mal.» Et il versait des larmes
en regardant son nègre, et en pleurant il entra
dans Surinam.

La première chose dont ils s'informent, c'est
s'il n'y a point au port quelque vaisseau qu'on pût
envoyer à Buenos-Ayres. Celui à qui ils s'adressè-
rent était justement un patron espagnol, qui s'of-
frit à faire avec eux un marché honnête. Il leur
donna rendez-vous dans un cabaret. Candide et
le fidèle Cacambo allèrent l'y attendre avec leurs
deux moutons[2].

Candide, qui avait le cœur sur les lèvres, conta
à l'Espagnol toutes ses aventures, et lui avoua qu'il
voulait enlever Mlle Cunégonde. «Je me garderai
bien de vous passer à Buenos-Ayres, dit le patron:
je serais pendu et vous aussi. La belle Cunégonde
est la maîtresse favorite de monseigneur.» Ce fut
un coup de foudre pour Candide; il pleura long-
temps; enfin il tira à part Cacambo: «Voici, mon
cher ami, lui dit-il, ce qu'il faut que tu fasses[3].
Nous avons chacun dans nos poches pour cinq
ou six millions de diamants; tu es plus habile que
moi; va prendre Mlle Cunégonde à Buenos-Ayres.
Si le gouverneur fait quelques difficultés, donne-
lui un million; s'il ne se rend pas, donne-lui-en
deux; tu n'as point tué d'inquisiteur, on ne se
défiera point de toi. J'équiperai un autre vaisseau;
j'irai t'attendre à Venise; c'est un pays libre où l'on

n'a rien à craindre ni des Bulgares, ni des Abares[1],
ni des Juifs, ni des inquisiteurs.» Cacambo applau-
dit à cette sage résolution. Il était au désespoir
de se séparer d'un bon maître, devenu son ami
intime; mais le plaisir de lui être utile l'emporta
sur la douleur de le quitter. Ils s'embrassèrent en
versant des larmes. Candide lui recommanda de
ne point oublier la bonne vieille. Cacambo partit
dès le jour même : c'était un très bon homme que
ce Cacambo[2].

Candide resta encore quelque temps à Surinam,
et attendit qu'un autre patron voulût le mener en
Italie, lui et les deux moutons qui lui restaient. Il
prit des domestiques, et acheta tout ce qui lui était
nécessaire pour un long voyage; enfin M. Van-
derdendur, maître d'un gros vaisseau, vint se
présenter à lui. «Combien voulez-vous, demanda-
t-il à cet homme, pour me mener en droiture à
Venise, moi, mes gens, mon bagage, et les deux
moutons que voilà?» Le patron s'accorda à dix
mille piastres. Candide n'hésita pas.

«Oh! oh! dit à part soi le prudent Vanderden-
dur, cet étranger donne dix mille piastres tout
d'un coup! il faut qu'il soit bien riche.» Puis,
revenant un moment après, il signifia qu'il ne pou-
vait partir à moins de vingt mille. «Eh bien! vous
les aurez», dit Candide.

«Ouais! se dit tout bas le marchand, cet homme
donne vingt mille piastres aussi aisément que dix
mille.» Il revint encore, et dit qu'il ne pouvait le
conduire à Venise à moins de trente mille piastres.
«Vous en aurez donc trente mille», répondit
Candide.

« Oh ! oh ! se dit encore le marchand hollandais, trente mille piastres ne coûtent rien à cet homme-ci ; sans doute les deux moutons portent des trésors immenses ; n'insistons pas davantage : faisons-nous d'abord payer les trente mille piastres, et puis nous verrons. » Candide vendit deux petits diamants, dont le moindre valait plus que tout l'argent que demandait le patron. Il le paya d'avance. Les deux moutons furent embarqués. Candide suivait dans un petit bateau pour joindre le vaisseau à la rade ; le patron prend son temps, met à la voile, démarre[1] ; le vent le favorise. Candide, éperdu et stupéfait, le perd bientôt de vue. « Hélas ! cria-t-il, voilà un tour digne de l'ancien monde. » Il retourne au rivage, abîmé dans la douleur ; car enfin il avait perdu de quoi faire la fortune de vingt monarques.

Il se transporte chez le juge hollandais ; et comme il était un peu troublé, il frappe rudement à la porte ; il entre, expose son aventure, et crie un peu plus haut qu'il ne convenait. Le juge commença par lui faire payer dix mille piastres pour le bruit qu'il avait fait. Ensuite il l'écouta patiemment, lui promit d'examiner son affaire sitôt que le marchand serait revenu, et se fit payer dix mille autres piastres pour les frais de l'audience.

Ce procédé acheva de désespérer Candide ; il avait à la vérité essuyé des malheurs mille fois plus douloureux ; mais le sang-froid du juge, et celui du patron dont il était volé, alluma sa bile, et le plongea dans une noire mélancolie. La méchanceté des hommes se présentait à son esprit dans toute sa laideur ; il ne se nourrissait que d'idées

tristes. Enfin, un vaisseau français étant sur le point de partir pour Bordeaux, comme il n'avait plus de moutons chargés de diamants à embarquer, il loua une chambre du vaisseau à juste prix, et fit signifier dans la ville qu'il payerait le passage, la nourriture, et donnerait deux mille piastres à un honnête homme qui voudrait faire le voyage avec lui, à condition que cet homme serait le plus dégoûté de son état et le plus malheureux de la province.

Il se présenta une foule de prétendants qu'une flotte n'aurait pu contenir. Candide voulant choisir entre les plus apparents[1], il distingua une vingtaine de personnes qui lui paraissaient assez sociables, et qui toutes prétendaient mériter la préférence. Il les assembla dans son cabaret, et leur donna à souper, à condition que chacun ferait serment de raconter fidèlement son histoire, promettant de choisir celui qui lui paraîtrait le plus à plaindre et le plus mécontent de son état à plus juste titre, et de donner aux autres quelques gratifications.

La séance dura jusqu'à quatre heures du matin. Candide, en écoutant toutes leurs aventures, se ressouvenait de ce que lui avait dit la vieille en allant à Buenos-Ayres, et de la gageure qu'elle avait faite, qu'il n'y avait personne sur le vaisseau à qui il ne fût arrivé de très grands malheurs. Il songeait à Pangloss à chaque aventure qu'on lui contait. « Ce Pangloss, disait-il, serait bien embarrassé à démontrer son système. Je voudrais qu'il fût ici. Certainement, si tout va bien, c'est dans Eldorado, et non pas dans le reste de la terre. »

Enfin il se détermina en faveur d'un pauvre savant qui avait travaillé dix ans pour les libraires d'Amsterdam. Il jugea qu'il n'y avait point de métier au monde dont on dût être plus dégoûté.

Ce savant, qui était d'ailleurs un bon homme, avait été volé par sa femme, battu par son fils, et abandonné de sa fille qui s'était fait enlever par un Portugais. Il venait d'être privé d'un petit emploi duquel il subsistait; et les prédicants de Surinam le persécutaient parce qu'ils le prenaient pour un socinien[1]. Il faut avouer que les autres étaient pour le moins aussi malheureux que lui; mais Candide espérait que le savant le désennuierait dans le voyage. Tous ses autres rivaux trouvèrent que Candide leur faisait une grande injustice; mais il les apaisa en leur donnant à chacun cent piastres.

CHAPITRE VINGTIÈME

Ce qui arriva sur mer à Candide et à Martin

Le vieux savant, qui s'appelait Martin, s'embarqua donc pour Bordeaux avec Candide. L'un et l'autre avaient beaucoup vu et beaucoup souffert; et quand le vaisseau aurait dû faire voile de Surinam au Japon par le cap de Bonne-Espérance, ils auraient eu de quoi s'entretenir du mal moral et du mal physique pendant tout le voyage.

Cependant Candide avait un grand avantage sur Martin, c'est qu'il espérait toujours revoir Mlle Cunégonde, et que Martin n'avait rien à espérer ; de plus, il avait de l'or et des diamants ; et, quoiqu'il eût perdu cent gros moutons rouges chargés des plus grands trésors de la terre, quoiqu'il eût toujours sur le cœur la friponnerie du patron hollandais, cependant, quand il songeait à ce qui lui restait dans ses poches, et quand il parlait de Cunégonde, surtout à la fin du repas[1], il penchait alors pour le système de Pangloss.

« Mais vous, monsieur Martin, dit-il au savant, que pensez-vous de tout cela ? Quelle est votre idée sur le mal moral et le mal physique ? — Monsieur, répondit Martin, mes prêtres m'ont accusé d'être socinien ; mais la vérité du fait est que je suis manichéen[2]. — Vous vous moquez de moi, dit Candide, il n'y a plus de manichéens dans le monde. — Il y a moi, dit Martin ; je ne sais qu'y faire, mais je ne peux penser autrement. — Il faut que vous ayez le diable au corps, dit Candide. — Il se mêle si fort des affaires de ce monde, dit Martin, qu'il pourrait bien être dans mon corps, comme partout ailleurs ; mais je vous avoue qu'en jetant la vue sur ce globe, ou plutôt sur ce globule[3], je pense que Dieu l'a abandonné à quelque être malfaisant ; j'en excepte toujours Eldorado. Je n'ai guère vu de ville qui ne désirât la ruine de la ville voisine, point de famille qui ne voulût exterminer quelque autre famille. Partout les faibles ont en exécration les puissants devant lesquels ils rampent, et les puissants les traitent comme des troupeaux dont on vent la laine et la chair. Un

million d'assassins enrégimentés, courant d'un bout de l'Europe à l'autre, exerce le meurtre et le brigandage avec discipline pour gagner son pain, parce qu'il n'a pas de métier plus honnête; et dans les villes qui paraissent jouir de la paix et où les arts fleurissent, les hommes sont dévorés de plus d'envie, de soins et d'inquiétudes qu'une ville assiégée n'éprouve de fléaux. Les chagrins secrets sont encore plus cruels que les misères publiques. En un mot, j'en ai tant vu, et tant éprouvé, que je suis manichéen.

— Il y a pourtant du bon, répliquait Candide.
— Cela peut être, disait Martin, mais je ne le connais pas.»

Au milieu de cette dispute, on entendit un bruit de canon. Le bruit redouble de moment en moment. Chacun prend sa lunette. On aperçoit deux vaisseaux qui combattaient à la distance d'environ trois milles; le vent les amena l'un et l'autre si près du vaisseau français qu'on eut le plaisir de voir le combat tout à son aise. Enfin l'un des deux vaisseaux lâcha à l'autre une bordée si bas et si juste qu'il le coula à fond. Candide et Martin aperçurent distinctement une centaine d'hommes sur le tillac du vaisseau qui s'enfonçait; ils levaient tous les mains au ciel et jetaient des clameurs effroyables; en un moment tout fut englouti.

«Eh bien! dit Martin, voilà comme les hommes se traitent les uns les autres. — Il est vrai, dit Candide, qu'il y a quelques chose de diabolique dans cette affaire.» En parlant ainsi, il aperçut je ne sais quoi d'un rouge éclatant qui nageait auprès

de son vaisseau. On détacha la chaloupe pour voir ce que ce pouvait être : c'était un de ses moutons. Candide eut plus de joie de retrouver ce mouton qu'il n'avait été affligé d'en perdre cent tous chargés de gros diamants d'Eldorado.

Le capitaine français aperçut bientôt que le capitaine du vaisseau submergeant était espagnol, et que celui du vaisseau submergé était un pirate hollandais[1] ; c'était celui-là même qui avait volé Candide. Les richesses immenses dont ce scélérat s'était emparé furent ensevelies avec lui dans la mer, et il n'y eut qu'un mouton de sauvé. « Vous voyez, dit Candide à Martin, que le crime est puni quelquefois ; ce coquin de patron hollandais a eu le sort qu'il méritait. — Oui, dit Martin, mais fallait-il que les passagers qui étaient sur son vaisseau périssent aussi ? Dieu a puni ce fripon, le diable a noyé les autres. »

Cependant le vaisseau français et l'espagnol continuèrent leur route, et Candide continua ses conversations avec Martin. Ils disputèrent quinze jours de suite, et au bout de quinze jours ils étaient aussi avancés que le premier. Mais enfin ils parlaient, ils se communiquaient des idées, ils se consolaient. Candide caressait son mouton. « Puisque je t'ai retrouvé, dit-il, je pourrai bien retrouver Cunégonde[2]. »

CHAPITRE VINGT ET UNIÈME

*Candide et Martin approchent
des côtes de France et raisonnent*

On aperçut enfin les côtes de France. «Avez-vous jamais été en France, monsieur Martin? dit Candide. — Oui, dit Martin, j'ai parcouru plusieurs provinces. Il y en a où la moitié des habitants est folle, quelques-unes où l'on est trop rusé, d'autres où l'on est communément assez doux et assez bête, d'autres où l'on fait le bel esprit; et dans toutes, la principale occupation est l'amour, la seconde de médire, et la troisième de dire des sottises. — Mais, monsieur Martin, avez-vous vu Paris? — Oui, j'ai vu Paris; il tient de toutes ces espèces-là; c'est un chaos, c'est une presse dans laquelle tout le monde cherche le plaisir, et où presque personne ne le trouve, du moins à ce qu'il m'a paru. J'y ai séjourné peu; j'y fus volé, en arrivant, de tout ce que j'avais, par des filous, à la foire Saint-Germain; on me prit moi-même pour un voleur, et je fus huit jours en prison; après quoi je me fis correcteur d'imprimerie pour gagner de quoi retourner à pied en Hollande. Je connus la canaille écrivante, la canaille cabalante, et la canaille convulsionnaire[1]. On dit qu'il y a des gens fort polis dans cette ville-là; je le veux croire.

— Pour moi, je n'ai nulle curiosité de voir la France, dit Candide; vous devinez aisément que,

quand on a passé un mois dans Eldorado, on
ne se soucie plus de rien voir sur la terre que
Mlle Cunégonde ; je vais l'attendre à Venise ; nous
traverserons la France pour aller en Italie ; ne
m'accompagnerez-vous pas ? — Très volontiers,
dit Martin ; on dit que Venise n'est bonne que
pour les nobles Vénitiens, mais que cependant
on y reçoit très bien les étrangers quand ils ont
beaucoup d'argent ; je n'en ai point, vous en avez,
je vous suivrai partout. — À propos, dit Candide,
pensez-vous que la terre ait été originairement
une mer, comme on l'assure dans ce gros livre[1]
qui appartient au capitaine du vaisseau ? — Je
n'en crois rien du tout, dit Martin, non plus que
de toutes les rêveries qu'on nous débite depuis
quelque temps. — Mais à quelle fin ce monde a-
t-il donc été formé ? dit Candide. — Pour nous
faire enrager, répondit Martin. — N'êtes-vous
pas bien étonné, continua Candide, de l'amour
que ces deux filles du pays des Oreillons avaient
pour ces deux singes, et dont je vous ai conté
l'aventure ? — Point du tout, dit Martin ; je ne
vois pas ce que cette passion a d'étrange ; j'ai tant
vu de choses extraordinaires, qu'il n'y a plus rien
d'extraordinaire. — Croyez-vous, dit Candide, que
les hommes se soient toujours mutuellement mas-
sacrés comme ils font aujourd'hui ? qu'ils aient
toujours été menteurs, fourbes, perfides, ingrats,
brigands, faibles, volages, lâches, envieux, gour-
mands, ivrognes, avares, ambitieux, sanguinaires,
calomniateurs, débauchés, fanatiques, hypocrites
et sots ? — Croyez-vous, dit Martin, que les éper-
viers aient toujours mangé des pigeons quand ils

en ont trouvé? — Oui, sans doute, dit Candide.
— Eh bien! dit Martin, si les éperviers ont tou-
jours eu le même caractère, pourquoi voulez-vous
que les hommes aient changé le leur? — Oh! dit
Candide, il y a bien de la différence, car le libre
arbitre...» En raisonnant ainsi, ils arrivèrent à
Bordeaux.

CHAPITRE VINGT-DEUXIÈME[1]

Ce qui arriva en France à Candide
et à Martin

Candide ne s'arrêta dans Bordeaux qu'autant
de temps qu'il en fallait pour vendre quelques
cailloux du Dorado, et pour s'accommoder d'une
bonne chaise à deux places[2]; car il ne pouvait
plus se passer de son philosophe Martin. Il fut
seulement très fâché de se séparer de son mouton,
qu'il laissa à l'Académie des sciences de Bordeaux,
laquelle proposa pour le sujet du prix de cette
année de trouver pourquoi la laine de ce mouton
était rouge; et le prix fut adjugé à un savant du
Nord, qui démontra par A plus B, moins C, divisé
par Z, que le mouton devait être rouge, et mourir
de la clavelée[3].

Cependant tous les voyageurs que Candide ren-
contra dans les cabarets de la route lui disaient:
«Nous allons à Paris.» Cet empressement géné-
ral lui donna enfin l'envie de voir cette capitale;

ce n'était pas beaucoup se détourner du chemin de Venise.

Il entra par le faubourg Saint-Marceau[1], et crut être dans le plus vilain village de la Westphalie.

À peine Candide fut-il dans son auberge qu'il fut attaqué d'une maladie légère causée par ses fatigues. Comme il avait au doigt un diamant énorme, et qu'on avait aperçu dans son équipage une cassette prodigieusement pesante, il eut aussitôt auprès de lui deux médecins qu'il n'avait pas mandés, quelques amis intimes qui ne le quittèrent pas, et deux dévotes qui faisaient chauffer ses bouillons. Martin disait: «Je me souviens d'avoir été malade aussi à Paris dans mon premier voyage; j'étais fort pauvre: aussi n'eus-je ni amis, ni dévotes, ni médecins, et je guéris.»

Cependant, à force de médecines et de saignées, la maladie de Candide devint sérieuse. Un habitué du quartier vint avec douceur lui demander un billet payable au porteur pour l'autre monde[2]; Candide n'en voulut rien faire. Les dévotes l'assurèrent que c'était une nouvelle mode; Candide répondit qu'il n'était point homme à la mode. Martin voulut jeter l'habitué par les fenêtres. Le clerc jura qu'on n'enterrerait point Candide. Martin jura qu'il enterrerait le clerc s'il continuait à les importuner. La querelle s'échauffa; Martin le prit par les épaules et le chassa rudement; ce qui causa un grand scandale, dont on fit un procès-verbal.

Candide guérit; et pendant sa convalescence il eut très bonne compagnie à souper chez lui. On jouait gros jeu. Candide était tout étonné que

jamais les as ne lui vinssent; et Martin ne s'en
étonnait pas[1].

Parmi ceux qui lui faisaient les honneurs de la
ville, il y avait un petit abbé périgourdin, l'un de
ces gens empressés, toujours alertes, toujours ser-
viables, effrontés, caressants, accommodants, qui
guettent les étrangers à leur passage, leur content
l'histoire scandaleuse de la ville, et leur offrent
des plaisirs à tout prix. Celui-ci mena d'abord
Candide et Martin à la comédie. On y jouait une
tragédie nouvelle[2]. Candide se trouva placé auprès
de quelques beaux esprits. Cela ne l'empêcha pas
de pleurer à des scènes jouées parfaitement. Un
des raisonneurs qui étaient à ses côtés lui dit
dans un entracte[3]: «Vous avez grand tort de pleu-
rer: cette actrice est fort mauvaise; l'acteur qui
joue avec elle est plus mauvais acteur encore; la
pièce est encore plus mauvaise que les acteurs;
l'auteur ne sait pas un mot d'arabe, et cependant
la scène est en Arabie; et, de plus, c'est un
homme qui ne croit pas aux idées innées: je vous
apporterai demain vingt brochures contre lui[4].
— Monsieur, combien avez-vous de pièces de
théâtre en France?» dit Candide à l'abbé; lequel
répondit: «Cinq ou six mille. — C'est beaucoup,
dit Candide; combien y en a-t-il de bonnes?
— Quinze ou seize, répliqua l'autre. — C'est beau-
coup», dit Martin.

Candide fut très content d'une actrice qui fai-
sait la reine Élisabeth dans une assez plate tragé-
die[5] que l'on joue quelquefois. «Cette actrice,
dit-il à Martin, me plaît beaucoup; elle a un faux
air de Mlle Cunégonde; je serais bien aise de la

saluer. » L'abbé périgourdin s'offrit à l'introduire
chez elle. Candide, élevé en Allemagne, demanda
quelle était l'étiquette, et comment on traitait en
France les reines d'Angleterre. «Il faut distinguer,
dit l'abbé ; en province, on les mène au cabaret ;
à Paris, on les respecte quand elles sont belles, et
on les jette à la voirie quand elles sont mortes.
— Des reines à la voirie ! dit Candide. — Oui vrai-
ment, dit Martin ; monsieur l'abbé a raison : j'étais
à Paris quand Mlle Monime[1] passa, comme on
dit, de cette vie à l'autre ; on lui refusa ce que ces
gens-ci appellent *les honneurs de la sépulture*, c'est-
à-dire de pourrir avec tous les gueux du quartier
dans un vilain cimetière ; elle fut enterrée toute
seule de sa bande au coin de la rue de Bourgogne ;
ce qui dut lui faire une peine extrême, car elle
pensait très noblement. — Cela est bien impoli,
dit Candide. — Que voulez-vous ? dit Martin ; ces
gens-ci sont ainsi faits. Imaginez toutes les contra-
dictions, toutes les incompatibilités possibles, vous
les verrez dans le gouvernement, dans les tribu
naux, dans les églises, dans les spectacles de cette
drôle de nation. — Est-il vrai qu'on rit toujours à
Paris ? dit Candide. — Oui, dit l'abbé, mais c'est
en enrageant ; car on s'y plaint de tout avec de
grands éclats de rire ; et même on y fait en riant
les actions les plus détestables.

— Quel est, dit Candide, ce gros cochon qui me
disait tant de mal de la pièce où j'ai tant pleuré et
des acteurs qui m'ont fait tant de plaisir[2] ? —
C'est un mal vivant, répondit l'abbé, qui gagne sa
vie à dire du mal de toutes les pièces et de tous
les livres ; il hait quiconque réussit, comme les

eunuques haïssent les jouissants: c'est un de ces
serpents de la littérature qui se nourrissent de
fange et de venin; c'est un folliculaire. — Qu'ap-
pelez-vous folliculaire[1]? dit Candide. — C'est, dit
l'abbé, un faiseur de feuilles, un *Fréron*.»

C'est ainsi que Candide, Martin et le Périgour-
din raisonnaient sur l'escalier, en voyant défiler
le monde au sortir de la pièce. «Quoique je sois
très empressé de revoir Mlle Cunégonde, dit Can-
dide, je voudrais pourtant souper avec Mlle Clai-
ron; car elle m'a paru admirable.»

L'abbé n'était pas homme à approcher de
Mlle Clairon, qui ne voyait que bonne compa-
gnie «Elle est engagée pour ce soir, dit-il; mais
j'aurai l'honneur de vous mener chez une dame
de qualité, et là vous connaîtrez Paris comme si
vous y aviez été quatre ans.»

Candide, qui était naturellement curieux, se
laissa mener chez la dame, au fond du faubourg
Saint-Honoré; on y était occupé d'un pharaon[2];
douze tristes pontes tenaient chacun en main un
petit livre de cartes, registre cornu de leurs infor-
tunes. Un profond silence régnait, la pâleur était
sur le front des pontes, l'inquiétude sur celui du
banquier, et la dame du logis, assise auprès de ce
banquier impitoyable, remarquait avec des yeux
de lynx tous les parolis, tous les sept-et-le-va de
campagne, dont chaque joueur cornait ses cartes;
elle les faisait décorner avec une attention sévère
mais polie, et ne se fâchait point, de peur de
perdre ses pratiques: la dame se faisait appeler la
marquise de Parolignac. Sa fille, âgée de quinze
ans, était au nombre des pontes et avertissait d'un

clin d'œil des friponneries de ces pauvres gens, qui tâchaient de réparer les cruautés du sort. L'abbé périgourdin, Candide et Martin entrèrent; personne ne se leva, ni les salua, ni les regarda; tous étaient profondément occupés de leurs cartes. «Madame la baronne de Thunder-ten-tronckh était plus civile», dit Candide.

Cependant l'abbé s'approcha de l'oreille de la marquise, qui se leva à moitié, honora Candide d'un sourire gracieux, et Martin d'un air de tête tout à fait noble; elle fit donner un siège et un jeu de cartes à Candide, qui perdit cinquante mille francs en deux tailles[1]; après quoi on soupa très gaiement, et tout le monde était étonné que Candide ne fût pas ému de sa perte; les laquais disaient entre eux, dans leur langage de laquais: «Il faut que ce soit quelque milord anglais.»

Le souper fut comme la plupart des soupers de Paris: d'abord du silence, ensuite un bruit de paroles qu'on ne distingue point, puis des plaisanteries dont la plupart sont insipides, de fausses nouvelles, de mauvais raisonnements, un peu de politique et beaucoup de médisance; on parla même de livres nouveaux. «Avez-vous lu, dit l'abbé périgourdin, le roman du sieur Gauchat, docteur en théologie[2]? — Oui, répondit un des convives, mais je n'ai pu l'achever. Nous avons une foule d'écrits impertinents, mais tous ensemble n'approchent pas de l'impertinence de Gauchat, docteur en théologie; je suis si rassasié de cette immensité de détestables livres qui nous inondent que je me suis mis à ponter au pharaon. — Et les *Mélanges* de l'archidiacre T...[3], qu'en dites-

vous ? dit l'abbé. — Ah ! dit Mme de Parolignac, l'ennuyeux mortel ! comme il vous dit curieusement tout ce que le monde sait ! comme il discute pesamment ce qui ne vaut pas la peine d'être remarqué légèrement ! comme il s'approprie sans esprit l'esprit des autres ! comme il gâte ce qu'il pille ! comme il me dégoûte ! Mais il ne me dégoûtera plus : c'est assez d'avoir lu quelques pages de l'archidiacre. »

Il y avait à table un homme savant et de goût qui appuya ce que disait la marquise. On parla ensuite de tragédies ; la dame demanda pourquoi il y avait des tragédies qu'on jouait quelquefois, et qu'on ne pouvait lire. L'homme de goût expliqua très bien comment une pièce pouvait avoir quelque intérêt et n'avoir presque aucun mérite ; il prouva en peu de mots que ce n'était pas assez d'amener une ou deux de ces situations qu'on trouve dans tous les romans, et qui séduisent toujours les spectateurs, mais qu'il faut être neuf sans être bizarre, souvent sublime, et toujours naturel ; connaître le cœur humain et le faire parler ; être grand poète sans que jamais aucun personnage de la pièce paraisse poète ; savoir parfaitement sa langue, la parler avec pureté, avec une harmonie continue, sans que jamais la rime coûte rien au sens. « Quiconque, ajouta-t-il, n'observe pas toutes ces règles peut faire une ou deux tragédies applaudies au théâtre, mais il ne sera jamais compté au rang des bons écrivains ; il y a très peu de bonnes tragédies ; les unes sont des idylles en dialogues bien écrits et bien rimés ; les autres, des raisonnements politiques qui endorment, ou

des amplifications qui rebutent; les autres, des
rêves d'énergumène, en style barbare, des propos
interrompus, de longues apostrophes aux dieux,
parce qu'on ne sait point parler aux hommes, des
maximes fausses, des lieux communs ampoulés[1].»

Candide écouta ce propos avec attention, et
conçut une grande idée du discoureur; et, comme
la marquise avait eu soin de le placer à côté d'elle,
il s'approcha de son oreille, et prit la liberté de
lui demander qui était cet homme qui parlait si
bien. «C'est un savant, dit la dame, qui ne ponte
point, et que l'abbé m'amène quelquefois à sou-
per; il se connaît parfaitement en tragédies et en
livres, et il a fait une tragédie sifflée et un livre
dont on n'a jamais vu hors de la boutique de
son libraire qu'un exemplaire qu'il m'a dédié.
— Le grand homme! dit Candide; c'est un autre
Pangloss.»

Alors, se tournant vers lui, il lui dit: «Monsieur,
vous pensez sans doute que tout est au mieux
dans le monde physique et dans le moral, et que
rien ne pouvait être autrement? — Moi, mon-
sieur, lui répondit le savant, je ne pense rien de
tout cela: je trouve que tout va de travers chez
nous; que personne ne sait ni quel est son rang,
ni quelle est sa charge, ni ce qu'il fait, ni ce qu'il
doit faire, et qu'excepté le souper, qui est assez
gai et où il paraît assez d'union, tout le reste du
temps se passe en querelles impertinentes: jan-
sénistes contre molinistes, gens du parlement
contre gens d'Église, gens de lettres contre gens
de lettres, courtisans contre courtisans, financiers

contre le peuple, femmes contre maris, parents contre parents; c'est une guerre éternelle.»

Candide lui répliqua: «J'ai vu pis. Mais un sage, qui depuis a eu le malheur d'être pendu, m'apprit que tout cela est à merveille; ce sont des ombres à un beau tableau[1]. — Votre pendu se moquait du monde, dit Martin; vos ombres sont des taches horribles. — Ce sont les hommes qui font les taches, dit Candide, et ils ne peuvent pas s'en dispenser. — Ce n'est donc pas leur faute», dit Martin. La plupart des pontes, qui n'entendaient rien à ce langage, buvaient; et Martin raisonna avec le savant, et Candide raconta une partie de ses aventures à la dame du logis.

Après soupé, la marquise mena Candide dans son cabinet et le fit asseoir sur un canapé. «Eh bien! lui dit-elle, vous aimez donc toujours éperdument Mlle Cunégonde de Thunder-ten-tronckh? — Oui, madame», répondit Candide. La marquise lui répliqua avec un souris tendre: «Vous me répondez comme un jeune homme de Westphalie; un Français m'aurait dit: "Il est vrai que j'ai aimé Mlle Cunégonde; mais en vous voyant, madame, je crains de ne la plus aimer." — Hélas! madame, dit Candide, je répondrai comme vous voudrez. — Votre passion pour elle, dit la marquise, a commencé en ramassant son mouchoir; je veux que vous ramassiez ma jarretière. — De tout mon cœur», dit Candide; et il la ramassa. «Mais je veux que vous me la remettiez», dit la dame; et Candide la lui remit. «Voyez-vous, dit la dame, vous êtes étranger, je fais quelquefois languir mes amants de Paris quinze jours, mais je

me rends à vous dès la première nuit, parce qu'il faut faire les honneurs de son pays à un jeune homme de Westphalie.» La belle, ayant aperçu deux énormes diamants aux deux mains de son jeune étranger, les loua de si bonne foi que des doigts de Candide ils passèrent aux doigts de la marquise.

Candide, en s'en retournant avec son abbé périgourdin, sentit quelques remords d'avoir fait une infidélité à Mlle Cunégonde; monsieur l'abbé entra dans sa peine; il n'avait qu'une légère part aux cinquante mille livres perdues au jeu par Candide, et à la valeur des deux brillants moitié donnés, moitié extorqués. Son dessein était de profiter, autant qu'il le pourrait, des avantages que la connaissance de Candide pouvait lui procurer. Il lui parla beaucoup de Cunégonde; et Candide lui dit qu'il demanderait bien pardon à cette belle de son infidélité, quand il la verrait à Venise[1].

Le Périgourdin redoublait de politesse et d'attentions, et prenait un intérêt tendre à tout ce que Candide disait, à tout ce qu'il faisait, à tout ce qu'il voulait faire.

«Vous avez donc, monsieur, lui dit-il, un rendez-vous à Venise? — Oui, monsieur l'abbé, dit Candide; il faut absolument que j'aille trouver Mlle Cunégonde.» Alors, engagé par le plaisir de parler de ce qu'il aimait, il conta, selon son usage, une partie de ses aventures avec cette illustre Westphalienne.

«Je crois, dit l'abbé, que Mlle Cunégonde a bien de l'esprit, et qu'elle écrit des lettres char-

mantes? — Je n'en ai jamais reçu, dit Candide; car figurez-vous qu'ayant été chassé du château pour l'amour d'elle, je ne pus lui écrire; que bientôt après j'appris qu'elle était morte, qu'ensuite je la retrouvai, et que je la perdis, et que je lui ai envoyé à deux mille cinq cents lieues d'ici un exprès dont j'attends la réponse.»

L'abbé écoutait attentivement, et paraissait un peu rêveur. Il prit bientôt congé des deux étrangers, après les avoir tendrement embrassés. Le lendemain Candide reçut à son réveil une lettre conçue en ces termes:

Monsieur, mon très cher amant, il y a huit jours que je suis malade en cette ville; j'apprends que vous y êtes. Je volerais dans vos bras si je pouvais remuer. J'ai su votre passage à Bordeaux; j'y ai laissé le fidèle Cacambo et la vieille, qui doivent bientôt me suivre. Le gouverneur de Buenos-Ayres a tout pris [1], mais il me reste votre cœur. Venez, votre présence me rendra la vie, ou me fera mourir de plaisir.

Cette lettre charmante, cette lettre inespérée, transporta Candide d'une joie inexprimable; et la maladie de sa chère Cunégonde l'accabla de douleur. Partagé entre ces deux sentiments, il prend son or et ses diamants, et se fait conduire avec Martin à l'hôtel où Mlle Cunégonde demeurait. Il entre en tremblant d'émotion, son cœur palpite, sa voix sanglote; il veut ouvrir les rideaux du lit, il veut faire apporter de la lumière. «Gardez-vousen bien, lui dit la suivante, la lumière la tue»; et

soudain elle referme le rideau. « Ma chère Cuné-
gonde, dit Candide en pleurant, comment vous
portez-vous ? si vous ne pouvez me voir, parlez-
moi du moins. — Elle ne peut parler », dit la sui-
vante. La dame alors tire du lit une main potelée
que Candide arrose longtemps de ses larmes, et
qu'il remplit ensuite de diamants, en laissant un
sac plein d'or sur le fauteuil.

Au milieu de ses transports arrive un exempt
suivi de l'abbé périgourdin et d'une escouade.
« Voilà donc, dit-il, ces deux étrangers suspects ? »
Il les fait incontinent saisir, et ordonne à ses
braves de les traîner en prison. « Ce n'est pas ainsi
qu'on traite les voyageurs dans le Dorado, dit
Candide. — Je suis plus manichéen que jamais,
dit Martin. — Mais, monsieur, où nous menez-
vous ? dit Candide. — Dans un cul de basse-fosse »,
dit l'exempt.

Martin, ayant repris son sang-froid, jugea que
la dame qui se prétendait Cunégonde était une
friponne, monsieur l'abbé périgourdin un fripon
qui avait abusé au plus vite de l'innocence de
Candide, et l'exempt un autre fripon dont on pou-
vait aisément se débarrasser.

Plutôt que de s'exposer aux procédures de la jus-
tice, Candide, éclairé par son conseil, et d'ailleurs
toujours impatient de revoir la véritable Cuné-
gonde, propose à l'exempt trois petits diamants
d'environ trois mille pistoles chacun. « Ah ! mon-
sieur, lui dit l'homme au bâton d'ivoire, eussiez-
vous commis tous les crimes imaginables, vous
êtes le plus honnête homme du monde ; trois dia-
mants ! chacun de trois mille pistoles ! Monsieur !

je me ferais tuer pour vous, au lieu de vous mener
dans un cachot. On arrête tous les étrangers[1], mais
laissez-moi faire; j'ai un frère à Dieppe en Nor-
mandie, je vais vous y mener; et si vous avez
quelque diamant à lui donner, il aura soin de vous
comme moi-même.

— Et pourquoi arrête-t-on tous les étrangers?»
dit Candide. L'abbé périgourdin prit alors la parole
et dit: «C'est parce qu'un gueux du pays d'Atréba-
tie[2] a entendu dire des sottises: cela seul lui a fait
commettre un parricide, non pas tel que celui de
1610 au mois de mai, mais tel que celui de 1594
au mois de décembre[3], et tel que plusieurs autres
commis dans d'autres années et dans d'autres
mois par d'autres gueux qui avaient entendu dire
des sottises.»

L'exempt alors expliqua de quoi il s'agissait.
«Ah, les monstres! s'écria Candide; quoi! de
telles horreurs chez un peuple qui danse et qui
chante! Ne pourrai-je sortir au plus vite de ce
pays où des singes agacent des tigres[4]? J'ai vu
des ours dans mon pays; je n'ai vu des hommes
que dans le Dorado. Au nom de Dieu, monsieur
l'exempt, menez-moi à Venise, où je dois attendre
Mlle Cunégonde. — Je ne peux vous mener qu'en
Basse-Normandie», dit le barigel[5]. Aussitôt il lui
fait ôter ses fers, dit qu'il s'est mépris, renvoie ses
gens et emmène à Dieppe[6] Candide et Martin, et
les laisse entre les mains de son frère. Il y avait
un petit vaisseau hollandais à la rade. Le Nor-
mand, à l'aide de trois autres diamants devenu
le plus serviable des hommes, embarque Candide
et ses gens dans le vaisseau qui allait faire voile

pour Portsmouth en Angleterre. Ce n'était pas le chemin de Venise; mais Candide croyait être délivré de l'enfer, et il comptait bien reprendre la route de Venise à la première occasion.

CHAPITRE VINGT-TROISIÈME

Candide et Martin vont sur les côtes d'Angleterre; ce qu'ils y voient

«Ah, Pangloss! Pangloss! Ah, Martin! Martin! Ah, ma chère Cunégonde! qu'est-ce que ce monde-ci? disait Candide sur le vaisseau hollandais. — Quelque chose de bien fou et de bien abominable, répondait Martin. — Vous connaissez l'Angleterre; y est-on aussi fou qu'en France? — C'est une autre espèce de folie, dit Martin. Vous savez que ces deux nations sont en guerre pour quelques arpents de neige vers le Canada, et qu'elles dépensent pour cette belle guerre beaucoup plus que tout le Canada ne vaut[1]. De vous dire précisément s'il y a plus de gens à lier dans un pays que dans un autre, c'est ce que mes faibles lumières ne me permettent pas. Je sais seulement qu'en général les gens que nous allons voir sont fort atrabilaires.»

En causant ainsi ils abordèrent à Portsmouth; une multitude de peuple couvrait le rivage, et regardait attentivement un assez gros homme qui était à genoux, les yeux bandés, sur le tillac d'un des vaisseaux de la flotte; quatre soldats, postés

vis-à-vis de cet homme, lui tirèrent chacun trois
balles dans le crâne le plus paisiblement du monde,
et toute l'assemblée s'en retourna extrêmement
satisfaite. «Qu'est-ce donc que tout ceci? dit Can-
dide, et quel démon exerce partout son empire?»
Il demanda qui était ce gros homme qu'on venait
de tuer en cérémonie. «C'est un amiral[1], lui
répondit-on. — Et pourquoi tuer cet amiral? —
C'est, lui dit-on, parce qu'il n'a pas fait tuer assez
de monde; il a livré un combat à un amiral fran-
çais, et on a trouvé qu'il n'était pas assez près de
lui. — Mais, dit Candide, l'amiral français était
aussi loin de l'amiral anglais que celui-ci l'était de
l'autre! — Cela est incontestable, lui répliqua-
t-on; mais dans ce pays-ci il est bon de tuer de
temps en temps un amiral pour encourager les
autres[2].»

Candide fut si étourdi et si choqué de ce qu'il
voyait, et de ce qu'il entendait, qu'il ne voulut pas
seulement mettre pied à terre, et qu'il fit son
marché avec le patron hollandais (dût-il le voler
comme celui de Surinam) pour le conduire sans
délai à Venise.

Le patron fut prêt au bout de deux jours. On
côtoya la France; on passa à la vue de Lisbonne,
et Candide frémit. On entra dans le détroit et
dans la Méditerranée; enfin on aborda à Venise.
«Dieu soit loué! dit Candide en embrassant Mar-
tin; c'est ici que je reverrai la belle Cunégonde.
Je compte sur Cacambo comme sur moi-même.
Tout est bien, tout va bien, tout va le mieux qu'il
soit possible.»

CHAPITRE VINGT-QUATRIÈME

De Paquette et de frère Giroflée

Dès qu'il fut à Venise, il fit chercher Cacambo dans tous les cabarets, dans tous les cafés, chez toutes les filles de joie, et ne le trouva point. Il envoyait tous les jours à la découverte de tous les vaisseaux et de toutes les barques : nulles nouvelles de Cacambo. « Quoi ! disait-il à Martin, j'ai eu le temps de passer de Surinam à Bordeaux, d'aller de Bordeaux à Paris, de Paris à Dieppe, de Dieppe à Portsmouth, de côtoyer le Portugal et l'Espagne, de traverser toute la Méditerranée, de passer quelques mois à Venise, et la belle Cunégonde n'est point venue ! Je n'ai rencontré au lieu d'elle qu'une drôlesse et un abbé périgourdin ! Cunégonde est morte sans doute, je n'ai plus qu'à mourir. Ah ! il valait mieux rester dans le paradis du Dorado que de revenir dans cette maudite Europe. Que vous avez raison, mon cher Martin ! tout n'est qu'illusion et calamité. »

Il tomba dans une mélancolie noire, et ne prit aucune part à l'opéra *alla moda* ni aux autres divertissements du carnaval ; pas une dame ne lui donna la moindre tentation. Martin lui dit : « Vous êtes bien simple, en vérité, de vous figurer qu'un valet métis, qui a cinq ou six millions dans ses poches, ira chercher votre maîtresse au bout du monde et vous l'amènera à Venise. Il la prendra pour lui, s'il la trouve. S'il ne la trouve pas, il en

prendra une autre : je vous conseille d'oublier
votre valet Cacambo et votre maîtresse Cuné-
gonde.» Martin n'était pas consolant. La mélan-
colie de Candide augmenta, et Martin ne cessait
de lui prouver qu'il y avait peu de vertu et peu de
bonheur sur la terre, excepté peut-être dans Eldo-
rado, où personne ne pouvait aller[1].

En disputant sur cette matière importante, et en
attendant Cunégonde, Candide aperçut un jeune
théatin[2] dans la place Saint-Marc, qui tenait sous
le bras une fille. Le théatin paraissait frais, potelé,
vigoureux ; ses yeux étaient brillants, son air
assuré, sa mine haute, sa démarche fière. La fille
était très jolie et chantait ; elle regardait amou-
reusement son théatin, et de temps en temps lui
pinçait ses grosses joues. «Vous m'avouerez du
moins, dit Candide à Martin, que ces gens-ci sont
heureux. Je n'ai trouvé jusqu'à présent dans toute
la terre habitable, excepté dans Eldorado, que
des infortunés ; mais, pour cette fille et ce théatin,
je gage que ce sont des créatures très heureuses.
— Je gage que non, dit Martin. — Il n'y a qu'à les
prier à dîner, dit Candide, et vous verrez si je me
trompe.»

Aussitôt il les aborde, il leur fait son compli-
ment, et les invite à venir à son hôtellerie manger
des macaronis, des perdrix de Lombardie, des
œufs d'esturgeon, et à boire du vin de Montepul-
ciano, du lacrima-christi, du chypre et du samos.
La demoiselle rougit, le théatin accepta la partie,
et la fille le suivit en regardant Candide avec des
yeux de surprise et de confusion qui furent obscur-
cis de quelques larmes. À peine fut-elle entrée dans

la chambre de Candide qu'elle lui dit : « Eh quoi !
monsieur Candide ne reconnaît plus Paquette ! »
À ces mots, Candide, qui ne l'avait pas considérée
jusque-là avec attention, parce qu'il n'était occupé
que de Cunégonde, lui dit : « Hélas ! ma pauvre
enfant, c'est donc vous qui avez mis le docteur
Pangloss dans le bel état où je l'ai vu ?

— Hélas ! monsieur, c'est moi-même, dit
Paquette ; je vois que vous êtes instruit de tout.
J'ai su les malheurs épouvantables arrivés à toute
la maison de madame la baronne et à la belle
Cunégonde. Je vous jure que ma destinée n'a
guère été moins triste. J'étais fort innocente quand
vous m'avez vue. Un cordelier qui était mon
confesseur me séduisit aisément. Les suites en
furent affreuses ; je fus obligée de sortir du châ-
teau quelque temps après que monsieur le baron
vous eut renvoyé à grands coups de pied dans le
derrière. Si un fameux médecin n'avait pas pris
pitié de moi, j'étais morte. Je fus quelque temps
par reconnaissance la maîtresse de ce médecin.
Sa femme, qui était jalouse à la rage, me battait
tous les jours impitoyablement ; c'était une furie.
Ce médecin était le plus laid de tous les hommes,
et moi la plus malheureuse de toutes les créatures
d'être battue continuellement pour un homme
que je n'aimais pas. Vous savez, monsieur, com-
bien il est dangereux pour une femme acariâtre
d'être l'épouse d'un médecin. Celui-ci, outré des
procédés de sa femme, lui donna un jour, pour la
guérir d'un petit rhume, une médecine si efficace
qu'elle en mourut en deux heures de temps dans
des convulsions horribles. Les parents de madame

intentèrent à monsieur un procès criminel ; il prit
la fuite, et moi je fus mise en prison. Mon inno-
cence ne m'aurait pas sauvée si je n'avais été un
peu jolie. Le juge m'élargit à condition qu'il suc-
céderait au médecin. Je fus bientôt supplantée
par une rivale, chassée sans récompense, et obli-
gée de continuer ce métier abominable qui vous
paraît si plaisant à vous autres hommes, et qui
n'est pour nous qu'un abîme de misères. J'allai
exercer la profession à Venise. Ah ! monsieur, si
vous pouviez vous imaginer ce que c'est que d'être
obligée de caresser indifféremment un vieux mar-
chand, un avocat, un moine, un gondolier, un
abbé ; d'être exposée à toutes les insultes, à toutes
les avanies ; d'être souvent réduite à emprunter
une jupe pour aller se la faire lever par un
homme dégoûtant ; d'être volée par l'un de ce
qu'on a gagné avec l'autre ; d'être rançonnée par
les officiers de justice, et de n'avoir en perspec-
tive qu'une vieillesse affreuse, un hôpital et un
fumier, vous concluriez que je suis une des plus
malheureuses créatures du monde. »

Paquette ouvrait ainsi son cœur au bon Can-
dide, dans un cabinet, en présence de Martin, qui
disait à Candide : « Vous voyez que j'ai déjà gagné
la moitié de la gageure. »

Frère Giroflée était resté dans la salle à manger,
et buvait un coup en attendant le dîner. « Mais,
dit Candide à Paquette, vous aviez l'air si gai, si
content, quand je vous ai rencontrée ; vous chan-
tiez, vous caressiez le théatin avec une complai-
sance naturelle ; vous m'avez paru aussi heureuse
que vous prétendez être infortunée. — Ah ! mon-

sieur, répondit Paquette, c'est encore là une des misères du métier. J'ai été hier volée et battue par un officier, et il faut aujourd'hui que je paraisse de bonne humeur pour plaire à un moine.»

Candide n'en voulut pas davantage; il avoua que Martin avait raison. On se mit à table avec Paquette et le théatin, le repas fut assez amusant, et sur la fin on se parla avec quelque confiance. «Mon Père, dit Candide au moine, vous me paraissez jouir d'une destinée que tout le monde doit envier; la fleur de la santé brille sur votre visage, votre physionomie annonce le bonheur; vous avez une très jolie fille pour votre récréation, et vous paraissez très content de votre état de théatin.

— Ma foi, monsieur, dit frère Giroflée, je voudrais que tous les théatins fussent au fond de la mer. J'ai été tenté cent fois de mettre le feu au couvent, et d'aller me faire turc. Mes parents me forcèrent à l'âge de quinze ans d'endosser cette détestable robe, pour laisser plus de fortune à un maudit frère aîné que Dieu confonde! La jalousie, la discorde, la rage, habitent dans le couvent. Il est vrai que j'ai prêché quelques mauvais sermons qui m'ont valu un peu d'argent, dont le prieur me vole la moitié: le reste me sert à entretenir des filles[1]; mais, quand je rentre le soir dans le monastère, je suis prêt de me casser la tête contre les murs du dortoir; et tous mes confrères sont dans le même cas.»

Martin se tournant vers Candide avec son sang-froid ordinaire: «Eh bien! lui dit-il, n'ai-je pas gagné la gageure tout entière?» Candide donna deux mille piastres à Paquette et mille piastres à

frère Giroflée. «Je vous réponds, dit-il, qu'avec
cela ils seront heureux. — Je n'en crois rien du
tout, dit Martin; vous les rendrez peut-être avec
ces piastres beaucoup plus malheureux encore.
— Il en sera ce qui pourra, dit Candide; mais une
chose me console, je vois qu'on retrouve souvent
les gens qu'on ne croyait jamais retrouver; il se
pourra bien faire qu'ayant rencontré mon mou-
ton rouge et Paquette, je rencontre aussi Cuné-
gonde[1]. — Je souhaite, dit Martin, qu'elle fasse
un jour votre bonheur; mais c'est de quoi je doute
fort. — Vous êtes bien dur, dit Candide. — C'est
que j'ai vécu, dit Martin.

— Mais regardez ces gondoliers, dit Candide;
ne chantent-ils pas sans cesse? — Vous ne les
voyez pas dans leur ménage, avec leurs femmes
et leurs marmots d'enfants, dit Martin. Le doge a
ses chagrins, les gondoliers ont les leurs. Il est
vrai qu'à tout prendre le sort d'un gondolier est
préférable à celui d'un doge; mais je crois la dif-
férence si médiocre que cela ne vaut pas la peine
d'être examiné.

— On parle, dit Candide, du sénateur Pococu-
ranté qui demeure dans ce beau palais sur la
Brenta, et qui reçoit assez bien les étrangers. On
prétend que c'est un homme qui n'a jamais eu
de chagrin. — Je voudrais voir une espèce si
rare», dit Martin. Candide aussitôt fit demander
au seigneur Pococuranté la permission de venir
le voir le lendemain.

CHAPITRE VINGT-CINQUIÈME

Visite chez le seigneur Pococuranté[1], noble vénitien

Candide et Martin allèrent en gondole sur la Brenta[2] et arrivèrent au palais du noble Pococuranté. Les jardins étaient bien entendus, et ornés de belles statues de marbre; le palais, d'une belle architecture. Le maître du logis, homme de soixante ans, fort riche, reçut très poliment les deux curieux, mais avec très peu d'empressement, ce qui déconcerta Candide et ne déplut point à Martin.

D'abord deux filles jolies et proprement mises servirent du chocolat qu'elles firent très bien mousser. Candide ne put s'empêcher de les louer sur leur beauté, sur leur bonne grâce et sur leur adresse. «Ce sont d'assez bonnes créatures, dit le sénateur Pococuranté; je les fais quelquefois coucher dans mon lit, car je suis bien las des dames de la ville, de leurs coquetteries, de leurs jalousies, de leurs querelles, de leurs humeurs, de leurs petitesses, de leur orgueil, de leurs sottises, et des sonnets qu'il faut faire ou commander pour elles; mais, après tout, ces deux filles commencent fort à m'ennuyer.»

Candide, après le déjeuner, se promenant dans une longue galerie, fut surpris de la beauté des tableaux. Il demanda de quel maître étaient les deux premiers. «Ils sont de Raphaël, dit le séna-

teur; je les achetai fort cher par vanité il y a
quelques années; on dit que c'est ce qu'il y a de
plus beau en Italie, mais ils ne me plaisent point
du tout: la couleur en est très rembrunie; les
figures ne sont pas assez arrondies, et ne sortent
point assez; les draperies ne ressemblent en rien
à une étoffe; en un mot, quoi qu'on en dise, je ne
trouve point là une imitation vraie de la nature.
Je n'aimerai un tableau que quand je croirai voir
la nature elle-même: il n'y en a point de cette
espèce. J'ai beaucoup de tableaux mais je ne les
regarde plus.»

Pococuranté, en attendant le dîner, se fit don-
ner un concerto. Candide trouva la musique déli-
cieuse. «Ce bruit, dit Pococuranté, peut amuser
une demi-heure; mais, s'il dure plus longtemps,
il fatigue tout le monde, quoique personne n'ose
l'avouer. La musique aujourd'hui n'est plus que
l'art d'exécuter des choses difficiles[1], et ce qui
n'est que difficile ne plaît point à la longue.

«J'aimerais peut-être mieux l'opéra, si on n'avait
pas trouvé le secret d'en faire un monstre qui me
révolte. Ira voir qui voudra de mauvaises tragé-
dies en musique, où les scènes ne sont faites que
pour amener, très mal à propos, deux ou trois
chansons ridicules qui font valoir le gosier d'une
actrice[2]; se pâmera de plaisir qui voudra, ou qui
pourra, en voyant un châtré fredonner le rôle de
César et de Caton et se promener d'un air gauche
sur des planches; pour moi, il y a longtemps que
j'ai renoncé à ces pauvretés, qui font aujourd'hui
la gloire de l'Italie, et que des souverains payent si
chèrement.» Candide disputa un peu, mais avec

discrétion. Martin fut entièrement de l'avis du sénateur.

On se mit à table, et après un excellent dîner, on entra dans la bibliothèque. Candide, en voyant un Homère[1] magnifiquement relié, loua l'illustrissime sur son bon goût. «Voilà, dit-il, un livre qui faisait les délices du grand Pangloss, le meilleur philosophe de l'Allemagne. — Il ne fait pas les miennes, dit froidement Pococuranté; on me fit accroire autrefois que j'avais du plaisir en le lisant; mais cette répétition continuelle de combats qui se ressemblent tous, ces dieux qui agissent toujours pour ne rien faire de décisif, cette Hélène qui est le sujet de la guerre, et qui à peine est une actrice de la pièce; cette Troie qu'on assiège et qu'on ne prend point, tout cela me causait le plus mortel ennui. J'ai demandé quelquefois à des savants s'ils s'ennuyaient autant que moi à cette lecture. Tous les gens sincères m'ont avoué que le livre leur tombait des mains, mais qu'il fallait toujours l'avoir dans sa bibliothèque, comme un monument de l'antiquité, et comme ces médailles rouillées qui ne peuvent être de commerce[2].

— Votre Excellence ne pense pas ainsi de Virgile? dit Candide. — Je conviens, dit Pococuranté, que le second, le quatrième et le sixième livre de son *Énéide* sont excellents; mais pour son pieux Énée, et le fort Cloanthe, et l'ami Achates, et le petit Ascanius, et l'imbécile roi Latinus, et la bourgeoise Amata, et l'insipide Lavinia, je ne crois pas qu'il y ait rien de si froid et de plus désagréable.

J'aime mieux le Tasse et les contes à dormir debout de l'Arioste.

— Oserais-je vous demander, monsieur, dit Candide, si vous n'avez pas un grand plaisir à lire Horace ? — Il y a des maximes, dit Pococuranté, dont un homme du monde peut faire son profit, et qui, étant resserrées dans des vers énergiques, se gravent plus aisément dans la mémoire[1]. Mais je me soucie fort peu de son voyage à Brindes, et de sa description d'un mauvais dîner, et de la querelle des crocheteurs entre je ne sais quel Pupilus, dont les paroles, dit-il, *étaient pleines de pus*, et un autre dont les paroles *étaient du vinaigre*. Je n'ai lu qu'avec un extrême dégoût ses vers grossiers contre des vieilles et contre des sorcières ; et je ne vois pas quel mérite il peut y avoir à dire à son ami Mæcenas que, s'il est mis par lui au rang des poètes lyriques, il frappera les astres de son front sublime. Les sots admirent tout dans un auteur estimé. Je ne lis que pour moi ; je n'aime que ce qui est à mon usage. » Candide, qui avait été élevé à ne jamais juger de rien par lui-même, était fort étonné de ce qu'il entendait ; et Martin trouvait la façon de penser de Pococuranté assez raisonnable.

« Oh ! voici un Cicéron, dit Candide ; pour ce grand homme-là, je pense que vous ne vous lassez point de le lire ? — Je ne le lis jamais, répondit le Vénitien. Que m'importe qu'il ait plaidé pour Rabirius ou pour Cluentius ? J'ai bien assez des procès que je juge ; je me serais mieux accommodé de ses œuvres philosophiques ; mais, quand j'ai vu qu'il doutait de tout, j'ai conclu que j'en

savais autant que lui, et que je n'avais besoin de
personne pour être ignorant.

— Ah! voilà quatre-vingts volumes de recueils
d'une académie des sciences, s'écria Martin; il se
peut qu'il y ait là du bon. — Il y en aurait, dit
Pococuranté, si un seul des auteurs de ces fatras
avait inventé seulement l'art de faire des épingles;
mais il n'y a dans tous ces livres que de vains sys-
tèmes et pas une seule chose utile[1].

— Que de pièces de théâtre je vois là! dit Can-
dide; en italien, en espagnol, en français! — Oui,
dit le sénateur, il y en a trois mille, et pas trois
douzaines de bonnes. Pour ces recueils de ser-
mons, qui tous ensemble ne valent pas une page
de Sénèque, et tous ces gros volumes de théolo-
gie, vous pensez bien que je ne les ouvre jamais,
ni moi ni personne.»

Martin aperçut des rayons chargés de livres
anglais. «Je crois, dit-il, qu'un républicain doit
se plaire à la plupart de ces ouvrages, écrits si
librement. — Oui, répondit Pococuranté, il est
beau d'écrire ce qu'on pense; c'est le privilège de
l'homme. Dans toute notre Italie, on n'écrit que
ce qu'on ne pense pas; ceux qui habitent la patrie
des Césars et des Antonins n'osent avoir une idée
sans la permission d'un jacobin. Je serais content
de la liberté qui inspire les génies anglais si la
passion et l'esprit de parti ne corrompaient pas
tout ce que cette précieuse liberté a d'estimable.»

Candide, apercevant un Milton[2], lui demanda
s'il ne regardait pas cet auteur comme un grand
homme. «Qui? dit Pococuranté, ce barbare qui
fait un long commentaire du premier chapitre de

la Genèse en dix livres de vers durs? ce grossier imitateur des Grecs, qui défigure la création, et qui, tandis que Moïse représente l'Être éternel produisant le monde par la parole, fait prendre un grand compas par le Messiah dans une armoire du ciel pour tracer son ouvrage? Moi, j'estimerais celui qui a gâté l'enfer et le diable du Tasse; qui déguise Lucifer tantôt en crapaud, tantôt en pygmée; qui lui fait rebattre cent fois les mêmes discours; qui le fait disputer sur la théologie; qui, en imitant sérieusement l'invention comique des armes à feu de l'Arioste, fait tirer le canon dans le ciel par les diables? Ni moi, ni personne en Italie, n'a pu se plaire à toutes ces tristes extravagances. Le mariage du péché et de la mort et les couleuvres dont le péché accouche font vomir tout homme qui a le goût un peu délicat, et sa longue description d'un hôpital n'est bonne que pour un fossoyeur. Ce poème obscur, bizarre et dégoûtant, fut méprisé à sa naissance; je le traite aujourd'hui comme il fut traité dans sa patrie par les contemporains. Au reste, je dis ce que je pense, et je me soucie fort peu que les autres pensent comme moi.» Candide était affligé de ces discours; il respectait Homère, il aimait un peu Milton. «Hélas! dit-il tout bas à Martin, j'ai bien peur que cet homme-ci n'ait un souverain mépris pour nos poètes allemands[1]. — Il n'y aurait pas grand mal à cela, dit Martin. — Oh, quel homme supérieur! disait encore Candide entre ses dents, quel grand génie que ce Pococuranté! rien ne peut lui plaire.»

Après avoir fait ainsi la revue de tous les livres,

ils descendirent dans le jardin. Candide en loua toutes les beautés. «Je ne sais rien de si mauvais goût, dit le maître : nous n'avons ici que des colifichets ; mais je vais dès demain en faire planter un d'un dessin plus noble.»

Quand les deux curieux eurent pris congé de Son Excellence : «Or çà, dit Candide à Martin, vous conviendrez que voilà le plus heureux de tous les hommes, car il est au-dessus de tout ce qu'il possède. — Ne voyez-vous pas, dit Martin, qu'il est dégoûté de tout ce qu'il possède ? Platon a dit, il y a longtemps, que les meilleurs estomacs ne sont pas ceux qui rebutent tous les aliments[1]. — Mais, dit Candide, n'y a-t-il pas du plaisir à tout critiquer, à sentir des défauts où les autres hommes croient voir des beautés ? — C'est-à-dire, reprit Martin, qu'il y a du plaisir à n'avoir pas de plaisir ? — Oh bien ! dit Candide, il n'y a donc d'heureux que moi, quand je reverrai Mlle Cunégonde. — C'est toujours bien fait d'espérer», dit Martin.

Cependant les jours, les semaines s'écoulaient ; Cacambo ne revenait point, et Candide était si abîmé dans sa douleur qu'il ne fit pas même réflexion que Paquette et frère Giroflée n'étaient pas venus seulement le remercier.

CHAPITRE VINGT-SIXIÈME

*D'un souper que Candide et Martin
firent avec six étrangers,
et qui ils étaient*

Un soir que Candide, suivi de Martin, allait se mettre à table avec les étrangers qui logeaient dans la même hôtellerie, un homme à visage couleur de suie l'aborda par derrière, et, le prenant par le bras, lui dit: «Soyez prêt à partir avec nous, n'y manquez pas.» Il se retourne, et voit Cacambo. Il n'y avait que la vue de Cunégonde qui pût l'étonner et lui plaire davantage. Il fut sur le point de devenir fou de joie. Il embrasse son cher ami. «Cunégonde est ici, sans doute, où est-elle? Mène-moi vers elle, que je meure de joie avec elle. — Cunégonde n'est point ici, dit Cacambo, elle est à Constantinople. — Ah, Ciel! à Constantinople! mais, fût-elle à la Chine, j'y vole, partons. — Nous partirons après souper, reprit Cacambo, je ne peux vous en dire davantage; je suis esclave, mon maître m'attend; il faut que j'aille le servir à table: ne dites mot; soupez et tenez-vous prêt.»

Candide, partagé entre la joie et la douleur, charmé d'avoir revu son agent fidèle, étonné de le voir esclave, plein de l'idée de retrouver sa maîtresse, le cœur agité, l'esprit bouleversé, se mit à table avec Martin, qui voyait de sang-froid toutes

ces aventures, et avec six étrangers qui étaient
venus passer le carnaval à Venise.

Cacambo, qui versait à boire à l'un de ces six
étrangers, s'approcha de l'oreille de son maître,
sur la fin du repas, et lui dit : « Sire, Votre Majesté
partira quand elle voudra, le vaisseau est prêt. »
Ayant dit ces mots, il sortit. Les convives, étonnés,
se regardaient sans proférer une seule parole, lors-
qu'un autre domestique, s'approchant de son
maître, lui dit : « Sire, la chaise de Votre Majesté est
à Padoue, et la barque est prête[1]. » Le maître fit un
signe, et le domestique partit. Tous les convives
se regardèrent encore, et la surprise commune
redoubla. Un troisième valet, s'approchant aussi
d'un troisième étranger, lui dit : « Sire, croyez-moi,
Votre Majesté ne doit pas rester ici plus longtemps :
je vais tout préparer » ; et aussitôt il disparut.

Candide et Martin ne doutèrent pas alors que
ce ne fût une mascarade du carnaval. Un qua-
trième domestique dit au quatrième maître : « Votre
Majesté partira quand elle voudra », et sortit
comme les autres. Le cinquième valet en dit
autant au cinquième maître. Mais le sixième valet
parla différemment au sixième étranger, qui était
auprès de Candide ; il lui dit : « Ma foi, Sire, on ne
veut plus faire crédit à Votre Majesté, ni à moi
non plus ; et nous pourrions bien être coffrés cette
nuit, vous et moi : je vais pourvoir à mes affaires ;
adieu. »

Tous les domestiques ayant disparu, les six
étrangers, Candide et Martin demeurèrent dans
un profond silence. Enfin Candide le rompit. « Mes-
sieurs, dit-il, voilà une singulière plaisanterie :

pourquoi êtes-vous tous rois? Pour moi, je vous
avoue que ni moi ni Martin nous ne le sommes.»

Le maître de Cacambo prit alors gravement la
parole, et dit en italien: «Je ne suis point plai-
sant, je m'appelle Achmet III[1]. J'ai été grand sul-
tan plusieurs années; je détrônai mon frère; mon
neveu m'a détrôné; on a coupé le cou à mes vizirs;
j'achève ma vie dans le vieux sérail; mon neveu
le grand sultan Mahmoud me permet de voyager
quelquefois pour ma santé, et je suis venu passer
le carnaval à Venise.»

Un jeune homme qui était auprès d'Achmet
parla après lui, et dit: «Je m'appelle Ivan[2]; j'ai été
empereur de toutes les Russies; j'ai été détrôné
au berceau; mon père et ma mère ont été enfer-
més; on m'a élevé en prison; j'ai quelquefois la
permission de voyager, accompagné de ceux qui
me gardent, et je suis venu passer le carnaval à
Venise.»

Le troisième dit: «Je suis Charles-Édouard[3],
roi d'Angleterre; mon père m'a cédé ses droits au
royaume; j'ai combattu pour les soutenir; on a
arraché le cœur à huit cents de mes partisans, et
on leur en a battu les joues. J'ai été mis en pri-
son; je vais à Rome faire une visite au roi mon
père, détrôné ainsi que moi et mon grand-père, et
je suis venu passer le carnaval à Venise.»

Le quatrième prit alors la parole et dit: «Je suis
roi des Polaques[4]; le sort de la guerre m'a privé
de mes États héréditaires; mon père a éprouvé
les mêmes revers; je me résigne à la Providence
comme le sultan Achmet, l'empereur Ivan et le roi

Charles-Édouard, à qui Dieu donne une longue vie, et je suis venu passer le carnaval à Venise.»

Le cinquième dit: «Je suis aussi roi des Polaques[1]; j'ai perdu mon royaume deux fois; mais la Providence m'a donné un autre État, dans lequel j'ai fait plus de bien que tous les rois des Sarmates ensemble n'en ont jamais pu faire sur les bords de la Vistule; je me résigne aussi à la Providence, et je suis venu passer le carnaval à Venise.»

Il restait au sixième monarque à parler. «Messieurs, dit-il, je ne suis pas si grand seigneur que vous; mais enfin j'ai été roi tout comme un autre. Je suis Théodore[2]; on m'a élu roi en Corse; on m'a appelé *Votre Majesté*, et à présent, à peine m'appelle-t-on *Monsieur*. J'ai fait frapper de la monnaie, et je ne possède pas un denier; j'ai eu deux secrétaires d'État, et j'ai à peine un valet; je me suis vu sur un trône, et j'ai longtemps été à Londres en prison, sur la paille. J'ai bien peur d'être traité de même ici, quoique je sois venu comme Vos Majestés passer le carnaval à Venise.»

Les cinq autres rois écoutèrent ce discours avec une noble compassion. Chacun d'eux donna vingt sequins au roi Théodore pour avoir des habits et des chemises; et Candide lui fit présent d'un diamant de deux mille sequins. «Quel est donc, disaient les cinq rois, ce simple particulier qui est en état de donner cent fois autant que chacun de nous, et qui le donne[3]?»

Dans l'instant qu'on sortait de table, il arriva dans la même hôtellerie quatre altesses sérénissimes qui avaient aussi perdu leurs États par le

sort de la guerre, et qui venaient passer le reste
du carnaval à Venise. Mais Candide ne prit pas
seulement garde à ces nouveaux venus. Il n'était
occupé que d'aller trouver sa chère Cunégonde à
Constantinople.

CHAPITRE VINGT-SEPTIÈME

Voyage de Candide à Constantinople

Le fidèle Cacambo avait déjà obtenu du patron
turc qui allait reconduire le sultan Achmet à
Constantinople qu'il recevrait Candide et Martin
sur son bord. L'un et l'autre s'y rendirent après
s'être prosternés devant Sa misérable Hautesse[1].
Candide, chemin faisant, disait à Martin : «Voilà
pourtant six rois détrônés, avec qui nous avons
soupé, et encore dans ces six rois il y en a un à
qui j'ai fait l'aumône. Peut-être y a-t-il beaucoup
d'autres princes plus infortunés. Pour moi, je n'ai
perdu que cent moutons, et je vole dans les bras
de Cunégonde. Mon cher Martin, encore une fois,
Pangloss avait raison : tout est bien. — Je le sou-
haite, dit Martin. — Mais, dit Candide, voilà une
aventure bien peu vraisemblable que nous avons
eue à Venise. On n'avait jamais vu ni ouï conter
que six rois détrônés soupassent ensemble au
cabaret. — Cela n'est pas plus extraordinaire, dit
Martin, que la plupart des choses qui nous sont
arrivées. Il est très commun que des rois soient

détrônés ; et à l'égard de l'honneur que nous avons eu de souper avec eux, c'est une bagatelle qui ne mérite pas notre attention. »

À peine Candide fut-il dans le vaisseau qu'il sauta au cou de son ancien valet, de son ami Cacambo. « Eh bien ! lui dit-il, que fait Cunégonde ? Est-elle toujours un prodige de beauté ? M'aime-t-elle toujours ? Comment se porte-t-elle ? Tu lui as sans doute acheté un palais à Constantinople ?

— Mon cher maître, répondit Cacambo, Cunégonde lave les écuelles sur le bord de la Propontide, chez un prince qui a très peu d'écuelles ; elle est esclave dans la maison d'un ancien souverain nommé Ragotski[1], à qui le Grand Turc donne trois écus par jour dans son asile ; mais ce qui est bien plus triste, c'est qu'elle a perdu sa beauté et qu'elle est devenue horriblement laide. — Ah ! belle ou laide, dit Candide, je suis honnête homme, et mon devoir est de l'aimer toujours. Mais comment peut-elle être réduite à un état si abject avec les cinq ou six millions que tu avais apportés ? — Bon, dit Cacambo, ne m'en a-t-il pas fallu donner deux millions au señor don Fernando d'Ibaraa, y Figueora, y Mascarenes, y Lampourdos, y Souza, gouverneur de Buenos-Ayres, pour avoir la permission de reprendre mademoiselle Cunégonde ? Et un pirate ne nous a-t-il pas bravement dépouillés de tout le reste ? Ce pirate ne nous a-t-il pas menés au cap de Matapan, à Milo, à Nicarie, à Samos, à Petra, aux Dardanelles, à Marmora, à Scutari[2] ? Cunégonde et la vieille servent chez ce prince dont je vous ai parlé, et moi je suis esclave du sultan détrôné. — Que d'épouvantables calamités enchaî-

nées les unes aux autres! dit Candide. Mais, après tout, j'ai encore quelques diamants; je délivrerai aisément Cunégonde. C'est bien dommage qu'elle soit devenue si laide. »

Ensuite, se tournant vers Martin: «Qui pensez-vous, dit-il, qui soit le plus à plaindre, de l'empereur Achmet, de l'empereur Ivan, du roi Charles-Édouard, ou de moi? — Je n'en sais rien, dit Martin; il faudrait que je fusse dans vos cœurs pour le savoir. — Ah! dit Candide, si Pangloss était ici, il le saurait et nous l'apprendrait. — Je ne sais, dit Martin, avec quelles balances votre Pangloss aurait pu peser les infortunes des hommes et apprécier leurs douleurs. Tout ce que je présume, c'est qu'il y a des millions d'hommes sur la terre cent fois plus à plaindre que le roi Charles-Édouard, l'empereur Ivan et le sultan Achmet. — Cela pourrait bien être», dit Candide.

On arriva en peu de jours sur le canal de la mer Noire[1]. Candide commença par racheter Cacambo fort cher, et, sans perdre de temps, il se jeta dans une galère, avec ses compagnons, pour aller sur le rivage de la Propontide chercher Cunégonde, quelque laide qu'elle pût être.

Il y avait dans la chiourme deux forçats qui ramaient fort mal, et à qui le levanti patron[2] appliquait de temps en temps quelques coups de nerf de bœuf sur leurs épaules nues; Candide, par un mouvement naturel, les regarda plus attentivement que les autres galériens et s'approcha d'eux avec pitié. Quelques traits de leurs visages défigurés lui parurent avoir un peu de ressemblance avec Pangloss et avec ce malheureux jésuite, ce

baron, ce frère de Mlle Cunégonde. Cette idée l'émut et l'attrista. Il les considéra encore plus attentivement. «En vérité, dit-il à Cacambo, si je n'avais pas vu pendre maître Pangloss, et si je n'avais pas eu le malheur de tuer le baron, je croirais que ce sont eux qui rament dans cette galère.»

Au nom du baron et de Pangloss les deux forçats poussèrent un grand cri, s'arrêtèrent sur leur banc et laissèrent tomber leurs rames. Le levanti patron accourait sur eux, et les coups de nerf de bœuf redoublaient. «Arrêtez, arrêtez, Seigneur, s'écria Candide, je vous donnerait tant d'argent que vous voudrez. — Quoi! c'est Candide! disait l'un des forçats. — Quoi! c'est Candide! disait l'autre. — Est-ce un songe? dit Candide; veillé-je? suis-je dans cette galère? Est-ce là monsieur le baron que j'ai tué? Est-ce là maître Pangloss que j'ai vu pendre?

— C'est nous-mêmes, c'est nous-mêmes, répondaient-ils. — Quoi! c'est là ce grand philosophe? disait Martin. — Eh! Monsieur le levanti patron, dit Candide, combien voulez-vous d'argent pour la rançon de M. de Thunder-ten-tronckh, un des premiers barons de l'Empire, et de M. Pangloss, le plus profond métaphysicien d'Allemagne? — Chien de chrétien, répondit le levanti patron, puisque ces deux chiens de forçats chrétiens sont des barons et des métaphysiciens, ce qui est sans doute une grande dignité dans leurs pays, tu m'en donneras cinquante mille sequins. — Vous les aurez, monsieur, remenez-moi comme un éclair à Constantinople[1], et vous serez payé sur-le-champ.

Mais non, menez-moi chez Mlle Cunégonde.» Le levanti patron, sur la première offre de Candide, avait déjà tourné la proue vers la ville, et il faisait ramer plus vite qu'un oiseau ne fend les airs.

Candide embrassa cent fois le baron et Pangloss. «Et comment ne vous ai-je pas tué, mon cher baron? et mon cher Pangloss, comment êtes-vous en vie après avoir été pendu? et pourquoi êtes-vous tous deux aux galères en Turquie? — Est-il bien vrai que ma chère sœur soit dans ce pays? disait le baron. — Oui, répondait Cacambo. — Je revois donc mon cher Candide», s'écriait Pangloss. Candide leur présentait Martin et Cacambo. Ils s'embrassaient tous, ils parlaient tous à la fois. La galère volait, ils étaient déjà dans le port. On fit venir un Juif, à qui Candide vendit pour cinquante mille sequins un diamant de la valeur de cent mille, et qui lui jura par Abraham qu'il n'en pouvait donner davantage. Il paya incontinent la rançon du baron et de Pangloss. Celui-ci se jeta aux pieds de son libérateur et les baigna de larmes; l'autre le remercia par un signe de tête, et lui promit de lui rendre cet argent à la première occasion[1]. «Mais est-il bien possible que ma sœur soit en Turquie? disait-il. — Rien n'est si possible, reprit Cacambo, puisqu'elle écure la vaisselle chez un prince de Transylvanie.» On fit aussitôt venir deux Juifs; Candide vendit encore des diamants; et ils repartirent tous dans une autre galère pour aller délivrer Cunégonde.

CHAPITRE VINGT-HUITIÈME

Ce qui arriva à Candide,
à Cunégonde, à Pangloss,
à Martin, etc.

«Pardon, encore une fois, dit Candide au baron;
pardon, mon Révérend Père, de vous avoir donné
un grand coup d'épée au travers du corps. — N'en
parlons plus, dit le baron; je fus un peu trop vif,
je l'avoue; mais, puisque vous voulez savoir par
quel hasard vous m'avez vu aux galères, je vous
dirai qu'après avoir été guéri de ma blessure par
le frère apothicaire du collège, je fus attaqué et
enlevé par un parti espagnol; on me mit en pri-
son à Buenos-Ayres dans le temps que ma sœur
venait d'en partir. Je demandai à retourner à
Rome auprès du père général. Je fus nommé pour
aller servir d'aumônier à Constantinople auprès
de M. l'ambassadeur de France. Il n'y avait pas
huit jours que j'étais entré en fonctions, quand je
trouvai sur le soir un jeune icoglan[1] très bien fait.
Il faisait fort chaud: le jeune homme voulut se
baigner; je pris cette occasion de me baigner
aussi. Je ne savais pas que ce fût un crime capital
pour un chrétien d'être trouvé tout nu avec un
jeune musulman. Un cadi[2] me fit donner cent
coups de bâton sous la plante des pieds et me
condamna aux galères. Je ne crois pas qu'on ait
fait une plus horrible injustice. Mais je voudrais

bien savoir pourquoi ma sœur est dans la cuisine d'un souverain de Transylvanie réfugié chez les Turcs.

— Mais vous, mon cher Pangloss, dit Candide, comment se peut-il que je vous revoie? — Il est vrai, dit Pangloss, que vous m'avez vu pendre; je devais naturellement être brûlé; mais vous vous souvenez qu'il plut à verse lorsqu'on allait me cuire: l'orage fut si violent qu'on désespéra d'allumer le feu; je fus pendu, parce qu'on ne put mieux faire: un chirurgien acheta mon corps, m'emporta chez lui, et me disséqua. Il me fit d'abord une incision cruciale depuis le nombril jusqu'à la clavicule. On ne pouvait pas avoir été plus mal pendu que je l'avais été. L'exécuteur des hautes œuvres de la sainte Inquisition, lequel était sous-diacre, brûlait à la vérité les gens à merveille, mais il n'était pas accoutumé à pendre: la corde était mouillée et glissa mal, elle fut nouée; enfin je respirais encore: l'incision cruciale me fit jeter un si grand cri que mon chirurgien tomba à la renverse, et, croyant qu'il disséquait le diable, il s'enfuit en mourant de peur, et tomba encore sur l'escalier en fuyant. Sa femme accourut au bruit, d'un cabinet voisin; elle me vit sur la table étendu avec mon incision cruciale: elle eut encore plus de peur que son mari, s'enfuit et tomba sur lui. Quand ils furent un peu revenus à eux, j'entendis la chirurgienne qui disait au chirurgien: "Mon bon, de quoi vous avisez-vous aussi de disséquer un hérétique? Ne savez-vous pas que le diable est toujours dans le corps de ces gens-là? Je vais vite chercher un prêtre pour l'exorciser." Je frémis à ce propos, et

je ramassai le peu de forces qui me restaient, pour crier: "Ayez pitié de moi!" Enfin le barbier portugais s'enhardit; il recousit ma peau; sa femme même eut soin de moi; je fus sur pied au bout de quinze jours. Le barbier me trouva une condition, et me fit laquais d'un chevalier de Malte qui allait à Venise; mais mon maître n'ayant pas de quoi me payer, je me mis au service d'un marchand vénitien, et je le suivis à Constantinople.

« Un jour il me prit fantaisie d'entrer dans une mosquée; il n'y avait qu'un vieil iman[1] et une jeune dévote très jolie qui disait ses patenôtres; sa gorge était toute découverte: elle avait entre ses deux tétons un beau bouquet de tulipes, de roses, d'anémones, de renoncules, d'hyacinthes et d'oreilles-d'ours[2]; elle laissa tomber son bouquet; je le ramassai, et je le lui remis avec un empressement très respectueux[3]. Je fus si longtemps à le lui remettre que l'iman se mit en colère, et voyant que j'étais chrétien, il cria à l'aide. On me mena chez le cadi, qui me fit donner cent coups de lattes sur la plante des pieds et m'envoya aux galères. Je fus enchaîné précisément dans la même galère et au même banc que monsieur le baron. Il y avait dans cette galère quatre jeunes gens de Marseille, cinq prêtre napolitains, et deux moines de Corfou, qui nous dirent que de pareilles aventures arrivaient tous les jours[4]. Monsieur le baron prétendait qu'il avait essuyé une plus grande injustice que moi; je prétendais, moi, qu'il était beaucoup plus permis de remettre un bouquet sur la gorge d'une femme que d'être tout nu avec un icoglan. Nous disputions sans cesse, et nous rece-

vions vingt coups de nerf de bœuf par jour, lorsque
l'enchaînement des événements de cet univers
vous a conduit dans notre galère, et que vous nous
avez rachetés.

— Eh bien! mon cher Pangloss, lui dit Candide,
quand vous avez été pendu, disséqué, roué de
coups, et que vous avez ramé aux galères, avez-
vous toujours pensé que tout allait le mieux du
monde? — Je suis toujours de mon premier sen-
timent, répondit Pangloss, car enfin je suis phi-
losophe: il ne me convient pas de me dédire,
Leibnitz ne pouvant pas avoir tort, et l'harmo-
nie préétablie étant d'ailleurs la plus belle chose
du monde, aussi bien que le plein et la matière
subtile [1]. »

CHAPITRE VINGT-NEUVIÈME

Comment Candide retrouva
Cunégonde et la vieille

Pendant que Candide, le baron, Pangloss, Mar-
tin et Cacambo contaient leurs aventures, qu'ils
raisonnaient sur les événements contingents ou
non contingents de cet univers, qu'ils disputaient
sur les effets et les causes, sur le mal moral et sur
le mal physique, sur la liberté et la nécessité, sur
les consolations que l'on peut éprouver lorsqu'on
est aux galères en Turquie, ils abordèrent sur le
rivage de la Propontide à la maison du prince de

Transylvanie. Les premiers objets qui se présentèrent furent Cunégonde et la vieille, qui étendaient des serviettes sur des ficelles pour les faire sécher.

Le baron pâlit à cette vue. Le tendre amant Candide, en voyant sa belle Cunégonde rembrunie, les yeux éraillés, la gorge sèche, les joues ridées, les bras rouges et écaillés, recula trois pas saisi d'horreur, et avança ensuite par bon procédé. Elle embrassa Candide et son frère ; on embrassa la vieille : Candide les racheta toutes deux.

Il y avait une petite métairie dans le voisinage : la vieille proposa à Candide de s'en accommoder, en attendant que toute la troupe eût une meilleure destinée. Cunégonde ne savait pas qu'elle était enlaidie, personne ne l'en avait avertie : elle fit souvenir Candide de ses promesses avec un ton si absolu que le bon Candide n'osa pas la refuser. Il signifia donc au baron qu'il allait se marier avec sa sœur. « Je ne souffrirai jamais, dit le baron, une telle bassesse de sa part et une telle insolence de la vôtre ; cette infamie ne me sera jamais reprochée : les enfants de ma sœur ne pourraient entrer dans les chapitres d'Allemagne. Non, jamais ma sœur n'épousera qu'un baron de l'Empire. » Cunégonde se jeta à ses pieds et les baigna de larmes · il fut inflexible. « Maître fou, lui dit Candide, je t'ai réchappé des galères, j'ai payé ta rançon, j'ai payé celle de ta sœur ; elle lavait ici des écuelles elle est laide, j'ai la bonté d'en faire ma femme et tu prétends encore t'y opposer ! Je te retuerais si j'en croyais ma colère. — Tu peux me tuer

encore, dit le baron, mais tu n'épouseras pas ma
sœur de mon vivant. »

CHAPITRE TRENTIÈME

Conclusion

Candide, dans le fond de son cœur, n'avait
aucune envie d'épouser Cunégonde. Mais l'im-
pertinence extrême du baron le déterminait à
conclure le mariage, et Cunégonde le pressait si
vivement qu'il ne pouvait s'en dédire. Il consulta
Pangloss, Martin et le fidèle Cacambo. Pangloss
fit un beau mémoire par lequel il prouvait que le
baron n'avait nul droit sur sa sœur, et qu'elle
pouvait, selon toutes les lois de l'Empire, épouser
Candide de la main gauche[1]. Martin conclut à
jeter le baron dans la mer. Cacambo décida qu'il
fallait le rendre au levanti patron et le remettre
aux galères ; après quoi on l'enverrait à Rome au
père général par le premier vaisseau. L'avis fut
trouvé fort bon ; la vieille l'approuva ; on n'en dit
rien à sa sœur ; la chose fut exécutée pour quelque
argent, et on eut le plaisir d'attraper un jésuite et
de punir l'orgueil d'un baron allemand[2].
Il était tout naturel d'imaginer qu'après tant
de désastres, Candide, marié avec sa maîtresse et
vivant avec le philosophe Pangloss, le philosophe
Martin, le prudent Cacambo et la vieille, ayant
d'ailleurs rapporté tant de diamants de la patrie

des anciens Incas, mènerait la vie du monde la plus agréable; mais il fut tant friponné par les Juifs qu'il ne lui resta plus rien que sa petite métairie; sa femme, devenant tous les jours plus laide, devint acariâtre et insupportable; la vieille était infirme et fut encore de plus mauvaise humeur que Cunégonde. Cacambo, qui travaillait au jardin, et qui allait vendre des légumes à Constantinople, était excédé de travail[1] et maudissait sa destinée. Pangloss était au désespoir de ne pas briller dans quelque université d'Allemagne[2]. Pour Martin, il était fermement persuadé qu'on est également mal partout; il prenait les choses en patience. Candide, Martin et Pangloss disputaient quelquefois de métaphysique et de morale. On voyait souvent passer sous les fenêtres de la métairie des bateaux chargés d'effendis[3], de bachas, de cadis, qu'on envoyait en exil à Lemnos, à Mitylène, à Erzeroum. On voyait venir d'autres cadis, d'autres bachas, d'autres effendis, qui prenaient la place des expulsés et qui étaient expulsés à leur tour. On voyait des têtes proprement empaillées[4] qu'on allait présenter à la Sublime Porte. Ces spectacles faisaient redoubler les dissertations; et quand on ne disputait pas, l'ennui était si excessif que la vieille osa un jour leur dire: «Je voudrais savoir lequel est le pire, ou d'être violée cent fois par des pirates nègres, d'avoir une fesse coupée, de passer par les baguettes chez les Bulgares, d'être fouetté et pendu dans un auto-da-fé, d'être disséqué, de ramer en galère, d'éprouver enfin toutes les misères par lesquelles nous avons

tous passé, ou bien de rester ici à ne rien faire?
— C'est une grande question», dit Candide.

Ce discours fit naître de nouvelles réflexions, et
Martin surtout conclut que l'homme était né pour
vivre dans les convulsions de l'inquiétude, ou dans
la léthargie de l'ennui. Candide n'en convenait
pas, mais il n'assurait rien. Pangloss avouait qu'il
avait toujours horriblement souffert; mais ayant
soutenu une fois que tout allait à merveille, il le
soutenait toujours, et n'en croyait rien.

Une chose acheva de confirmer Martin dans
ses détestables principes[1], de faire hésiter plus que
jamais Candide, et d'embarrasser Pangloss. C'est
qu'ils virent un jour aborder dans leur métairie
Paquette et le frère Giroflée, qui étaient dans la
plus extrême misère; ils avaient bien vite mangé
leurs trois mille piastres, s'étaient quittés, s'étaient
raccommodés, s'étaient brouillés, avaient été mis
en prison, s'étaient enfuis, et enfin frère Giroflée
s'était fait turc[2]. Paquette continuait son métier
partout, et n'y gagnait plus rien. «Je l'avais bien
prévu, dit Martin à Candide, que vos présents
seraient bientôt dissipés et ne les rendraient que
plus misérables. Vous avez regorgé de millions
de piastres, vous et Cacambo, et vous n'êtes pas
plus heureux que frère Giroflée et Paquette. — Ah,
ah! dit Pangloss à Paquette, le Ciel vous ramène
donc ici parmi nous, ma pauvre enfant! Savez-
vous bien que vous m'avez coûté le bout du nez,
un œil et une oreille? Comme vous voilà faite! Et
qu'est-ce que ce monde!» Cette nouvelle aventure
les engagea à philosopher plus que jamais.

Il y avait dans le voisinage un derviche[3] très

fameux, qui passait pour le meilleur philosophe de la Turquie ; ils allèrent le consulter ; Pangloss porta la parole, et lui dit : « Maître, nous venons vous prier de nous dire pourquoi un aussi étrange animal que l'homme a été formé.

— De quoi te mêles-tu ? dit le derviche, est-ce là ton affaire ? — Mais, mon Révérend Père, dit Candide, il y a horriblement de mal sur la terre. — Qu'importe, dit le derviche, qu'il y ait du mal ou du bien ? Quand Sa Hautesse envoie un vaisseau en Égypte, s'embarrasse-t-elle si les souris qui sont dans le vaisseau sont à leur aise ou non ? — Que faut-il donc faire ? dit Pangloss. — Te taire, dit le derviche. — Je me flattais, dit Pangloss, de raisonner un peu avec vous des effets et des causes, du meilleur des mondes possibles, de l'origine du mal, de la nature de l'âme et de l'harmonie préétablie. » Le derviche, à ces mots, leur ferma la porte au nez.

Pendant cette conversation, la nouvelle s'était répandue qu'on venait d'étrangler à Constantinople deux vizirs du banc et le muphti[1], et qu'on avait empalé plusieurs de leurs amis. Cette catastrophe faisait partout un grand bruit pendant quelques heures. Pangloss, Candide et Martin, en retournant à la petite métairie, rencontrèrent un bon vieillard qui prenait le frais à sa porte sous un berceau d'orangers. Pangloss, qui était aussi curieux que raisonneur, lui demanda comment se nommait le muphti qu'on venait d'étrangler. « Je n'en sais rien, répondit le bonhomme, et je n'ai jamais su le nom d'aucun muphti ni d'aucun vizir. J'ignore absolument l'aventure dont vous

me parlez; je présume qu'en général ceux qui se mêlent des affaires publiques périssent quelquefois misérablement, et qu'ils le méritent; mais je ne m'informe jamais de ce qu'on fait à Constantinople; je me contente d'y envoyer vendre les fruits du jardin que je cultive.» Ayant dit ces mots, il fit entrer les étrangers dans sa maison: ses deux filles et ses deux fils leur présentèrent plusieurs sortes de sorbets qu'ils faisaient eux-mêmes, du kaïmac[1] piqué d'écorces de cédrat confit, des oranges, des citrons, des limons, des ananas, des pistaches, du café de Moka qui n'était point mêlé avec le mauvais café de Batavia et des îles. Après quoi les deux filles de ce bon musulman parfumèrent les barbes de Candide, de Pangloss et de Martin.

«Vous devez avoir, dit Candide au Turc, une vaste et magnifique terre? — Je n'ai que vingt arpents, répondit le Turc; je les cultive avec mes enfants; le travail éloigne de nous trois grands maux: l'ennui, le vice, et le besoin.»

Candide, en retournant dans sa métairie, fit de profondes réflexions sur le discours du Turc. Il dit à Pangloss et à Martin: «Ce bon vieillard me paraît s'être fait un sort bien préférable à celui des six rois avec qui nous avons eu l'honneur de souper. — Les grandeurs, dit Pangloss, sont fort dangereuses, selon le rapport de tous les philosophes: car enfin Églon, roi des Moabites, fut assassiné par Aod; Absalon fut pendu par les cheveux et percé de trois dards; le roi Nadab, fils de Jéroboam, fut tué par Baaza; le roi Éla, par Zambri;

Ochosias, par Jéhu; Athalia, par Joïada; les rois
Joachim, Jéchonias, Sédécias, furent esclaves[1].
Vous savez comment périrent Crésus, Astyage,
Darius, Denys de Syracuse, Pyrrhus, Persée, Anni-
bal, Jugurtha, Arioviste, César, Pompée, Néron,
Othon, Vitellius, Domitien, Richard II d'Angle-
terre, Édouard II, Henri VI, Richard III, Marie
Stuart, Charles I[er], les trois Henri de France, l'em-
pereur Henri IV? Vous savez... — Je sais aussi,
dit Candide, qu'il faut cultiver notre jardin[2]
— Vous avez raison, dit Pangloss: car, quand
l'homme fut mis dans le jardin d'Éden, il y fut mis
ut operaretur eum, pour qu'il travaillât[3]; ce qui
prouve que l'homme n'est pas né pour le repos.
— Travaillons sans raisonner, dit Martin; c'est le
seul moyen de rendre la vie supportable.»

Toute la petite société entra dans ce louable
dessein; chacun se mit à exercer ses talents. La
petite terre rapporta beaucoup. Cunégonde était à
la vérité bien laide; mais elle devint une excel-
lente pâtissière; Paquette broda; la vieille eut soin
du linge. Il n'y eut pas jusqu'à frère Giroflée qui
ne rendît service; il fut un très bon menuisier, et
même devint honnête homme; et Pangloss disait
quelquefois à Candide: «Tous les événements
sont enchaînés dans le meilleur des mondes pos-
sibles; car enfin, si vous n'aviez pas été chassé
d'un beau château à grands coups de pied dans le
derrière pour l'amour de Mlle Cunégonde, si vous
n'aviez pas été mis à l'Inquisition, si vous n'aviez
pas couru l'Amérique à pied, si vous n'aviez pas
donné un bon coup d'épée au baron, si vous

n'aviez pas perdu tous vos moutons du bon pays d'Eldorado, vous ne mangeriez pas ici des cédrats confits et des pistaches[1]. — Cela est bien dit, répondit Candide, mais il faut cultiver notre jardin. »

Postface

UN NOUVEAU REGARD SUR *CANDIDE*

I

Prélude à Candide

Œuvre composée alors que Voltaire avait soixante-quatre ans, *Candide* porte les marques de toutes les expériences antérieures de son auteur : il n'y a pas lieu de reprendre cette histoire, qui a été faite récemment[1]. On peut pourtant se demander quand s'ouvre proprement pour l'écrivain l'ère «d'avant *Candide*». Des raisons diverses, mais convergentes, font penser qu'elle correspond à la fin de ce qu'on pourrait appeler la période «anglaise» et au début de la période «allemande», ou plus exactement «prussienne», vers l'année 1736.

C'est en août 1736 que Voltaire reçut une première lettre flatteuse de Frédéric, alors prince royal de Prusse, à laquelle il répondit[2]. La correspondance qui s'instaura alors et qui dura jusqu'à la mort de Voltaire, coïncide avec le déclin

1. Dans la série des cinq volumes de *Voltaire en son temps*, sous la direction de René Pomeau ; voir la Bibliographie.
2. *Correspondance de Voltaire*, Bibl. de la Pléiade, 13 vol., t. I, lettre 737. Les références seront données au numéro de la lettre dans cette édition. Dans les quelques cas où seront citées des lettres adressées à Voltaire, lesquelles ne figurent pas dans cette édition, les références seront à l'édition anglaise de Theodor Besterman sous la forme du sigle D («definitive edition») suivi du numéro de la lettre.

d'une autre influence, celle de l'Angleterre. On sait quel rôle avait joué le séjour londonien des années 1726-1728, suivi de la longue bataille des *Lettres philosophiques* (1733-1735). Un indice mineur, mais peut-être significatif, d'un moindre intérêt pour l'Angleterre est qu'en 1738 Voltaire avoue qu'il écrit désormais moins facilement l'anglais qu'il ne l'avait fait. Certes, sur le plan des idées, l'influence allemande ne s'exerce d'abord que superficiellement. Frédéric avait joint à sa lettre une justification du leibnizien Wolf, persécuté par le père de Frédéric: Voltaire répondit en mettant les noms de Newton, de Locke et de Bayle au-dessus de celui de Wolf. C'est sur le plan des relations personnelles que les deux hommes se rencontrèrent.

Tant qu'il ne s'agit que de correspondance, Voltaire et Frédéric n'offrirent d'eux-mêmes que «des images embellies[1]». Mais les titres qu'ils s'accordaient, le «Salomon du Nord», «l'espoir» ou les «délices du genre humain» créés par Voltaire, le «Socrate français» décerné par Frédéric, furent bientôt soumis à l'épreuve de la réalité.

La réalité, c'était d'abord l'existence de Mme du Châtelet, dont Frédéric n'était pas moins jaloux qu'elle ne l'était de lui. Lorsqu'il parla d'une invitation en Prusse, Voltaire fut obligé de répondre que «l'amitié qui [le] ret[enait] dans la retraite ne [lui] permet[ait] pas d'en sortir». Dès lors, Mme du Châtelet s'opposa de toutes ses forces à tout projet de voyage en Prusse. Un autre sujet de discorde fut sinon réglé, du moins mis de côté. Du temps où il n'était que prince-héritier, Frédéric avait rédigé en français un ouvrage, *L'Anti-Machiavel*, où il opposait à la pratique des princes de son temps les vues féneloniennes d'une monarchie pacifique, attachée au seul bien du peuple. Voltaire s'était chargé de le revoir et de le publier en Hollande sous un anonymat transparent. Devenu roi le 31 mai 1740 par la mort de son père, Frédéric, qui augmentait son armée et se préparait à une guerre de conquête, se trouvait en risque de passer pour hypocrite et cynique. Voltaire fut chargé de racheter au libraire l'ouvrage auquel il avait apporté ses soins. Un peu plus tard, il devait même modifier l'éloge

1. Le mot est de Christiane Mervaud, *Voltaire et Frédéric II : une dramaturgie des Lumières*, p. 42.

qu'il faisait du pacifisme de Frédéric: celui-ci venait, en décembre 1740, d'envahir la Silésie sans déclaration de guerre. Pis encore, invité à rencontrer le roi à La Haye en septembre 1740, et «ne doutant pas qu'un roi avec qui [il] dînai[t] et qui [l']appelait son ami ne dût avoir toujours raison[1]», Voltaire s'était laissé aller à rédiger pour son compte un manifeste intitulé «Sommaire des droits de Sa Majesté le roi de Prusse sur Herstall», destiné à rançonner les habitants de Liège.

Ces gages faisaient de Voltaire un complice de la politique de Frédéric. Celui-ci l'invita à Berlin, et cette fois il accepta. Parti de La Haye le 6 novembre 1740, il y était reçu une douzaine de jours plus tard au château de Rheinsberg, résidence du prince dans le Mecklembourg. Il en partit le 1er décembre. On discutait encore de la sincérité de Frédéric dans ses déclarations pacifiques quand Voltaire, sur la route de Hanovre à Minden, séjourna trois jours du 7 au 9 décembre, au château de Bückeburg, où il fut reçu par le comte régnant, Albert-Wolfgang de Schaumburg-Lippe, et sa favorite, Mme Bentinck, qu'on retrouvera à propos de *Candide*. Or, dès le 16 décembre 1740, les troupes prussiennes entraient en Silésie sans déclaration de guerre, alors que Voltaire s'était longtemps porté garant de la volonté de paix du roi.

Dès lors, la situation des deux partenaires fut étrange. Frédéric reprochait à Voltaire de ne pas prendre assez nettement parti contre l'Autriche catholique. Pour louer un prince guerrier, Voltaire se trouva réduit à arguer qu'il faisait des vers français, et à se moquer de Marie-Thérèse qui, attaquée, défendait courageusement ses droits, parce que, disait-il:

La maison de Bourbon ni les filles d'Autriche
N'ont jamais fait pour moi le plus court hémistiche[2].

1. *Mémoires pour servir à la vie de M. de Voltaire écrits par lui-même*, introduction, notes et dossier par Jacqueline Hellegouarc'h, Le Livre de Poche, 1998, p. 63.
2. Lettre du 29 juin 1741, Pléiade 1546.

À cet embarras s'en ajouta un autre pour Voltaire quand Frédéric, ayant gagné lui-même une bataille[1] et craignant une défaite de ses alliés français, signa avec l'Autriche la paix séparée de Breslau: Voltaire se trouvait forcé d'approuver cet accord qui faisait scandale à Paris. Sous prétexte d'une brouille avec la cour de France, il partit pour la Prusse avec l'accord du ministère français pour sonder Frédéric sur un renouvellement de l'alliance. Compromise dès le départ sur le plan diplomatique par la défaite des Français à Dettingen (27 juin 1743), la rencontre tourna à un duel des ruses entre Voltaire et le roi. Le premier cherchait à accomplir sa mission d'information, et si possible à influencer le roi; le second le traitait le mieux du monde mais faisait communiquer en France des vers de Voltaire qui le compromettaient. Averti de cette trahison, Voltaire répondit par une promesse peu sincère de s'établir en Prusse: on commença même à meubler une maison pour lui.

Cependant il quittait la Prusse le 12 octobre 1743. Après un séjour à Brunswick et un autre à Bückeburg[2], il retrouvait Mme du Châtelet, à qui il dut persuader qu'il n'avait pas songé à la quitter pour Frédéric.

Entre le roi, déçu dans ses espérances, et le philosophe devenu courtisan de Louis XV et chantre de la victoire de Fontenoy (1745), occupé aussi par une liaison avec sa nièce[3], puis par des séjours à la cour du roi Stanislas en Lorraine, les relations épistolaires s'espacèrent. Après un intervalle de silence plus long que d'habitude, Frédéric prit à la fin de 1748 l'initiative d'envoyer une lettre à

1. La bataille de Chotusitz, du 17 mai 1742.
2. Curieusement, Voltaire semble ne vouloir parler que du séjour à Brunswick, dont il double la durée (six jours au lieu de trois), tout en taisant le séjour à Bückeburg qu'il fit chez le comte de Schaumburg-Lippe, également de deux ou trois jours. C'est que, s'il avait des excuses pour s'être arrêté à Brunswick chez une sœur du roi de Prusse, Mme du Châtelet n'aurait pas compris qu'il se fût détourné pour une visite à Bückeburg dans l'espoir (d'ailleurs déçu) d'y trouver de nouveau Mme Bentinck.
3. Mme Denis était devenue veuve en 1744 et eut de nombreux amants, même lorsque sa liaison avec Voltaire se transforma en une vie commune.

Voltaire par Baculard d'Arnaud. La lettre se perdit, mais Voltaire eut connaissance du geste. Touché, il répondit en priant le roi de lui permettre «de pouvoir voir encore le premier des rois et des hommes» à la fin de 1748. Le thème était dès lors une éventuelle visite de Voltaire à Berlin. Avec la mort de Mme du Châtelet, le 10 septembre 1749, l'idée d'une visite se transforma en celle d'un séjour. Les demandes de garantie de Voltaire et ses exigences financières[1] firent traîner en longueur les négociations. Frédéric ne manqua pas d'ironiser sur l'amour de l'or de Voltaire, nouvelle Danaé. Voltaire répondit que la «très vieille Danaé» aimait «Jupiter et non sa pluie», mais acceptait de bon cœur les «gouttes d'or» «très salutaires[2]». Dès lors, la réputation d'avarice de Voltaire était bien établie à Berlin avant qu'il y arrivât: elle le poursuivit pendant tout son séjour, et au-delà.

Quoi qu'il en soit, ce départ pour la Prusse représentait pour lui une décision extrêmement grave, l'équivalent sur le plan mondain, a-t-on dit, du «pari pascalien[3]». Bien des déboires, mais aussi *Candide*, allaient d'une certaine façon en être le fruit.

Voltaire partit le 25 juin 1750 de Paris. À Clèves, territoire prussien, il dut attendre une douzaine de jours un passeport du roi[4]. Traversant ce «chien de pays» qu'est la Westphalie — sans s'arrêter à Bückeburg, où nul cette fois ne l'attendait —, il arrivait à Potsdam le 24 juillet. L'accueil fut chaleureux, et Voltaire le célébra avec enthousiasme dans ses lettres à ses amis. Mais bientôt les chicanes commencèrent. Le nouveau chambellan du roi entama une querelle avec Baculard d'Arnaud, dont il était jaloux[5], et finit par obtenir son renvoi.

1. Voltaire exigeait quatre mille écus d'avance pour ses frais de voyage. Le 29 mai, Frédéric lui fit envoyer l'équivalent, 16 000 livres de France.
2. Lettre de Frédéric du 14 mai 1750, réponse de Voltaire du 9 juin (Pléiade 2607).
3. Le mot est de Christiane Mervaud, *op. cit.*, p. 181.
4. Plus exactement un *Vorspann*, document royal enjoignant aux postes de fournir gratuitement les chevaux de relais.
5. Voltaire n'avait pas oublié que dans une épître adressée à d'Arnaud, Frédéric avait écrit: «Voltaire est à son couchant,/Vous êtes à votre aurore» (cité par C. Mervaud, *op. cit.*, p. 180, n. 42). En outre,

D'autres sujets plus sérieux divisèrent les deux hommes.
En arrivant à Berlin Voltaire y avait retrouvé Mme Ben-
tinck, qui était venue demander l'appui du roi de Prusse
dans ses démêlés avec son mari et avec la cour de Dane-
mark. Cette rencontre imprévue lui parut un coup de la
destinée, et il s'empressa de renouer ses relations avec
elle. Elle l'invita chez elle et devint son amie la plus sûre.
Liée avec le milieu intellectuel de Berlin, elle conçut le
projet d'obtenir la résurrection de l'Académie des Arts, fon-
dée en 1694 mais qui n'avait jamais eu d'existence réelle :
Voltaire en aurait été le président. Dè son côté, celui-ci fit
pour elle ce qu'il avait fait pour Mme du Châtelet : il devint
son « procureur ». Pour l'aider dans ses procès avec son
mari, il rédigea pour elle des mémoires et alla jusqu'à sol-
liciter en sa faveur le roi et ses ministres.

Ces intrigues de cour ou de littérature étaient pardon-
nables : Voltaire y ajouta imprudemment un scandale finan-
cier. Pour renouveler le genre d'opérations qui l'avait
rendu en 1729-1730 un des particuliers les plus riches de France[1],
il s'aboucha avec un « juif protégé », Hirschel, pour rache-
ter à bas prix à Dresde des créances *(Steuerscheine)* sur le
trésor saxon dont le remboursement était réservé aux seuls
Prussiens ; il fallait ensuite les réimporter en fraude en
Prusse et les présenter à l'encaissement. En même temps
qu'il remettait à Hirschel, en vue de cette opération, des
billets payables par son notaire parisien, Voltaire lui avait
acheté des diamants dont il voulait orner ses habits de

d'Arnaud, qui avait été un des amants de Mme Denis, aurait tenu sur
elle, devant le roi et Voltaire, des propos offensants ; cf. *ibid.*, p. 186,
n. 76.
1. Profitant d'une faille dans un système de loterie institué par le
contrôleur général des Finances, il avait constitué une société qui put
mettre la main sur les lots gagnants (1729). Jouant sur l'homonymie
entre son nom (Arouet) et un nom lorrain (Harroué) il put ensuite se
procurer à Nancy des actions très recherchées réservées aux habitants
de la province alors autrichienne. On estime qu'à la suite de ces diverses
opérations, dont le profit s'ajoutait au bénéfice réalisé sur la vente en
souscription de *La Henriade*, à une pension de la reine et à l'héritage de
son père, à des gains dans les fournitures aux armées, à des investisse-
ments dans le commerce maritime, sa fortune à l'âge de quarante ans
s'élevait à la somme considérable de plus d'un million de livres, soit la
valeur de vingt millions d'euros.

théâtre et ses insignes prussiens. Averti par Mme Bentinck du caractère douteux de l'affaire, il protesta ses billets et s'efforça de faire reprendre par Hirschel les diamants vendus. Il s'ensuivit une sordide contestation et un procès. Hirschel fut débouté de ses demandes (18 février 1751) et condamné à une amende symbolique. Désespéré, son père se suicida. Voltaire triomphait, mais son procès était perdu devant le public. Frédéric, qui avait intérêt à ne pas réveiller l'opinion allemande sur cette séquelle de la guerre contre la Saxe, manifesta sa colère. Dans ses voyages à Potsdam en janvier 1751, il laissa Voltaire à Berlin. Pendant quelques semaines, celui-ci n'osa plus se montrer : seule Mme Bentinck l'accueillait et l'aidait. Quand le jugement fut prononcé, il demanda la permission de se retirer au Marquisat, belle demeure proche de Potsdam. Il y demeura longtemps dans une demi-disgrâce.

L'année suivante, une nouvelle affaire éclatait. Depuis longtemps les relations entre Voltaire et Maupertuis, président de l'académie de Berlin, étaient mauvaises. Dans la querelle qui opposait Maupertuis au mathématicien König, Voltaire avait pris hautement parti pour le dernier. Peu intéressé par le fond du problème[1], Frédéric tenta de calmer les deux adversaires. Puis il manifeste son appui à Maupertuis, malade, en lui rendant visite. Voltaire ne se laisse pas intimider. Non content d'écrire à König pour le soutenir, il fit imprimer à Berlin même contre Maupertuis un pamphlet assassin, la *Diatribe du docteur Akakia*. Le libraire fut dénoncé et déclara que Voltaire l'avait abusé par une permission royale délivrée pour un autre ouvrage. Le roi exigea de Voltaire une sorte de soumission générale sous la forme d'un engagement à se gouverner «d'une manière convenable à un homme de lettres qui a l'honneur d'être chambellan de sa Majesté et qui vit avec des honnêtes gens[2]». Sur ces entrefaites, des exemplaires de l'*Akakia* imprimés en Saxe arrivèrent à Berlin le 21 décembre 1752. Trois jours après, ils furent «brûlés sur les places

1. Il s'agissait d'un principe de physique, dit «de la moindre action», que Maupertuis pensait avoir inventé. König prétendait qu'il l'avait été par Leibniz et que celui-ci l'avait en même temps réfuté.
2. Lettre du 27 novembre 1752, (Pléiade 3362).

publiques» Voltaire préféra ne pas regarder celle des exécutions qui eut lieu près de la maison où il logeait.

Deux mois se passèrent sans que Frédéric consentît à lui accorder son congé : du même coup sa grosse berline de voyage se voyait privée des relais de poste prussiens. Tout en désavouant l'*Akakia* dans la *Spenersche Zeitung* de Berlin du 18 janvier 1753, Voltaire préparait son départ. Mme Bentinck, qui lui restait fidèle, recueillit son secrétaire Francheville. Pour faire sortir sa fortune de Prusse, il signa de nouveaux contrats avec le duc de Wurtemberg : les sommes que son banquier remettait au duc lui reviendraient sous forme de rente viagère sur sa tête et celle de sa nièce. Enfin, après une quinzaine de jours passés dans une maison de campagne de la banlieue berlinoise, Voltaire fit ses adieux au roi à Potsdam le 23 mars 1753. Il en partit le 26 au matin après avoir touché les quatre mille écus de sa pension, en promettant de revenir en octobre.

Le séjour en Prusse aurait pu se terminer là. Il eut un prolongement fâcheux. En partant de Potsdam, Voltaire avait emmené le cordon de l'ordre du Mérite, ses insignes de chambellan et surtout un volume de poésies du roi de Prusse, corrigé de sa main. La question de savoir si et en quels termes Frédéric lui avait demandé de les laisser reste discutée[1]. De Leipzig où il s'était rendu, Voltaire, répondant à une lettre menaçante de Maupertuis, lança encore contre lui une brochure d'une ironie cruelle, qu'il envoya au roi. Irrité de voir ridiculiser le président de son académie, Frédéric put craindre que Voltaire ne déployât toute sa malice sur le volume des *Œuvres du philosophe de Sans-Souci* qu'il emportait. Comme le voyageur, pour rentrer en France, devait passer à Bayreuth chez sa sœur Wilhelmine, Frédéric demanda à celle-ci de laisser un de ses agents recouvrer au passage le fameux volume. Elle n'en fit rien et s'arrangea pour ne pas recevoir Voltaire, mais un guet-apens était préparé contre lui à Francfort. À son entrée dans la ville, le 31 mai, il fut arrêté, puis soumis pendant plus d'un mois, dans cette prétendue «ville libre»,

1. La lettre, telle qu'elle fut publiée dans les gazettes de Hollande du 17 et du 20 avril, est conforme à une version de la main du roi, datée du 16 mars. Mais cette date est-elle authentique ?

aux tracasseries, aux humiliations et aux voleries de
Freytag, résident de Frédéric, et de ses agents. Le volume
qu'on lui réclamait avait été envoyé à Hambourg. Quand
enfin la malle le contenant arriva, le 17 juin, Freytag
refusa de l'ouvrir. Excédé, Voltaire tenta de fuir et fut rat-
trapé : prétexte à de nouvelles avanies. Le pire pour lui fut
le sort de sa nièce. Il lui avait donné rendez-vous à Stras-
bourg. Apprenant que son oncle était arrêté à Francfort,
elle l'y avait rejoint le 9 juin. Après la tentative de fuite de
Voltaire, le 20 juin, elle fut ramenée dans la «gargote» où
son oncle était détenu. Gardée par le secrétaire Dorn, elle
dut dans la nuit se défendre contre ses importunités. Vol-
taire n'oubliera jamais cette scène : pendant des années il
demandera le châtiment des coupables, alors même que
pour sa part Mme Denis souhaitait depuis longtemps qu'il
n'en fût plus question[1].

Cette «affaire de Francfort» eut pour Voltaire des consé-
quences psychologiques considérables : il était encore sous
leur influence quand *Candide* fut composé. Ses sentiments
à l'égard de Frédéric et son jugement final sur l'expé-
rience prussienne s'en trouvèrent marqués. La leçon fon-
damentale qu'il en tira fut sans doute que l'indépendance
est le bien suprême. Mais il n'en gardait pas moins un
faible pour l'amitié des rois, et une incontestable inclina-
tion pour le «roi philosophe». Par là s'explique l'ambi-
guïté de son attitude ultérieure. Quand la guerre éclata, il
souhaita que son ancien protecteur fût vaincu, mais c'était
surtout pour avoir le plaisir délicat de lui faire sentir ses
torts en le consolant.

Non qu'il renonçât à sa vengeance, mais elle ne devait
pas empêcher la poursuite de relations dans lesquelles il
avait investi sa réputation européenne. Cette vengeance se
développa pendant cinq ans et revêtit plusieurs aspects.

Le plus naturel était un appel à la postérité. Il prit d'abord
chez Voltaire la forme très caractéristique d'une étonnante

1. Rentrée à Paris, elle se désista de ses plaintes en résiliant dès le
20 juillet 1753 la procuration qu'elle avait donnée à son oncle pour pour-
suivre Freytag et autres. Voltaire cherchait à récupérer l'argent qu'on lui
avait soustrait sous prétexte de frais d'arrestation et de détention. Il ne
reçut finalement que mille francs, moins du dixième de ce qu'il réclamait.

supercherie, qui n'a été percée à jour que récemment[1]. Dès
novembre 1753, il s'était fait renvoyer à Colmar, où il
attendait la permission de rentrer en France, toutes les
lettres qu'il avait envoyées à sa nièce pendant le séjour en
Prusse. Il les récrivit, et en fit une sorte de relation sati-
rique prouvant que jamais il n'avait été dupe des roueries
de Frédéric. Le travail terminé, les lettres originales furent
détruites.

Satisfait, pour le moment, de ce premier règlement de
comptes[2], Voltaire songea à assurer son indépendance. Son
retour en France n'était pas souhaité. Après des velléités de
s'installer en Lorraine, où le roi Stanislas régnait encore,
il choisit le séjour de la Suisse. Le 12 décembre 1754, il
entrait à Genève, où il fut accueilli par le conseiller François
Tronchin, puis par Théodore Tronchin, cousin du précédent,
car le prétexte officiel de son voyage était de consulter ce
médecin célèbre. Après un séjour dans le château de Pran-
gins, qui lui était prêté, Voltaire, sous un prête-nom, acheta
Saint-Jean, à Genève, dont il fit les Délices (février 1755).
Simultanément, apprenant que Mme Bentinck projetait de
s'installer en Suisse, il se hâtait de conclure la location de
la propriété de Montriond, près de Lausanne, qui avait
une vue superbe sur le lac.

Dans ce double asile, Voltaire se sent devenu un
«patriarche». Il «fonde Carthage». Dans les heureuses dis-
positions qui sont les siennes, il écrit une tragédie, *L'Orphe-
lin de la Chine*, jouée à Paris le 20 août 1755, qui, contre les
idées de Rousseau, vante les bienfaits de la civilisation. C'est
de là qu'il apprend, le 21 novembre 1755, le tremblement
de terre qui a ravagé Lisbonne le 1er novembre 1755. Dès
le début, il fait le rapprochement entre cette catastrophe et

1. Grâce aux travaux d'André Magnan; voir son *Dossier Voltaire en
Prusse* (Oxford, 1986), *I. Une œuvre inconnue de Voltaire: les lettres de
Prusse à Mme Denis*. — Il fait apparaître les contradictions entre cer-
tains faits contenus dans les lettres forgées et les faits réellement attes-
tés. De son travail ressort maintenant une sorte de roman par lettres, à
une voix, qu'on désigne sous le nom de *Paméla*, d'après une allusion de
Voltaire lui-même au roman de Richardson.
2. Outre la rédaction de *Candide*, celle, contemporaine, des *Mémoires
pour servir à la vie de M. de Voltaire*, participe du même propos.

un autodafé qui devait avoir lieu le même jour à Lisbonne[1].
Autre amalgame significatif, le désastre de Lisbonne dément
le système de l'optimisme, forme nouvelle du providentia-
lisme. Voltaire dispose de pièces qui trouveront leur place
dans un épisode majeur de *Candide* : il n'aura qu'à imaginer
d'autres catastrophes démontrant l'absurdité du «meilleur
des mondes» pour filer une trame joignant la narration et
la démonstration philosophique. La guerre de Sept Ans,
qui commence en 1756, lui fournira une ample matière.

Pourtant, il lui manque encore l'essentiel, l'idée de per-
sonnages assez concrets, assez proches de lui, pour don-
ner vie et cohérence à des aventures dans lesquelles il aura
sa part. Il s'agit maintenant de voir comment ils se pré-
sentèrent à lui, comment naquit *Candide*.

II

Genèse de Candide

Œuvre la plus célèbre de Voltaire, *Candide* est aussi la
plus étudiée. Ce ne sont pas seulement les aspects philoso-
phiques ou historiques du roman qui ont suscité l'intérêt
des chercheurs : les conditions de sa naissance ont aussi
fait l'objet de nombreuses enquêtes. La découverte par Ira
O. Wade d'un manuscrit antérieur à la première édition
lui avait permis de se mettre en quête d'un «nouveau Vol-
taire[2]». Depuis les travaux d'André Morize, les sources de
Voltaire ont été identifiées. On sait désormais où il a trouvé

1. Il écrit ce jour-là au banquier Jean-Robert Tronchin : «Je me flatte
qu'au moins les révérends pères inquisiteurs auront été écrasés comme
les autres. Cela devrait apprendre aux hommes à ne point persécuter les
hommes, car tandis que quelques sacrés coquins brûlent quelques fana-
tiques, la terre engloutit les uns et les autres» (Pléiade 4265). Le fait
qu'il travaillait alors à achever les chapitres de l'*Essai sur les Mœurs*
consacré à l'Inquisition en Espagne a sans doute contribué à l'amal-
game ; voir Pomeau-Mervaud, *Voltaire en son temps*, III, p. 264.
2. *The Search for a new Voltaire* (Philadelphie, juillet 1958).

sa description d'un autodafé, ou des traitements infligés aux esclaves dans les sucreries; d'où lui viennent ses idées sur le cannibalisme; sur quelles bases il a imaginé l'Eldorado; d'après quel récit il rapporte les détails de l'exécution de l'amiral Byng, etc.

Dans ces conditions, est-il encore possible d'apporter du nouveau sur «l'invention» du roman? Les éditeurs semblent y avoir renoncé. Selon René Pomeau, cet «*ex nihilo*» de l'invention pourrait même résulter d'un jeu de Voltaire qui «s'entend à surprendre son monde[1]».

Certes, le romancier disposait d'un principe d'organisation dans la formule du voyage qu'il pratique souvent (voir *Zadig, Micromégas, La Princesse de Babylone*...). Elle lui permet ici de présenter dans des lieux appropriés les scènes les plus frappantes, guerres en Allemagne, naufrage sur l'Océan, tremblement de terre et autodafé à Lisbonne, jésuites au Paraguay, refus de sépulture en France, exécution d'un amiral vaincu à Plymouth, rencontre des sept rois à Venise[2]. L'histoire de la vieille est aussi construite sur le même patron.

Il faut donner un motif au voyage. Le roman hellénistique, archétype du roman européen, le fournit: un jeune homme et une jeune fille s'aiment; séparés par l'opposition des parents, ils sont l'objet d'horribles mésaventures (capture par les pirates, tempêtes, tentatives de viol, batailles...) jusqu'à ce qu'enfin leur constance soit récompensée par d'heureuses retrouvailles. Voltaire a manifestement profité de ce fonds narratif dont un contemporain[3] lui proposait justement une variante satirique, proche de celle qu'il allait adopter — avec génie — dans *Candide*.

Mais une série d'infortunes égrenées au long d'un itinéraire plus ou moins vraisemblable ne fait pas un roman. Il y faut les victimes de ses infortunes; qui sont Candide,

1. *Candide* (Voltaire Foundation, 1980), p. 26.
2. Venise était restée à l'écart de la guerre de Sept Ans, ce qui en faisait un lieu de rencontre apprécié.
3. Vadé, qui, comme l'a montré Sylvain Menant, *Contes en vers et en prose*, Classiques Garnier, 1992, I, p. 224-225, écrit précisément en 1758: «Il faut que le héros soit brûlé, qu'il soit noyé, qu'il ait la gale et qu'il soit pendu, qu'ensuite il épouse sa maîtresse.»

Cunégonde, Pangloss? Pour Candide, une réponse passe-partout a bien été proposée. Comme l'a dit Pomeau[1] reprenant le titre d'un ouvrage de Van den Heuvel[2], «on ne peut s'empêcher de rechercher Voltaire dans ses contes», en l'espèce dans le personnage de Candide. Il existe effectivement des traits communs entre ce dernier et son créateur. Ainsi Candide, «bâtard de haut lignage», est d'une naissance irrégulière, comme le fils du notaire Arouet[3]; une fois libéré des entraves de la société où il est né, il devient comme lui propriétaire terrien à son aise. Mais le parallèle ne va guère plus loin. On verra, p. 196 et suivantes, qu'une enquête menée à partir d'indices fournis par Voltaire lui-même, permet d'aboutir à une identification à la fois plus précise et plus satisfaisante du personnage ayant inspiré Candide.

Autre sujet d'interrogations, quel événement particulier a pu mettre en mouvement le processus de la création voltairienne? Van den Heuvel a estimé que la défaite de Rossbach (5 novembre 1757), en ruinant les espoirs de Voltaire de tirer une vengeance de l'humiliation subie à Francfort, a pu jouer un rôle décisif: ce roman aurait liquidé l'illusion que le mal trouve en ce monde sa punition. Pour sa part, Pomeau a suggéré que la scène où Candide fuit dans la neige le château de Thunder-ten-tronckh induit à penser que Voltaire aurait conçu son roman dans l'hiver de 1757-1758. De son côté, Magnan[4] a découvert une curieuse note de Beaumarchais alléguant que Voltaire aurait envoyé par fragments les chapitres de son œuvre au duc de La Vallière avant la publication; mais ce document ne touche pas à la conception du roman.

Ces diverses suggestions, et d'autres encore, ont leur pertinence, mais elles restent fragmentaires. Elles ne permettent pas de relier les éléments constitutifs du roman (personnages, lieux, aventures), ni de les mettre en relation

1. Éd. cit., p. 83.
2. *Voltaire dans ses Contes: de «Micromégas» à «L'Ingénu»* (A. Colin, 1967.)
3. Voltaire a assuré à plusieurs reprises que son père biologique était l'abbé de Châteauneuf, ou le chansonnier Roquebrune.
4. «Une lettre oubliée de Beaumarchais sur l'édition de Kehl et sur la genèse de *Candide* dans *Voltaire en Europe, Hommage à Christiane Mervaud* (Oxford, Voltaire Foundation, 2000), p. 307-319.

avec tel épisode vécu ou telle expérience de l'auteur. Pourtant un rapport existe entre tous ces points; rapport subtil, tel qu'on peut l'attendre de Voltaire, à la fois conscient et inconscient selon le fonctionnement de sa mémoire, évident et secret selon son goût pour la dissimulation et pour la supercherie. Comment trouver le fil du labyrinthe?

Pour déjouer les ruses de l'auteur, on a appliqué au roman une lecture immédiate, naïve, au premier degré, suivant le terme à la mode. On a prêté l'oreille à ce qui, sous le voile de récits burlesques, pouvait constituer une confidence involontaire. Dans le même esprit, on a tenté d'appréhender les articulations essentielles du récit, en dégageant son «économie» des épisodes rapportés qui la dissimulent. On s'est alors aperçu que la narration ne reflète pas seulement les expériences du narrateur, mais que la chronologie de la composition elle-même semble se rapprocher de plus en plus du temps vécu par Voltaire. C'est la fable, le vécu et l'écriture qui, en se rejoignant, apportent la fameuse conclusion du «jardin».

Lire le texte sans idée préconçue, c'est commencer par le titre. Si la version la plus ancienne, représentée par le manuscrit La Vallière[1], porte seulement *Candide ou l'optimisme*, dès la publication, le titre est complété par «traduit de l'allemand de Mr le docteur Ralph». *Candide* est donc présenté comme un roman allemand. Presque aussitôt, une autre édition précise: «avec les additions qu'on a trouvées dans la poche du docteur lorsqu'il mourut à Minden l'an de grâce 1759». Minden est en Westphalie. L'origine du roman n'est pas seulement allemande, elle est à chercher en Westphalie. La première phrase du premier chapitre le confirme sans équivoque: «*Il y avait en Westphalie...*»

Où chercher, en Westphalie, ce «beau château» de M. le baron de Thunder-ten-tronckh? Les «routiers» du temps, comme les cartes modernes, l'indiquent. Si partant de Minden on fait quelques milles sur une des deux routes menant à Hanovre, route que Voltaire emprunta à plusieurs reprises lors de ses trois voyages à Berlin, on arrive à la petite ville

1. Voir la bibliographie.

et au château de Bückeburg, résidence des comtes de Schaumburg-Lippe. Sur le fond misérable de la «sale Westphalie [1]», ce château, modernisé au siècle précédent, avait frappé Voltaire. C'est d'ailleurs le seul qu'il connût dans cette région : il y avait été accueilli avec beaucoup d'égards dans les deux brefs séjours qu'il y fit en 1740 et 1743. Lorsqu'en 1757 le comté d'Empire de Schaumburg-Lippe se trouva «abîmé sans miséricorde» dans les convulsions de la guerre de Sept Ans, Voltaire fut sollicité par la comtesse Bentinck, amie du comte, d'intervenir en sa faveur. La réponse qu'il lui fit ne marque pas seulement que le souvenir de ses séjours lui était cher, mais aussi que le «beau château» lui importait plus que le domaine pour lequel on le sollicitait : «Je viens d'obéir Madame à vos ordres au sujet de ce *beau château* où j'ai eu l'honneur de vous faire autrefois ma cour, et de la belle terre qui en dépend, et du seigneur très aimable qui devrait être heureux chez lui [2].»

Certes, de Bückeburg à Thunder-ten-tronckh, le château subit une déchéance, mais celle-ci est liée au propos satirique de l'auteur : elle est parallèle à celle du seigneur, qui de comte devient baron, ou à celle de la principauté, qui de comté se transforme en baronnie. Ce qui est sûr, c'est que Voltaire associera toujours la mention de Thunder-ten-tronckh au souvenir de son séjour à Bückeburg. Lorsque, par la suite, il invita la comtesse à venir s'installer près de chez lui, il précisa à plusieurs reprises qu'il aimerait mieux la voir à Ferney ou à Tournay «qu'à Thunder-ten-tronckh [3]».

Mais si Bückeburg est bien, dans l'esprit de Voltaire, le *lieu* d'où procède son récit, dans quelle mesure n'en est-il pas aussi la *matrice*? En d'autres termes, ne peut-on y chercher le «nœud de mémoire» d'où sort le roman? Le problème se pose et pour les événements, et pour les personnages.

1. Chap. XIV, p. 73. Même expression, «la sale province de Westphalie», dans une lettre à Mme Bentinck du 29 août 1758 (Pléiade, 5201, *Voltaire et sa «grande amie»*, 292).
2. Lettre du 26 août [1757], *Voltaire et sa grande amie, Correspondance de Voltaire et de Mme Bentinck* (Oxford, 2003), n° 281.
3. *Ibid.*, lettres 314 et 317.

La chose est presque évidente pour Cunégonde. Elle est appelée par Candide «cette illustre Westphalienne». Or Voltaire avait rencontré, lors de son premier séjour à Bückeburg, en décembre 1740, une femme qui se disait elle-même «une franche Westphalienne[1]». Âgée de vingt-cinq ans, Charlotte-Sophie Bentinck, née comtesse d'Altenburg, présidait à la petite société du château. Le roman prête à Cunégonde soixante-douze quartiers de noblesse, une lettre retrouvée dans ses archives, peut-être de Voltaire, lui en donne soixante-seize. Du point de vue physique, Cunégonde est dite, au début du roman, «haute en couleur, fraîche, grasse, appétissante[2]»; puis, au chapitre VII, «d'une taille majestueuse». Dans un autoportrait, elle se dit «grande et bien faite[3]». Cunégonde fait trente milles à cheval d'une traite avec la vieille en croupe, Mme Bentinck est une amazone. Voltaire la taquine sur ses rares maladies: elle est alors, dit-il, beaucoup plus saine que lui quand il est en bonne santé. Au moral, c'était un personnage hors du commun. Dans ses souvenirs, Collini, secrétaire de Voltaire à l'époque, évoquant la fidélité qu'elle témoigna au philosophe au moment où il était en pleine disgrâce à Berlin en 1753, l'appelle «cette femme illustre et sensible, digne de gouverner un empire[4]». Le roi de Prusse prend soin d'avertir un ministre qui négocie avec elle qu'elle est «indomptable». Le titre d'un livre en néerlandais qui lui est consacré porte en sous-titre «la vie inflexible de la comtesse Bentinck[5]». Un ouvrage en français sur elle la présente comme l'exemple le plus remarquable de «la femme des Lumières[6]». Comme le comte de Choiseul partait comme ambassadeur à Vienne en 1759, Voltaire lui recom-

1. Peut-être même l'avait-il rencontrée en Hollande en 1736. Mais aucun document ne l'atteste définitivement.
2. Chap. I, p. 28.
3. Voltaire disait de sa nièce, Mme Denis, qu'elle était «petite et grosse».
4. *Mon séjour auprès de Voltaire* (Paris, 1807), p. 55.
5. Hella S. Haasse, *Mevrouw Bentinck* (Amsterdam, 1978). Le titre de la traduction française (incomplète) est *La Récalcitrante* (Le Seuil, 2003).
6. *Une femme des Lumières. Écrits et lettres de la comtesse de Bentinck, 1715-1800*. Textes présentés par Anne Soprani et André Magnan, CNRS Éditions, 1997.

mandait de ne pas oublier « la spirituelle, l'éloquente, ɪa sucrée, la romanesque, la bavarde comtesse de Bentinck ». Elle-même enfin se donne pour « ce qu'on appelle un cœur sensible », aussi capable de haine que d'amour, « mais sans jamais rien de bas ». Comme Cunégonde, Sophie aime son cousin : sa vɪe sentimentale a même été si romanesque qu'on en a fait un roman[1] simplement en disposant ses lettres ou des extraits de ses carnets dans l'ordre chronologique, sans en modifier le texte.

Lorsque Voltaire la rencontra en 1740, elle avait déjà un passé. Héritière de l'illustre famille princière des Oldenburg, financièrement déchue, elle avait reçu une excellente éducation française sous la direction de sa grand-mère paternelle, Charlotte-Amélie de La Trémouille. D'illustre origine, elle aussi, celle-ci s'était exilée à la cour de Danemark en 1680 pour cause de religion. Depuis toujours, sa petite-fille, notre Charlotte-Sophie, était, on l'a dit, amoureuse de son cousin, Albert-Wolfgang de Schaumburg-Lippe. Mais celui-ci, plus âgé qu'elle, s'était marié et même remarié. À dix-huit ans, elle s'était résignée, pour sauver les finances de sa maison, à épouser le riche et puissant Willem Bentinck, fils de Hans Willem Bentinck, conseiller de Guillaume d'Orange qui l'avait fait comte de Portland. Malgré la naissance de deux fils, le mariage avec ce personnage austère fut une « galère ». Alors qu'elle attendait un enfant, cette fois de son cousin, Charlotte-Sophie obtint le 15 avril 1740 la séparation d'avec son mari. Celui-ci, âpre en affaires, mettait alors pratiquement la main sur les deux plus beaux fiefs de sa femme, Varel et Kniphausen : tous les efforts qu'elle fit pendant plus de vingt ans pour les recouvrer échouèrent. Elle n'avait même plus le droit de revoir ses fils légitimes, à qui elle dut abandonner en 1754, contre une pension modique, ce qui lui restait de souveraineté théorique sur ses domaines héréditaires.

C'est au retour de son premier voyage en Prusse, en décembre 1740, que Voltaire fit sa connaissance à Bückeburg. Après avoir accouché dans ses terres elle était venue

1. Il s'agit de l'ouvrage de Hella Haasse signalé p. 172, n. 5.

séjourner chez son cousin, qui imposait sa présence à sa femme Amélie.

Séduit par la personnalité de «Mme de Bentinck», Voltaire revint à Bückeburg en 1743, au retour de son second voyage à la cour de Frédéric, mais il ne l'y trouva pas : elle était allée donner le jour à un nouvel enfant de son cousin. Ne se trouvaient au château que la pieuse épouse délaissée du comte, son paisible frère cadet, mais surtout le chapelain, prédicateur de la cour *(Hofprediger)* et haut précepteur *(Hofmeister[1])* de son état, Heinrich Meister ou Henri Le Maître, qui, en devenant Pangloss dans le roman, subira, comme ses maîtres, une certaine dégradation de son statut social. Lors du premier séjour à Bückeburg, en 1740, la présence du seigneur des lieux et de Mme Bentinck ne lui avait laissé qu'un rôle effacé dans les conversations. Le soir du premier jour, il déplorait dans son journal le «dégoût pour la révélation» de Frédéric dont on avait lu l'*Antimachiavel*; le lendemain, il condamnait son esprit «brillant, mais perverti». Quant à Voltaire, Meister jugea «suspects», non sans raison, les compliments ironiques que Voltaire lui avait décernés au moment du départ. Dans l'autoportrait qu'il rédigea quelque temps après, il se félicitait de ne pas lui ressembler :

J'attribue aux progrès modiques que Dieu m'a fait faire dans mon christianisme le peu de cas que je fais de la vivacité, de la fécondité et de la beauté d'imagination qui fait ce qu'on appelle les beaux esprits et les beaux génies[2].

C'est à ce personnage que Voltaire allait avoir affaire dans son second séjour, en 1743. En l'absence du comte régnant et de sa favorite, Meister eut en effet le champ

1. Le *Hofmeister* est un éducateur *(Erzieher)* qui accompagne à l'étranger ou à l'université un jeune noble comme «surveillant, guide, conseiller, ami, commensal, mentor», etc.; voir Silke Wagener, «Clamor Adolph Theodor von dem Bussche», *Osnabrücker Mitteilungen*, Band 101 (1996), où il est plusieurs fois question de Le Maître (aimablement communiqué par Curd Ochwadt). Voir l'autoportrait que nous reproduisons p. 216.
2. Cité par Curd Ochwadt, *Voltaire und die Grafen zu Schaumburg-Lippe* (voir la Bibliographie), p. 57.

libre pour lui tenir tête pendant des heures. Curieusement, dans le compte rendu très précis des conversations, établi par le chapelain lui-même[1], on rencontre plusieurs thèmes qui reviendront dans *Candide*, cannibalisme, autodafés du Portugal, exécution de boyards en Russie, grandeur et décadence des souverains, et même, à l'occasion du carnaval de Venise, l'évocation d'un moine adonné aux courtisanes: «Un cordelier gaillard et bien nourri entretiendra une catin en cachette, et peut-être plusieurs[2]...»

Pourtant, le principal sujet traité fut le problème de la religion. Les deux antagonistes tombèrent à peu près d'accord sur les torts réciproques des catholiques et des protestants, sur le fanatisme des uns et le sectarisme des autres. Mais une vive discussion éclata sur la question du mal et de la Providence, qui se trouve, on le sait, au cœur de la problématique de *Candide*: le problème de «l'origine du mal» est le plus difficile de ceux que Pangloss pose au derviche au chapitre final du roman. Comme le prédicateur de Bückeburg recourait à l'autorité de Jakob Böhme, initiateur mystique du piétisme[3] allemand, pour justifier «l'origine et la permission du mal par le mystère de la Sainte Trinité», Voltaire se gaussa sans pitié du «cordonnier Böhme» et de ses tentatives pour concilier dans l'être divin les principes du bien et du mal:

Cordonnier mystique, répliqua M. de Voltaire d'un ton railleur, voilà qui est merveilleux. Il était sans doute inspiré. Et pourquoi les cordonniers allemands ne le seraient-ils pas aussi bien que les pêcheurs de Galilée[4]?

En contrepoint, Candide, après ses mésaventures à Lisbonne, songera à Pangloss qui, en la circonstance, «dirait des choses admirables sur le mal physique et sur le mal

1. *Ibid.*, p. 26-49.
2. *Op. cit.*, p. 40; comparer *Candide*, chap. XXIV, p. 122-125.
3. Introduit à Berlin par Spener, fondateur du journal berlinois la *Spenersche Zeitung*, le piétisme proclamait l'universalité du sacerdoce. Il aboutit à un rigorisme moral plus ou moins comparable au jansénisme.
4. Curd Ochwadt, *Voltaire und die Grafen zu Schaumburg-Lippe* p. 48.

moral», mais auquel pourtant il se sentirait «assez de force pour [...] faire respectueusement quelques objections[1]».

Autant que ses idées, c'est aussi la personnalité de Meister qui put inspirer Voltaire. Quoi qu'il eût écrit un *Religionstraktat* à l'usage de son pupille Wilhelm de Schaumburg-Lippe et qu'il lui prodiguât de loin ses conseils, on a des raisons de penser que le chapelain était la «tête de Turc» de la «jeune génération» de Bückeburg. La comtesse Bentinck avait même écrit en 1748 un pastiche très leste, «à califourchon sur Voltaire», comme elle le dit elle-même, de la fort peu chrétienne *Épître à Uranie*, et elle le faisait circuler en manuscrit sous le nom de «Jean Henri le Maistre, ministre de l'Évangile et chapelain de la cour de S.E. Monsieur le comte de la Lippe-Schaumburg». Saisi dans le cadre de Thunder-ten-tronckh, le prédicateur-précepteur-théosophe était ainsi tout désigné pour fournir à Voltaire la figure burlesque de Pangloss.

Dans l'article «Imagination» qu'il envoie à Diderot pour l'*Encyclopédie* le 26 juin 1758, au plein moment de la mise au point de *Candide*, Voltaire distingue dans l'activité de l'écrivain «la création des personnages» et «l'invention de la fable». Si notre hypothèse est fondée, c'est dans son expérience personnelle qu'il aurait aussi rencontré ce second aspect de la création. Comment se présente donc la «fable» de *Candide*?

Mettons à part les «récits à tiroirs», comme l'histoire de la vieille (chap. XI-XII), ou les chapitres destinés seulement à introduire des épisodes particuliers (XIV-XV, les jésuites du Paraguay; XVI, les Oreillons; XVII et XVIII, l'Eldorado; XIX, le nègre de Surinam; XXII, Bordeaux et Paris; XXIII, l'exécution de l'amiral Byng; XXV, Pococuranté; XXVI, le souper des rois). Ce qui reste de la «fable», à savoir l'histoire particulière de Candide et de Cunégonde, est bâti sur un jeu de rencontres et de séparations. Comme Voltaire le remarque dans *Zadig*[2], «le moment où l'on se retrouve et celui où on se sépare sont les deux plus grandes époques de la vie, comme dit le grand livre du Zend.»

1. Chap. XIII, p. 67.
2. Chap. XVI, «Le Basilic».

Ces «époques» s'ordonnent dans *Candide* selon un rythme ternaire: 1. amours entravées à Thunder-ten-tronckh, séparation, suivies des malheurs de Candide chez les Bulgares; 2. rencontre imprévue à Lisbonne, secours apportés par Cunégonde, fuite et seconde séparation; 3. échec du rendez-vous de Venise, retrouvailles à Constantinople et conclusion. Brochant sur le tout, l'histoire de Pangloss comporte à peu près parallèlement trois époques de rencontre entrecoupées par deux époques de séparation. La présence de Pangloss correspond généralement à l'absence de Cunégonde.

Or, on retrouve — Pangloss exclu — l'équivalent de ce schéma ternaire dans l'histoire de Voltaire et de Mme Bentinck: 1. bref séjour simultané à Bückeburg, suivi d'une séparation (1740); 2. nouvelle rencontre, imprévue, à Berlin; Voltaire, persécuté par Frédéric II, est secouru par Mme Bentinck; sa fuite de Berlin les sépare (1750-1753); 3. rendez-vous manqués en 1755-1757, mais retrouvailles imprévues en 1758 à Lausanne; conclusion. Comme il est naturel, le parallélisme est approximatif: certains épisodes sont transposés, la conclusion est inversée. À voir les choses de près, on observera pourtant que, dans plusieurs cas, Voltaire se sert d'un langage métaphorique comme d'un chiffre pour tisser des liens, restés souvent inaperçus, entre la réalité et le roman. Une autre particularité remarquable du récit est que la chronologie du roman se rapproche de plus en plus de la chronologie de la composition romanesque, et finit par la rattraper: le roman se fait alors presque journal intime. Quand il s'achève, il évoque des perspectives que la réalité immédiate confirme et dément tout à la fois.

Si le chapitre premier rappelle les rencontres fondatrices qui ont mis en présence Voltaire et Charlotte-Sophie, d'une part, Voltaire et Meister, de l'autre, les chapitres II et III se réfèrent, dans l'imagination de Voltaire, à la période qui a suivi cette rencontre. Elle est dominée par un personnage bien connu à Bückeburg: Frédéric II, roi de Prusse depuis 1740. Le maître de la maison, le comte de Schaumburg-Lippe, l'avait même initié à la franc-maçonnerie. À l'époque où il était prince-héritier, il venait de faire publier

par Voltaire un *Anti-Machiavel* où il affichait des senti-
ments pacifiques : l'ouvrage parut en Hollande au moment
où, devenu roi, il se préparait à envahir la Silésie. La ques-
tion de sa sincérité fit l'objet de discussions avant et pen-
dant les deux visites de Voltaire à Bückeburg. Quoi qu'il
en soit, les titres des deux chapitres, II, *Ce que devint Can-
dide parmi les Bulgares*, III, *Comment Candide se sauva
d'entre les Bulgares*, doivent être traduits : *Ce que devint
Voltaire à la cour de Prusse*, et *Comment il s'en échappa*.
On sait en effet que, dans sa correspondance, Voltaire
désigne plusieurs fois les soldats prussiens par les « Bul-
gares », tant parce que les recruteurs prussiens trouvaient
aisément des volontaires provenant de l'empire ottoman,
que par une plaisanterie d'ordre linguistique[1]. Mais cette
interprétation ne doit pas masquer le fait que le récit res-
pecte aussi une certaine cohérence au premier degré.

Ainsi, chassé de Thunder-ten-tronckh, qui n'est pas en
territoire prussien, Candide marche jusqu'à la ville voisine,
Valdberghoff-trarbk-dikdorff, où il est enrôlé. La principauté
de Schaumburg-Lippe, dont la capitale est Bückeburg, est
limitrophe de la Westphalie prussienne, en même temps
que du Hanovre : elle est toute proche de la Basse-Saxe
et du duché d'Oldenburg, appartenant alors au Danemark.
Or les sergents recruteurs prussiens travaillaient volontiers
dans cette région, où se trouvaient des fugitifs condamnés
en France, en Hollande ou au Danemark, et où il était
facile de les ramener dans les enclaves appartenant à la
Prusse (Clèves) ou occupées par elle (Emden). Leurs ruses
et leurs brutalités pour obtenir des engagements sont aussi
relevées par les contemporains[2]. L'auteur de *Candide* n'est
pas moins exact quand il décrit l'exercice à la prussienne,
qui se caractérisait par la rapidité du chargement du fusil
et la perfection de la marche en ligne[3] ; la maîtrise acquise
par Candide dans ces exercices sera reconnue à Buenos-

1. *Bulgare* est à l'origine du mot « bougre » : or, à l'époque où il com-
pose *Candide*, Voltaire signale dans ses *Mémoires* l'homosexualité de
Frédéric.
2. Voir Dieudonné Thiébault, *Mon séjour à la cour de Prusse*, t. III.
3. Pour la charge du fusil, voir chap. II, p. 32, n. 1. Quant à la marche
en ligne rigoureuse, Dieudonné Thiébault insiste sur les moyens par les-
quels elle était obtenue, *Mon séjour...*, t. III.

Ayres. La dureté des châtiments était un autre trait triste-
ment célèbre de la discipline prussienne[1]. Il n'est pas jus-
qu'à la présence du roi dans ces exercices qui ne soit
historiquement attestée : c'était une distraction favorite du
vieux roi Frédéric-Guillaume, et Voltaire savait qu'outre
sa présence matinale aux exercices de la garde Frédé-
ric II, son fils, allait tous les ans assister aux manœuvres
de ses troupes, en juin à Magdebourg, et à l'automne en
Silésie ou en Poméranie.

Mais si les chapitres initiaux de *Candide* posent avec un
certain réalisme le cadre du roman, à savoir la Prusse, ses
possessions, ses mœurs militaires, un autre niveau du texte,
négligé jusqu'ici, présente une signification plus impor-
tante, métaphorique cette fois, mais non moins cohérente.
Si Voltaire se projette en Candide, et si le roi des Bulgares
est Frédéric, tout l'épisode doit être considéré comme un
«type» des rapports entre Voltaire et son hôte royal. Can-
dide, chassé du paradis terrestre, privé de Cunégonde, dupé
par les recruteurs, enrôlé sous les drapeaux du roi des Bul-
gares, est aussi Voltaire, peu satisfait de la cour de France,
se disant exilé de Paris, son «paradis», privé en 1749 par
la mort de l'amitié de Mme du Châtelet, finalement engagé
lui aussi sous la bannière du roi de Prusse, mais en retour,
il est vrai, gratifié de l'Ordre du Mérite, d'une place de
chambellan, et d'une pension de dix-huit mille livres, tous
frais payés. La tentative avortée de désertion de Candide
reproduit celle de Voltaire, qui, empêché de quitter la

1. Voir les exemples donnés par Dieudonné Thiébault, *op. cit.*, t. III,
mais surtout celui que rapporte Voltaire lui-même dans ses *Mémoires*,
éd. cit., p. 99 : « Il y avait dans les prisons de Spandau un vieux gentil-
homme de Franche-Comté, haut de six pieds, que le feu roi avait fait
enlever pour sa belle taille ; on lui avait promis une place de chambel-
lan, et on lui en donna une de soldat. Ce pauvre homme déserta bientôt
avec quelques-uns de ses camarades ; il fut saisi et ramené devant le feu
roi, auquel il eut la naïveté de dire qu'il ne se repentait que de n'avoir
pas tué un tyran comme lui. On lui coupa, pour réponse, le nez et les
oreilles ; il passa par les baguettes trente-six fois ; après quoi il alla traî-
ner la brouette à Spandau.» À la prière de Valori, envoyé de France
auprès de Frédéric II, après la mort du «feu roi», Voltaire sollicite en
vers la grâce du vieux gentilhomme : «Le roi promit quelque adoucisse-
ment ; et même plusieurs mois après, il eut la bonté de mettre le gentil-
homme dont il s'agissait à l'hôpital, à six sous par jour» (*ibid.*).

Prusse, le roi ayant fait interdire à toutes les postes du royaume l'ordre de lui accorder les chevaux de relais pour son carrosse, rêve de quitter Berlin déguisé en pasteur sur un chariot de foin. Au parallélisme des situations s'ajoute le jeu sur les mots. Si Candide «passe par les baguettes», c'est parce que l'expression revêt depuis longtemps un sens figuré, «subir des vexations[1]». Les «baguettes» par lesquelles était passé Voltaire avaient consisté par exemple dans la signature d'une déclaration humiliante par laquelle il s'engageait à ne plus attaquer son ennemi Maupertuis, le président de l'académie de Berlin[2].

Pour mieux établir le parallélisme entre le sort de Candide et le sien, Voltaire utilise des expressions qui s'appliquent cette fois proprement, et non plus par figure, à l'un et à l'autre; il s'agit de la conclusion de l'épisode:

Le roi des Bulgares passe dans ce moment, s'informe du crime du patient; et comme ce roi avait un grand génie, il comprit, par tout ce qu'il apprit de Candide, que c'était un jeune métaphysicien, fort ignorant des choses de ce monde, et il lui accorda sa grâce avec une clémence qui sera louée dans tous les journaux et dans tous les siècles.

«Grand génie», dit de Frédéric, peut s'entendre dans un ton de flatterie agréablement railleuse, «jeune métaphysicien» s'applique parfaitement à Voltaire dans un style d'auto-dérision ironique, «clémence qui sera louée dans tous les journaux et dans tous les siècles», enfin, excède à peine la réalité, puisque les journaux inféodés à Frédéric, la *Spenersche Zeitung* de Berlin et la Gazette de Cologne

1. Dans *Le Paysan parvenu* de Marivaux (1735), Jacob, convoqué par un haut magistrat qui a été sollicité par des «parents» de l'empêcher d'épouser une femme plus âgée que lui, rapporte comment il a passé devant les domestiques alignés sur son passage dans un escalier: «Enfin, je puis dire que mon chemin fut semé de compliments; et si c'était là passer par les baguettes, du moins étaient-elles les plus douces du monde» (livre III, éd. Folio classique, p. 171). De nos jours encore, l'expression *faire passer les piques à quelqu'un*, «le faire enrager», remontant à l'époque où le châtiment en question était administré à coups de manches de pique, subsiste régionalement.
2. On a donné les circonstances de cette affaire p. 163, n. 2.

avaient loué la clémence du roi à l'égard des insolences de son chambellan.

Le chapitre III conte la grande bataille entre les Bulgares et les Abares. Si tous les critiques s'accordaient pour voir dans les Bulgares les Prussiens, certains avaient estimé que les Abares étaient les Français, par allusion à la bataille de Rossbach (5 novembre 1757), d'autres qu'il s'agissait des Russes (bataille de Zorndorf, 25 août 1758). En fait, il ne s'agit ni des uns ni des autres. Voltaire désigne très clairement les Autrichiens. S'il écrit à Mme Bentinck, qui a renoncé à un voyage en Suisse, qu'elle ne sera pas plus heureuse «chez les Abares et les Marcomans que dans nos paisibles retraites» où il l'attend, c'est que ces deux peuples relèvent de la cour de Vienne[1], où elle se rend. Voltaire pense donc, par exemple, à la bataille de Lobositz, une des premières batailles austro-prussiennes, qui lui inspira pour la première fois, dans une lettre à la duchesse de Saxe-Gotha du 11 octobre 1756, le rapprochement entre la guerre qui commençait et le thème du meilleur des mondes possibles auquel était attachée la duchesse.

Voilà déjà environ vingt mille hommes morts pour cette querelle dans laquelle aucun d'eux n'avait la moindre part. C'est encore un des agréments du meilleur des mondes possibles. Quelles misères! et quelles horreurs! la meilleure de toutes les demeures possibles est certainement celle de Gotha, et je sais bien qu'elle est la meilleure des princesses possibles[2].

Il faut ajouter que tout en blâmant la folie de la guerre, Voltaire se place plutôt du côté des Autrichiens, que de

1. Les Abares sont les anciens Scythes, les Marcomans habitent la Bohême. Les uns et les autres relevaient de l'Autriche.
2. *Correspondance*, Pléiade, lettre 4586. Noter le rapprochement, non encore signalé, avec *Candide*, chap. I, p. 28, n. 3 : «Il prouvait admirablement qu'il n'y a point d'effet sans cause, et que, dans ce meilleur des mondes possibles le château de monseigneur le baron était le plus beau des châteaux et madame la meilleure des baronnes possibles.» Dans les deux cas, on a la même séquence: «meilleur des mondes possibles»; «château» ou «demeure»; «princesse» ou «baronne». Peut-être est-on à ce moment proche de la conception du roman.

celui de Frédéric, dont, après l'humiliation de Francfort, il voudrait être vengé. La lettre qu'il écrit à Mme Bentinck, le lendemain de celle qu'il a écrite à la duchesse de Saxe-Gotha, en témoigne[1]. De même, dans l'affaire du château de Thunder-ten-tronckh, pris par les uns et repris par les autres, c'est aux Bulgares que sont attribuées les pires atrocités, quoique, dans la réalité, ce fût des Français, alliés des Autrichiens, que Bückeburg eût eu le plus à souffrir.

Quoi qu'il en soit, la deuxième partie des aventures de Candide et de Cunégonde résulte de leur rencontre inespérée à Lisbonne. On a déjà vu Voltaire célébrer dans *Zadig* l'importance des rencontres dans la vie. Candide y reviendra vers la fin du roman : « Une chose me console, je vois qu'on retrouve souvent les gens qu'on ne croyait jamais retrouver ; il se pourra bien faire qu'ayant rencontré mon mouton rouge et Paquette, je rencontre aussi Cunégonde[2]. » Ce qui est notable, c'est qu'avant de célébrer ainsi dans le roman le rôle du hasard, Voltaire venait d'en faire une expérience privilégiée, précisément dans ses relations avec Mme Bentinck.

Dix ans après la rencontre de Bückeburg, dix ans pendant lesquels les relations s'étaient limitées à quelques lettres[3], Voltaire, arrivant à Berlin en juillet 1750, apprit que Mme Bentinck s'y trouvait : elle y était venue solliciter l'appui du roi de Prusse, pour compenser celui que le roi de Danemark accordait à son mari. Dès qu'il connut sa demeure, il lui rendit visite, elle l'invita et depuis ce moment le reçut presque tous les jours quand il était à Berlin. Les deux personnages étaient dans une situation comparable : l'un et l'autre venaient de subir un deuil récent. Mme Ben-

1. « Ce que j'apprends me pénètre de la plus vive douleur », lui écrit-il le 12 octobre 1756, Pléiade, lettre 4587, et *Voltaire et sa grande amie*, lettre 274. On notera que Mme Bentinck, après avoir en vain sollicité l'appui du roi de Prusse dans ses procès, avait quitté Berlin en 1754, pour s'établir à la cour de Vienne en 1756.
2. Chap. XXIV, p. 126.
3. On n'en conserve qu'une, de Voltaire, du 22 octobre [1745], *Voltaire et sa grande amie*, lettre 1, Pléiade 2013. Tenu « en lisière » par Mme du Châtelet, Voltaire ne semble pas avoir été soucieux à cette époque d'entretenir avec Mme Bentinck une correspondance assidue.

tinck avait perdu en 1748 son amant, son cousin et protecteur Wolfgang de Schaumburg-Lippe; et l'on sait que Mme du Châtelet était morte en couches en 1749. Cet état de viduité endeuillée les rapprochait. Ils furent frappés par ces retrouvailles inespérées. Le respect de Voltaire, d'abord «empressé» devint vite «tendre» et le resta jusqu'à sa mort. Mais ce qui importe au processus d'imagination littéraire, c'est que les deux amis, et en tout cas Voltaire, car on a peu de lettres de la comtesse pour cette période, cultivèrent le thème éminemment romanesque de la destinée. C'est elle qui les avait fait se rencontrer, elle qui les avait séparés, c'est elle qui les a réunis, «qui m'a conduit ici comme vous», disait Voltaire[1]; c'est elle qui leur «a fait éprouver les mêmes malheurs», mais c'est elle, guidée par leur «étoile», qui leur apporte la consolation: «La conformité de votre destinée et de la mienne m'occupe plus que vous ne pensez. Notre étoile nous avait réunis pour nous consoler l'un et l'autre[2].»

Un aspect plus inattendu encore des sentiments qu'éprouve Voltaire, c'est le désir de vivre auprès de son amie. Dans les affres de «l'affaire Hirschel[3]», il parle d'aller habiter la maison où elle occupe un appartement à Berlin, et l'appelle «celle avec qui je voudrais passer ma vie». Retiré au Marquisat, il manifeste un empressement inattendu pour l'achat d'une terre à Hannen, en Frise orientale, qui ferait de lui le vassal de la comtesse. L'affaire n'eut pas de suite, mais Voltaire n'en exprima pas moins à plusieurs reprises le souhait d'avoir «l'honneur de vivre avec [elle][4]». Ainsi, un jour qu'il avait pu l'inviter à dîner au Marquisat[5], il formule un vœu que Candide aurait pu reprendre à son compte:

1. Lettre du 2 janvier 1751, *Voltaire et sa grande amie*, lettre 39, Pléiade 2737.
2. Lettre du 7 ou 8 mars 1751, *Voltaire et sa grande amie*, lettre 76, Pléiade 2844.
3. Voir p. 162.
4. Lettre du 5 octobre 1751, *Voltaire et sa grande amie*, lettre 139, Pléiade 2943.
5. Quand le roi était à Potsdam, on ne pouvait s'y rendre sans autorisation. Mme Bentinck avait eu le privilège d'être invitée par le ministre von Rothenburg à assister à une revue de la garnison.

J'irai à midi attendre au bord de l'eau dans ce Marquisat dégarni celle auprès de qui je voudrais passer ma vie dans quelque bon château bien étoffé, loin des empereurs et des rois de Danemark. Je ne verrai probablement pas la revue, mais je verrai et j'entendrai celle qui mérite d'être vue, revue et entendue, et à qui j'ai voué un zèle, un respect, un attachement infini [1].

Un autre aspect de leurs relations intéresse plus encore *Candide*. Il est appelé, curieusement, par l'épisode de Lisbonne. Pour en prendre conscience, un nouveau détour par une lecture «naïve» n'est pas inutile. Après le tremblement de terre, après que Pangloss a été pendu, Candide, qui pour sa part a été «prêché, fessé, absous et béni», est secouru par une vieille qui le soigne, puis, le soir, l'emmène:

Elle le prend sous le bras, et marche avec lui dans la campagne environ un quart de mille; ils arrivent à une maison isolée, entourée de jardins et de canaux. La vieille frappe à une petite porte, etc. [2]

Surpris de rencontrer des canaux à un quart de mille de Lisbonne, certains commentateurs pallient la difficulté en interprétant «canaux» comme «des pièces d'eau ornant un parc»: on parle effectivement du «canal» de Sceaux ou du «grand canal» de Versailles. Mais cet emploi serait ici peu naturel. Or, en rapprochant ce détail d'autres détails, les uns topographiques, comme la précision du «quart de mille», les autres «diégétiques», on songe à une période où Voltaire a connu une expérience comparable.

Dans les derniers jours de décembre 1752, alors qu'il était en pleine disgrâce, que son Akakia venait d'être brûlé sous ses fenêtres par le bourreau, c'est de Mme Bentinck seule qu'il sollicita une assistance matérielle (trouver une remise pour sa berline), c'est par elle qu'il obtint des nouvelles de la ville, qu'il fit passer ses dangereux manuscrits

1. Lettre du 17 mai 1751, *Voltaire et sa grande amie*, lettre 84, Pléiade 2810.
2. Chap. VII, p. 47, n. 1.

qui poursuivaient la guerre contre Maupertuis, et surtout les précieux contrats de rente qu'il avait signés avec l'Électeur palatin pour organiser l'exportation discrète de sa fortune ; c'est auprès d'elle qu'il put placer le secrétaire Francheville qu'il ne pouvait conserver. Aussi est-ce à son intention qu'il retrouve la formule de « l'ange tutélaire » qui « l'abrite de ses ailes », réservée autrement au seul d'Argental. Elle apparaît désormais dans toutes les lettres qu'il lui fait parvenir par le valet de chambre de confiance qu'elle lui envoie.

C'est à l'occasion du secours apporté à Lisbonne par l'héroïne au héros souffrant qu'on va trouver dans le roman, à peine transposé, l'épisode berlinois. À partir du 6 mars 1753, Voltaire, accompagné du seul secrétaire Collini et d'une cuisinière, quitte l'appartement berlinois de la place des Gendarmes par la fenêtre duquel il a assisté à la « brûlure » d'*Akakia*, pour se transporter discrètement dans une maison de campagne appartenant au banquier Schweiger. Elle se trouvait dans le faubourg de Stralau, distant, selon les guides du temps, d'un quart de mille *(ein Viertel Meile)* de Berlin ; elle était environnée de jardins donnant sur la Sprée dans lesquels Voltaire se promenait le soir en compagnie de Collini. De nos jours le quartier est situé entre la rivière et le *Landwehrkanal*. Dans ce que Voltaire appelle son « enfer », où il supplie Mme Bentinck de lui rendre visite, se déroule à plusieurs reprises la scène qui semble avoir laissé son empreinte dans *Candide*. La visiteuse vient à la nuit tombante, accompagnée de sa suivante, la « frêle Donop ». La taille majestueuse de Cunégonde, révélée à Candide, répond à celle de la comtesse, qui, sans appareil, parfois déguisée en homme[1], venait réconforter le « séquestré[2] » de Stralau.

Doit-on aller jusqu'à rappeler qu'à Lisbonne Cunégonde tire avantage de ses relations avec ses amants, inquisiteur

1. Dans plusieurs lettres de cette période, Voltaire l'appelle « Monsieur » et signe lui-même « Camille ». Les mémorialistes du temps notent qu'elle se déguisait parfois en homme pour assister aux exercices militaires ; cf. Ernst von Lehndorff, *Dreissig Jahre am Hofe Friedrichs des Grossen*, (Gotha, 1907), I, p. 132.

2. Dans une lettre à Haller, Mme Bentinck dit que Voltaire est alors « quasi-séquestré ».

ou banquier juif, pour secourir Candide, et se demander s'il est possible de chercher là une analogie avec la réalité berlinoise? Effectivement, pour aider Voltaire et à sa demande, Mme Bentinck avait sollicité l'assistance de quelques personnages dont elle passait pour avoir fait l'éducation sentimentale, Wilhelm, fils de son cousin et amant Wolfgang de Schaumburg-Lippe, le prince Henri, frère du roi de Prusse, le prince Louis de Wurtemberg. Voltaire, il est vrai, n'avait pas besoin de songer à ces alliés berlinois pour imaginer le rôle des auxiliaires de Cunégonde. Il n'est pourtant pas sans intérêt de se souvenir de leur rôle — d'ailleurs limité, car ils ne se compromirent guère — pour comprendre le jugement que Voltaire pouvait porter sur son «héroïne[1]»: une femme hors du commun par la force d'âme et le dévouement, mais une femme libre sur le plan des mœurs et des idées. N'y a-t-il pas, dans l'attitude de l'auteur à l'égard de Cunégonde, quelque chose de comparable à ce qu'il en laisse apparaître dans *La Pucelle* à l'égard de Jeanne d'Arc?

Après les retrouvailles de Lisbonne, de Berlin, dans la réalité, Candide et Cunégonde se trouvent de nouveau séparés, comme Voltaire et la comtesse, pour longtemps. Les premiers le sont dès leur arrivée à Buenos-Ayres, où Cunégonde devient maîtresse du gouverneur[2]. Pour sa part, Voltaire, sorti de Berlin, s'est rendu en avril 1753 à Leipzig. De cour en cour, il parvient à Francfort, ville d'Empire, où des représentants du roi de Prusse lui réclament un manuscrit de poésies du souverain qu'il a emmené avec lui. C'est l'occasion pour eux de le séquestrer, de l'humilier avec sa nièce qui l'a rejoint, et de lui extorquer de grosses sommes (juin-juillet 1753): l'affaire ravive ses rancœurs contre Frédéric. Il se rend ensuite en Alsace et, ne pouvant regagner Paris, gagne la Suisse, où il se procure un double établissement, l'un près de Lausanne, Montriond, l'autre aux Délices près de Genève.

1. Voir par exemple *Voltaire et sa grande amie*, lettre 97, Pléiade 2853: «J'aurai l'honneur de rendre mes respects à mon héroïne après son dîner.»
2. On peut se demander avec la prudence qui convient si ce détail ne correspond pas, dans l'imagination de Voltaire, à la rumeur qui semble avoir fait de la comtesse Bentinck une amie intime du chancelier Kaunitz.

De son côté, la comtesse a quitté Berlin un an après lui, mécontente de Frédéric qui prétend lui imposer un arrangement qu'elle estime très préjudiciable. Elle espère en obtenir un meilleur de la cour Aulique, tribunal de l'Empire, siégeant à Vienne. Voltaire, occupé par sa nièce et ses établissements, semble ne songer à Charlotte-Sophie que pour lui envoyer quelques ouvrages (qu'elle fait passer au roi de Prusse) et lui demander des services. Elle-même est enveloppée dans ses procès, et sa sollicitude se tourne vers le fils de son ancien amant, Wilhelm. Il n'y a plus, pour un temps, de correspondance entre l'histoire et le roman. Dans les deux cas, cette période de 1753-1754 dans la réalité, du chapitre XII au chapitre XXVI dans le roman, est marquée tant par une vacance sentimentale que par un piétinement dans l'histoire des deux couples.

Une correspondance va redevenir sensible avec le troisième groupe de chapitres, contenant les efforts de Candide pour retrouver Cunégonde et les obstacles qui s'opposent à leur réunion. Les transpositions sont ici subtiles et doivent souvent être recherchées sur le plan figuré. Mais ce que la correspondance va révéler, c'est que Voltaire et la comtesse vont soudain se trouver frappés, presque en dépit d'eux-mêmes, du caractère romanesque de leur destinée. Avec cette prise de conscience, c'est en fait l'idée d'une œuvre littéraire qui commence à germer. Dans les lettres échangées[1], on va voir les deux partenaires ébaucher l'idée d'un roman à faire, en dégager quelques thèmes (destinée hostile ou complice, caractère singulier de leur commune aventure, dévouement chevaleresque, errances, rendez-vous manqués, perfidie, inconstance, jalousie, dépit...), et finalement s'acheminer vers une conclusion qui, en quelque sorte, corrige ou dément celle du roman.

Tout commence lorsqu'en février 1755 la nouvelle parvient indirectement à Voltaire que la comtesse, qui est à Leipzig, a l'intention de s'établir en Suisse. Il lui écrit, le 18 du même mois, une lettre enthousiaste. Alors que d'or-

1. Dans la mesure où l'on a quelques lettres de la comtesse, outre celles de Voltaire.

dinaire il fuit avec un soin extrême les répétitions[1], le mot
destinée revient trois fois sous sa plume en quelques lignes :

> *Est-il bien vrai, Madame, que je peux encore espérer le
> bonheur de vivre auprès de vous ? [...] On dit que vous êtes à
> Leipzick, et que de là vous prenez votre essor pour venir
> honorer et embellir ma nouvelle patrie. Avouez donc en ce
> cas, Madame, qu'il y a une destinée. [...] Je crois aller
> prendre les eaux d'Aix en Savoie et je m'établis sur les bords
> du lac. Je vous crois à Berlin, et vous venez à Vevay, et tout
> ce qui semblait me devoir éloigner de vous m'en rapproche.
> Encore une fois, je n'en crois rien, je ne suis pas si heureux.
> Je suis actuellement dans un magnifique château qui ne
> m'appartient point. Ma maison n'est pas assurément si
> grande et si belle, mais elle est plus agréable, et elle me
> paraîtrait au-dessus de tous les palais si jamais j'avais le
> bonheur de vous y recevoir. Ma santé est plus déplorable que
> jamais, mais vous me feriez oublier tous mes maux et je
> bénirais ma destinée, si je pouvais achever ma vie en vous
> faisant ma cour. [...] Si votre transmigration à Vevay est
> résolue, je prendrai un petit hospice dans ces quartiers-là, et
> je me promènerai pour vous d'un bout du lac à l'autre. Je
> serai votre vassal. Je vous ferai hommage-lige. Écrivez-moi
> ma destinée[2].*

L'hommage-lige est l'hommage sans réserve du vassal
envers son suzerain. C'était déjà un thème de la corres-
pondance berlinoise, à un moment où Voltaire rêvait d'ac-
quérir un fief qui l'aurait fait voisin de la comtesse[3]. Il se
rattache au goût des anciens romans, que réveille en lui le
caractère de Mme Bentinck : c'est aux héroïnes guerrières
et voyageuses de l'Arioste, Marphise et Bradamante, qu'il
la compare le plus volontiers depuis qu'il l'a retrouvée à
Berlin. Son image, partiellement relayée par celle de Cathe-
rine II, lui inspirera plus tard le personnage de la prin-
cesse de Babylone dans le roman de ce nom (1768). Du

1. L'examen des manuscrits de ses lettres montre que ses corrections
sont généralement motivées par le souci d'éviter une répétition.
2. *Voltaire et sa grande amie*, lettre 267.
3. Voir ci-dessus p. 183, n. 4 et 184, n. 1.

reste, c'est elle qui, dans sa réponse du 13 mars 1755, prononce la première le mot de *roman*:

> *J'espère que le château que je convoite n'est pas situé en Espagne. Mon imagination me peint l'heureuse république où je tends comme le séjour de la liberté, de la tranquillité et de la paix. Pourrais-je y regretter quelque chose puisque je dois vous y retrouver? Il est vrai que notre aventure est volée d'un roman: il n'y avait peut-être que moi seule pour qui ces étranges combinaisons pussent avoir lieu [1].*

Une telle réponse ne pouvait qu'associer davantage, dans l'esprit de Voltaire, ces retrouvailles inespérées avec *l'idée* d'un roman. Mais avec son esprit pratique il ne pense d'abord qu'à préparer la réception de son amie. Sans tarder, il a «mis les maçons» à Montriond pour agrandir et embellir la demeure. Avril se passe dans l'espérance d'accueillir la comtesse: le bruit courait qu'elle serait là en mai. Mais, pour des raisons qu'elle ne dit pas, peut-être liées à ses relations avec Wilhelm de Schaumburg-Lippe [2], elle hésite, change d'avis. Voltaire perd espoir: «Je compte sur vos bontés, lui écrit-il le 9 mars 1756, mais point du tout sur votre retraite en Suisse.» Effectivement, le 15 mai suivant, il apprend qu'elle se met en route, mais pour Venise: «Mon petit ermitage près de Genève s'appelle insolemment les Délices [...]. Mais Madame puisque vous allez sur la Brenata [3] au lieu de venir vers mon lac, je vais changer le nom de ma retraite, elle s'appellera les Regrets [4].»
Un indice que le rendez-vous manqué de Venise dans *Candide*, chapitres XIX, XXII et XXIII, n'est pas sans rapport avec ce voyage à Venise, c'est que Voltaire désigne dans les deux cas la ville par le nom de la rivière ou canal

1. *Voltaire et sa grande amie*, lettre 269.
2. Il lui avait écrit de Bückeburg le 21 mai 1755 pour lui demander de le rencontrer dans une ville d'Empire «avant [qu'elle n'aille] chasser le chamois dans les Alpes» (cité par Curd Ochwadt, *Wilhelm zu Schaumburg-Lippe*, III, p. 90) ; le 5 novembre suivant, il la remerciait pour l'envoi d'un portrait d'elle (*ibid.*, III, p. 1).
3. La Brenta est le canal qui joint la lagune de Venise à la mer.
4. Lettre 273.

Brenta (Brenata). On verra que l'allusion au «lac» pour-
rait n'être pas moins significative. Quoi qu'il en soit, l'an-
née 1757 se passa sans que Mme Bentinck se décidât à
venir. Voltaire lui reproche d'avoir «huit fois» changé d'avis
sur son installation en Suisse. Quant à elle, de la cour de
Vienne, elle le sollicite, comme on l'a vu, d'intervenir pour
la seigneurie de Schaumburg-Lippe[1], mais ne donne pas
de réponse précise sur son voyage en Suisse: aussi Vol-
taire lui reproche-t-il ses «perfidies», ses «inconstances»,
ses «promesses trompeuses[2]».

Pourtant, retardée comme dans le roman, la réunion des
deux amis allait enfin avoir lieu. Alors que Voltaire allait
partir pour un voyage aux objectifs multiples[3], une lettre de
la comtesse, envoyée de Milan le 23 juin 1758[4], lui annon-
çait qu'elle était en route pour Lausanne. Obligé de partir,
il lui reproche des Délices le 29 juin, de Morat le 4 juillet,
puis de Schwetzingen le 29 juillet[5], la «niche» qu'elle lui a
faite en lui faisant manquer «un premier rendez-vous». Le
4 août[6], répondant à une lettre qui ne nous est pas parve-
nue, il tente encore de la persuader que le logement qu'il
lui a trouvé, et qu'elle estime trop petit, est «très grand
pour le prix». Sur le chemin du retour, de Strasbourg, le
12 août, il lui annonce qu'il a des choses importantes à lui
communiquer, et «ce qui est bien plus important à [son]
cœur», qu'il a à la voir et à l'entendre; il ajoute: «La des-
tinée s'est quelquefois moquée de vous et de moi, mais il
ne faut pas lui laisser le plaisir de faire que nous ayant
donné un rendez-vous à deux cents lieues, nous y ayons
manqué tous deux[7].»

1. Lettre 280; voir p. 171, n. 2.
2. Lettre 283, du 5 décembre 1757, et 284, du 17 décembre de la
même année (Pléiade 4950 et 4972).
3. Il ne s'agissait pas seulement de la part de Voltaire d'une visite à
l'Électeur palatin, en vue d'obtenir le paiement de quartiers de rente,
mais aussi, sous prétexte de rechercher un domaine à acquérir, de véri-
fier s'il lui serait permis de s'installer en France ou en Lorraine.
4. Lettre 285.
5. Lettres 286, 287, 288 (Pléiade 5156, 5165, 5182).
6. Lettre 289, Pléiade 5186.
7. Lettre 290, Pléiade 5189.

Sachant que Voltaire travaille en cette période à *Candide*, dont il vient de lire quelques chapitres à l'Électeur palatin dans sa résidence de Schwetzingen, on est tenté de rapprocher ce «rendez-vous à deux cents lieues» du «rendez-vous» donné par Candide à Cunégonde «à deux mille cinq cents lieues». Mais une lettre plus intéressante encore est la suivante, écrite cette fois le 17 août 1758 de Soleure, chez l'ambassadeur de France. Voltaire y retrouve l'enthousiasme romanesque qu'il avait manifesté en 1755, la première fois qu'il avait espéré revoir Charlotte-Sophie:

Je compte dans cinq ou six jours au plus tard avoir un des plus grands plaisirs que j'ai sentis en ma vie. J'y ajouterai celui de vous gronder. Mon Dieu, Madame, que j'ai de choses à vous dire! que notre roman est singulier! Nous reprendrons le fil de nos aventures depuis 1753. Cela doit contenir un tome de Cassandre *ou de* Cyrus. *Il est vrai que pour une héroïne vous n'êtes pas trop bien logée à Montriond avec vos écuyers. Mais vous savez que les princesses et les chevaliers errants avaient quelquefois de fort mauvais gîtes. Adieu Mandane, adieu Statira. Je n'ai pas l'honneur d'être votre écuyer, mais je vous suis attaché avec tous les sentiments respectueux des chevaliers du temps passé. V*[1]

Toute la lettre se réfère à la tradition du roman classique, de laquelle procède ce que Voltaire appelle «notre roman». On a même remarqué l'expression «nous reprendrons le fil de nos aventure», qui revient à peu de chose près à propos de Cunégonde au chapitre VIII de *Candide*. La forme de cette missive est également remarquable: l'écriture, plus ample que dans les autres lettres autographes de Voltaire, semble traduire un enthousiasme croissant. Le cachet de cire rouge, d'un dessin exceptionnel dans la correspondance, se révèle plus curieux encore. Jacques Cormier le décrit comme suit:

Devant un autel où brûle une flamme, Cupidon, tenant une torche allumée de la main droite, approche de la gauche

1. Lettre 291, Pléiade 5193.

une seconde torche pour l'allumer au foyer. Une devise porte :
il les unit.

Cette figure fait-elle allusion à l'attente de retrouvailles
au cours desquelles le « vieux Suisse » allait tenter de rani-
mer la mémoire d'une « amitié » qui avait fait le sujet de dis-
cussions avec la comtesse à l'époque berlinoise ? Quoi qu'il
en soit, un rapport existe entre cette rencontre au bord du
lac Léman et celle des deux amants à Constantinople. Dans
la correspondance de ces années où Voltaire passa l'hiver
à Lausanne, il compare souvent le lac, vu des hauteurs de
cette cité, avec le Bosphore vu des hauteurs de Constanti-
nople. À la déception causée par la Venise/« Brenata[1] »
dans la réalité et dans le roman, s'oppose le contentement
procuré par Constantinople ou son double helvétique.
Arrivant le 24 août 1758 à Lausanne, où l'attendait
Mme Denis, Voltaire dut rencontrer brièvement Charlotte-
Sophie ce jour-là. Elle lui confirma qu'elle ne resterait pas
en Suisse. En annonçant le 2 septembre à Algarotti qu'elle
allait « encore plaider à Vienne », Voltaire ajoutait : « C'est
bien dommage qu'une femme si aimable soit si malheu-
reuse[2] ». Invitée aux Délices, elle y vint le 13 septembre et
resta jusqu'à la fin du mois. Elle quitta Lausanne avec sa
suite le 3 octobre 1758. On a peu de détails sur ce moment
capital où Voltaire terminait *Candide*. Tout ce qu'on peut
dire, c'est que la première référence claire à un *Candide*
achevé apparaît dans une lettre à Mme Bentinck. Com-
mentant les opérations militaires, Voltaire lui écrivait :

*Il y aura encore bien des faubourgs de brûlés, bien des
femmes grosses écrasées, et des princesses évanouies, et des
familles réduites à la mendicité, et des héros à cinq sous
par jour massacrés, avant que les choses soient comme elles
doivent être. Le meilleur des mondes possibles de Joseph
Leibniz, est un petit enfer, et tout paraît assez mal, sur ce
petit globe ou globule, dans lequel Pope prétend que tout est
bien. J'ai mes raisons pour renoncer au système de l'opti-*

1. Voir la lettre 273, citée ci-dessus, p. 189, n. 4.
2. Pléiade 5205.

misme[1]*, mais si vous êtes heureuse, je pardonnerais un peu
au diable qui se mêle des affaires de ce monde*[2]*.*

Les «héros à cinq sous par jour», «le meilleur des
mondes», «ce petit globe ou globule», «le diable qui se
mêle des affaires de ce monde», sont des expressions tirées
de *Candide*. Le roman est à cette date terminé[3]. Mme Denis
écrit à Mme Bentinck le 6 avril 1759 : «Avez-vous lu
Madame une plaisanterie qu'on a attribuée fort injuste-
ment à mon oncle. C'est un petit roman nommé *Candide*.
Mandez-moi ce que vous en pensez[4].» On aimerait avoir la
réponse de la comtesse : elle ne nous est pas parvenue. À
défaut, il reste à comparer la conclusion du roman avec la
conclusion de la brève rencontre de Voltaire et de Sophie.
Les différences sont fondamentales. La Cunégonde retrou-
vée n'a plus rien à voir avec la comtesse d'Empire. Elle
n'est pas seulement devenue laide, elle est «acariâtre et
insupportable[5]». Voilà qui ne convient pas à celle que Vol-
taire disait «spirituelle, éloquente, romanesque». Mais
surtout leur conception de la vie s'oppose radicalement.
Cunégonde recherche l'établissement, et spécialement le
mariage. Elle «[fait] souvenir Candide avec un ton si
absolu[6]», elle le «[presse] si vivement» qu'il «ne [peut]
s'en dédire[7]». À l'inverse, la comtesse avait toujours exclu
toute forme de cohabitation bourgeoise. Dès son premier
projet d'installation en Suisse, quand Voltaire lui avait
offert de la loger auprès de lui dans un Prangins agrandi,
elle avait refusé en termes énergiques :

*Pour de loger en même maison, je crois que vous êtes de
mon avis, que pour rester amis, il ne faut jamais être sous
un même toit qu'en guise de petite visite [...]. En un mot,*

1. Allusion probable au départ de Mme Bentinck qui lui a rendu «les
yeux humides» (lettre 295, Pléiade 5233).
2. Lettre 298, Pléiade 5286 du 9 décembre 1758.
3. La toute première mention d'exemplaires imprimés disponibles
apparaît le 15 janvier 1759 dans les registres du libraire genevois Cramer.
4. Lettre 298c.
5. Chap. XXX, p. 149.
6. Chap. XXIX, p. 147.
7. Chap. XXX, p. 148.

cela sent quasi le mariage, et vous m'avouerez que je ne suis pas payée pour être fort amusée de la simple idée de cette galère-là[1].

«Je veux vous faire dame de campagne», prétendait Voltaire[2], «je veux que vous cultiviez des fleurs et des fruits». Ce n'était pas l'idéal de Mme Bentinck. Voltaire l'avait pressenti : «Vous n'êtes pas si détachée du monde que moi», lui écrivait-il dès le 9 mars 1756. Sa nièce Mme Denis le comprit dès qu'elle la vit : «Les bourgeois ennuyeux ne peuvent vous convenir», lui écrivait-elle[3]. La comtesse d'Empire regagna Vienne en décembre 1758 pour y soutenir des procès qu'elle ne devait jamais gagner. Finalement en disgrâce à la cour impériale, elle se retira dans un triste château de la Frise orientale, trop digne pour accepter l'offre que Voltaire lui fit à plusieurs reprises de la laisser maîtresse du château de Tournay. Au moment où le roman et la réalité semblaient se rejoindre, c'est alors qu'ils divergeaient radicalement. Cunégonde n'est pas une image de Charlotte-Sophie, elle n'en est qu'une caricature.

Ce qui amène à poser la question : comment sont utilisés par Voltaire les souvenirs qui lui sont propres ? Ainsi qu'il est naturel, ils le sont parfois inconsciemment. Mais dans d'autres cas leur emploi, sous certaines formes, répond à des intentions de satire ou de vengeance : il se fait alors à l'abri d'un masque, et tout le jeu consiste à faire agréer par les victimes leurs propre caricature.

La création de la fable du roman relève du premier mode. Voltaire, qui remanie parfois pendant des décennies l'intrigue de certaines tragédies, se contente habituellement pour ses romans de formules simplistes, comme celle du voyage. On a vu ici comment certains événements personnels, séparations et retrouvailles imprévues, secours reçus et rendus, réciproquement, avaient aidé son imagination romanesque, très inférieure en elle-même à celle d'un Robert Challe dans *Les Illustres Françaises* ou d'un abbé Prévost.

1. Lettre 269, de Leipzig, 13 mars 1755.
2. Lettre 277, Pléiade 4786, du 4 juin 1757.
3. Lettre 296a, 6 octobre 1758.

Le choix des lieux, au propre dans le cas de Thunder-
ten-tronckh, de la Westphalie ou de la Hollande, au figuré
dans le cas de Venise ou de Constantinople, procède aussi
d'expériences. Le décor de certaines scènes est encore
emprunté à sa mémoire. La neige lorsque Candide est
chassé du château combine peut-être symbole et souvenir.
Le site de la maison où il est secouru à Lisbonne est
curieusement imaginé d'après la maison de campagne du
banquier Schweiger à Berlin; celui du «jardin de Candide»
transpose ceux de Lausanne ou des Délices.

La création des personnages pose des problèmes qui
dépassent les identifications qu'on peut proposer. Pour les
principaux, on a mis un visage sur celui de Pangloss, en
sachant qu'il est aussi, sur un autre plan, la caricature des
métaphysiciens allemands auxquels Voltaire a eu affaire.
Pour le roi des Bulgares, il n'intervient directement que
dans quelques lignes du chapitre II. Certes, les mauvais
procédés des recruteurs, la cruauté de la discipline mili-
taire, la servilité des journalistes prussiens sont ironique-
ment dénoncés: mais il n'y avait pas de quoi troubler un
roi victorieux à la tête de ses troupes. Frédéric fit comme
s'il n'était pas concerné quand il répondit à l'envoi que
Voltaire lui fit de *Candide*[1]. La vengeance que Voltaire
entendait prendre des humiliations endurées à Berlin et à
Francfort se trouva renvoyée à la postérité.

Le rôle de Charlotte-Sophie dans la genèse de Cuné-
gonde, quoique bien assuré, est le plus énigmatique. Les
aspect négatifs du personnage l'emportent largement sur
les aspects positifs, qui se limitent à un physique agréable,
à beaucoup de sang-froid et au secours apporté à Candide
à Lisbonne: la balance sévère de ce jugement ne s'accorde
pas avec les sentiments de reconnaissance et d'intérêt
tendre que Voltaire affiche constamment pour la com-
tesse dans leur correspondance. Peut-on rendre compte de
cette contradiction? L'explication la plus évidente est le
recours dans le roman à des effets caricaturaux poussés,
qui jouent le rôle d'un masque: ainsi, la description du
baron et de la baronne de Thunder-ten-tronckh empêche

1. Voir la lettre Besterman D 8273, du 28 avril 1759.

d'imaginer qu'une comtesse d'Empire, d'une parfaite culture
française et européenne, ait pu figurer dans un tel cadre,
fût-ce sous la figure de l'amante de Candide. Une forme de
déception a pu jouer : la « Sophie » que Voltaire retrouvait
à Lausanne n'avait peut-être plus tous les charmes de celle
qu'il avait connue à Bückeburg ou à Berlin ; le dégoût
qu'elle affichait pour la Suisse pouvait lui déplaire, ainsi
que son admiration pour le poète et savant Haller[1], dont
Voltaire était jaloux. Mais il faut surtout tenir compte du
caractère de Charlotte-Sophie. Quoique très sensible, elle
était aussi remarquablement dénuée de préjugés vulgaires.
Lorsqu'elle était à Berlin, sa mère lui souhaitait de bonnes
vacances : « Vous allez passer votre temps à gogo : le comte
de R [Rothenburg], et Wo [Voltaire] ; puis le militaire,
voilà tous vos faibles à la fois[2] ». Elle aimait en effet les
revues, et n'était pas indifférente aux mâles vertus des
officiers. Elle avait aussi un esprit porté à la satire. Au
début de la querelle Akakia, elle tournait publiquement en
ridicule, dans les fêtes d'Oranienburg, les propositions
extraordinaires de Maupertuis. Un peu plus tard, à Berlin,
elle se rendit célèbre par l'audace de ses plaisanteries[3].
Avec une femme de cette trempe, l'ironie, le sarcasme
même pouvaient n'être pas malséants.

LE PERSONNAGE DE CANDIDE

Reste un problème, et non le moindre. Comment est né
Candide ? On a vu qu'en certains chapitres du roman, ses
aventures ne font que transposer celles de Voltaire. Mais il
a sa personnalité propre. Au chapitre XXV, ce n'est pas lui,
c'est Pococuranté qui exprime les vues de l'auteur. Par

1. Sur Haller, voir p. 132, n. 1.
2. Cité par André Magnan, *Dossier Voltaire en Prusse*, Voltaire Foun-
dation, 1986, p. 290.
3. Von Lehndorff, déjà cité p. 185, n. 1, conte dans ses Mémoires
qu'elle se présenta un soir dans une fête à l'ambassade de France dégui-
sée en magicienne ; elle faisait tirer des billets censés répondre aux lots
qu'elle avait dans son panier. À une femme de la cour fort laide, elle fit
gagner la lanterne de Diogène avec l'inscription : Je cherche un homme
(*Dreissig Jahre am Hofe Friedrichs des Grossen*, I, p. 143-144).

cette timidité relative, Candide se distingue de Zadig ou de l'Ingénu. Pour composer cette figure originale, le romancier aurait-il disposé d'un modèle, comme il en a eu pour Pangloss ou pour Cunégonde?

Or, il est arrivé que Voltaire, dans sa correspondance, évoque cette opposition entre l'auteur et sa création, justement à propos de Candide et Pococuranté. La confidence apparaît le 10 mars 1759, dans une lettre à Thieriot (Pléiade 5437), la première où le maître fasse état des réactions de ses lecteurs découvrant le conte. On n'en cite toujours que le début: «J'ai lu *Candide*», et la fin du paragraphe: «Moi, j'ai assez l'air de ressembler ici au signor Pococuranté, mais Dieu me garde d'avoir la moindre part à cet ouvrage.» On y voit la confirmation du fait que Pococuranté exprime les opinions de Voltaire, tant sur la littérature que sur les autres arts. Mais l'alinéa complété ouvre des perspectives imprévues:

J'ai lu Candide [...][1]. *Deux jeunes gens de Paris m'ont mandé qu'ils ressemblent à Candide comme deux gouttes d'eau. Moi, j'ai assez l'air de ressembler ici au signor Pococuranté; mais Dieu me garde d'avoir la moindre part à cet ouvrage.*

Cette fois, le «moi» s'oppose aux «deux jeunes gens de Paris». Ce parallèle entre des êtres réels, Voltaire d'une part, ses correspondants de l'autre, se retrouve sur le plan de leurs «doubles» romanesques, Pococuranté et Candide. Mais puisque l'auteur est «représenté» par Pococuranté, faut-il entendre que les jeunes gens sont de même représentés par Candide, autrement dit qu'ils en sont le modèle? Or Voltaire ne marque envers cette prétention aucune ironie. On n'avait jamais cherché à identifier ces «jeunes gens».

En fait, il s'agit sans aucun doute de deux Parisiens venus lui rendre visite à la fin d'octobre 1755, à savoir Charles Palissot et Claude-Pierre Patu, l'un et l'autre âgés d'environ vingt-sept ans. Ils lui avaient été annoncés par

1. Voltaire ajoute que cette lecture l'a amusé plus que de «pesantes dissertations» à la mode.

Thieriot[1] comme «deux jeunes gens» et lui-même les appelle dans une demi-douzaine de lettres «deux petits poètes», «deux pèlerins», etc. C'est aussi sous l'appellation de «deux jeunes gens» que l'édition de 1759 du dictionnaire de Moreri rend compte dé leur réception par Voltaire.

L'hypothèse présente une difficulté: Voltaire, qui avait été informé de la mort de Patu, survenue en Savoie le 20 août 1757, ne pouvait croire qu'il eût signé la missive de Palissot. Mais curieusement, dans une lettre de reproches à Palissot[2] écrite un peu plus tard, il résout lui-même en partie la difficulté: «j'avais été touché, lui écrit-il, de la visite que vous m'aviez faite aux Délices; j'avais conçu beaucoup d'amitié pour vous et pour M. Patu avec qui vous aviez fait le voyage, et *mes sentiments partagés entre vous et lui se réunissaient pour vous après sa mort.*»

Si la formule assimilant le mort et le vivant s'éclaire, d'autres points restent obscurs. Qu'avait pu «mander» Palissot? Sans doute que la visite de Candide et Martin à Pococuranté lui avait remémoré celle qu'avec Patu il avait rendue à Voltaire aux Délices. Avait-il à cette occasion relevé les ressemblances — frappantes on va le voir — entre Patu et Candide? Conscient de ce que Candide doit à Patu, mais soucieux de ne pas livrer crûment à Thieriot une clé majeure de sa composition, Voltaire a-t-il laissé à la postérité une trace de sa dette envers «petit Patu»? Le fait qu'il rappelle la mémoire du mort par cet artifice montre en tout cas que c'est à lui qu'il pense, non à Palissot. C'est lui qui *aurait eu* les meilleures raisons de dire qu'il «ressembl[ait] à Candide comme deux gouttes d'eau». Les indices en faveur de cette hypothèse concordent: il s'agit de concordances chronologiques, de faits d'écriture, de ressemblances diverses.

Si une trace du personnage de Candide était apparue dans un écrit de Voltaire avant qu'il fît la connaissance de Patu, l'hypothèse d'une influence de ce dernier sur sa création serait exclue. C'est l'inverse. La première visite du jeune

1. Lettre Besterman D 6541 du 14 octobre 1755.
2. Pléiade 6235, du 24 septembre 1760. Palissot avait attaqué Diderot, ami de Voltaire, sous le nom de Dortidius dans sa pièce des *Philosophes*, jouée le 2 mai 1760.

homme aux Délices est contemporaine de l'annonce du désastre de Lisbonne (novembre 1755), laquelle poussera Voltaire à écrire un poème contre l'optimisme. Il demande de ses nouvelles à Thieriot le 29 février 1756 (Pléiade 4381), juste après avoir évoqué «deux nations éclairées se coup[ant] la gorge en Europe pour quelques arpents de glace et de neige dans l'Amérique», phrase qui annonce les «arpents de neige» du Canada. Une seconde visite de Patu en compagnie de d'Alembert à Genève en août 1756 correspond aussi à une période où l'on peut estimer que Voltaire a déjà *Candide* à l'esprit. Le 3 septembre 1756 (Pléiade 4555), il remercie Palissot d'une lettre qui l'a «très à propos consolé» du départ de ses visiteurs, Patu et d'Alembert, et lui révèle le dessein qu'il avait eu «d'accompagner M. Patu jusqu'à Lyon, et d'y entendre Mlle Clairon sur le plus beau théâtre de France». Enfin, la nouvelle de la mort de Patu, connue de lui en octobre 1757, l'émeut assez pour qu'il compose son épitaphe. Mais ce sont les termes employés dans deux lettres de condoléances qu'il faut retenir.

Au pasteur Vernes, Voltaire écrit[1]: «Je regrette sensiblement petit Patu, il aimait tous les arts, et *son âme était candide*»; et à Palissot le lendemain[2]: «La mort de ce pauvre petit Patu me touche bien sensiblement, Monsieur. Son goût pour les arts et la *candeur de ses mœurs* mè l'avaient rendu cher. Je ne vois point mourir de jeune homme sans accuser la nature.»

On n'avait vu jusqu'ici ces mentions de l'âme et des mœurs *candides* que comme des indices que Voltaire avait alors *Candide* sur le métier. Mais ce qui importe, c'est qu'elles *s'appliquent à Patu*. Or la mort funeste du jeune homme que Voltaire se préparait à accueillir n'est-elle pas le démenti le plus cruel de l'optimisme? Mieux, les trois termes, *mœurs*, *âme* et *Candide* employés à son sujet s'appliquent à Candide dès le premier alinéa du roman:

Il y avait en Westphalie, dans le château de M. le baron de Thunder-ten-tronckh, un jeune garçon à qui la nature avait

1. Pléiade, lettre 4901, du 26 octobre 1757.
2. Pléiade, lettre 4902, du 27 octobre 1757.

*donné les mœurs les plus douces. Sa physionomie annon-
çait son âme. Il avait le jugement assez droit, avec l'esprit le
plus simple; c'est, je crois, pour cette raison qu'on le nom-
mait* Candide.

Ce n'est pas seulement la candeur, mais aussi certains
aspects de sa biographie (1729-1757) qui rapprochent
Patu de Candide. Leur âge est voisin. L'un et l'autre sont
orphelins: cela est implicite pour Candide, et Patu était un
enfant posthume. Ils aiment la littérature, spécialement le
théâtre. Patu s'y était essayé avec succès, et on a vu que Vol-
taire l'aurait volontiers accompagné à Lyon pour applau-
dir Mlle Clairon. Candide de son côté ne manque pas de
voir les pièces nouvelles à Paris, et c'est Mlle Clairon qu'il
regrette de ne pas rencontrer[1]. Patu est accueilli par plu-
sieurs académies en Italie, et Candide rend visite à celle de
Bordeaux.

Leurs goûts se rejoignent. Comme Candide, Patu connaît
«tous les bons auteurs», y compris les Anglais. Candide ne
voyage pas seulement par nécessité, comme le montrent
ses détours par Paris et l'Angleterre. Patu visite aussi l'Ita-
lie et l'Angleterre. Plus spécialement encore, c'est «le désir
de connaître les savants», en l'occurrence Voltaire, qui lui
a donné ce goût des voyages. «Je n'avais entrepris ce voyage
que pour le voir», écrit-il des Délices au comédien anglais
Garrick[2], auquel il avait aussi rendu visite à Londres: les
raisons de Candide demandant à être reçu par Pococu-
ranté sont du même ordre. Entre la réalité et la fiction, le
parallèle nous est même retracé par Patu qui, dans la
même lettre à Garrick, a laissé un récit détaillé de sa visite
aux Délices.

Après avoir loué la «chère splendide» de la table et les
«manières engageantes» du maître de maison, il évoque
ses conversations avec Voltaire. Admirateur de Milton,
comme Candide, mais surtout grand spécialiste du théâtre
shakespearien, il en a discuté avec son hôte. Osant prôner
Shakespeare devant Voltaire, il déclame pour lui, puis lit

1. Au moins dans l'édition de 1761.
2. Lettre du 1ᵉʳ novembre 1755, écrite de Genève (Besterman, D 6562).

des tirades de *Roméo et Juliette*. Il le fait convenir que Shakespeare était un «barbare aimable», un «fou séduisant». Il ne doute pas qu'il aurait «converti» Voltaire s'il avait eu «le temps de faire à Genève un séjour plus long». Qu'en est-il dans le roman?

Le chapitre XXV de *Candide*, qui mentionne la présence chez Pococuranté de «milliers» de pièces «en italien, en espagnol, en français», ignore le théâtre anglais. La littérature anglaise n'est pourtant pas oubliée, puisqu'une page entière est consacrée à Milton. Mais Shakespeare est absent: Voltaire aurait-il renoncé, en faveur de Patu, à s'engager dans une discussion où il n'avait pas eu le beau rôle?

Tels sont en tout cas les liens entre Patu et Candide qu'on imagine difficilement qu'ils puissent résulter du hasard. Comment croire qu'ayant inventé Candide avant novembre 1755, Voltaire se soit trouvé par hasard en face de Patu, ait célébré ses mœurs et son âme «candide», qu'enfin il ait suggéré qu'il «ressemblait à Candide comme deux gouttes d'eau»? Reste, bien sûr, que Candide n'est pas *que* Patu: il a, on l'a vu (p. 169), des traits de Voltaire, il a vécu certains épisodes de sa vie. Surtout il est naturalisé westphalien: ses aventures, jusque dans les chapitres terminaux, se rapportent au schéma fondateur de Thunder-ten-tronckh. C'est peut-être ce transfert du personnage dans le cadre des souvenirs allemands qui, en apportant à l'auteur la clé de voûte de son histoire, lui a du même coup offert l'acte de naissance de son roman.

DOSSIER

CHRONOLOGIE
relative à *Candide*

1694. 21 novembre, naissance de François-Marie Arouet.
1697. Traité de Ryswick mettant fin à la guerre de la Ligue d'Augsbourg.
1701. Début de la guerre de Succession d'Espagne.
1710. Leibniz, *Essais de théodicée*.
1713. Traité d'Utrecht mettant fin à la guerre de Succession d'Espagne.
1715. Naissance de Charlotte-Sophie d'Altenburg, future comtesse Bentinck. Mort de Louis XIV.
1718. *Œdipe*, première tragédie de Voltaire.
1726. Voltaire est exilé en Angleterre. Il en revient clandestinement en 1728.
1732. *Zaïre*, tragédie.
1733. Début de la guerre de Succession de Pologne.
1734. *Lettres philosophiques*.
1736. Début de la correspondance avec Frédéric. Voltaire a peut-être l'occasion de rencontrer à La Haye Mme Bentinck.
1738. *Éléments de la philosophie de Newton*. Traité de Vienne, qui met fin à la guerre de Succession de Pologne.
1740. Visite de Voltaire à Bückeburg, lors d'un voyage en Prusse à l'invitation de Frédéric devenu roi. Rencontre avec Mme Bentinck, qui vient de se séparer de son mari, le Hollandais Willem Bentinck.
1741. *Mahomet*, tragédie.

1743. Mission officieuse de Voltaire à Berlin. Deuxième séjour à Bückeburg; conversations avec Johann-Heinrich Meister, qui deviendra Pangloss.

1745. *La Bataille de Fontenoy*, poème. Voltaire devient l'amant de sa nièce Mme Denis. Il est nommé historiographe de France.

1746. Voltaire est élu à l'Académie; il est nommé gentilhomme de la chambre du roi.

1748. *Sémiramis*, tragédie. *Zadig*. Traité d'Aix-la-Chapelle. Mort de Wolfgang de Schaumburg-Lippe, amant et protecteur de la comtesse Bentinck.

1749. Mort de Mme du Châtelet, maîtresse de Voltaire depuis 1733.

1750. Départ de Voltaire pour la Prusse. Il retrouve Mme Bentinck à Berlin.

1751. Affaire Hirschel (janvier). Appui de Mme Bentinck. Retraite au Marquisat, près de Potsdam (mars).

1752. Démêlés avec La Beaumelle. Querelle avec Maupertuis, président de l'académie de Berlin. *Akakia*, collection de libelles contre Maupertuis, paraît subrepticement à Berlin et est brûlé par la main du bourreau (décembre).

1753. Avec l'aide de Mme Bentinck Voltaire, en disgrâce auprès de Frédéric, prépare son départ. Il quitte Berlin pour Leipzig (mars). Guet-apens de Francfort: Voltaire est humilié et dépouillé (juin-juillet); il tente d'utiliser Mme Bentinck pour exciter l'opinion berlinoise en sa faveur.

1754. Voltaire se rend en Suisse. Il demande à sa nièce de lui renvoyer les lettres qu'il lui a écrites pendant le séjour à Berlin, et les récrit pour faire porter à Frédéric la responsabilité de la brouille. Mme Bentinck, mécontente de Frédéric, quitte Berlin (septembre) et séjourne à Leipzig. Elle envisage de s'installer en Suisse.

1755. Voltaire acquiert les Délices (février). Apprenant que la comtesse veut s'installer en Suisse, il lui annonce qu'il prépare tout pour la recevoir (18 février). Elle le remercie (13 mars). L'Académie de Berlin propose comme sujet de concours l'examen de la for-

mule du «Tout est bien» de Pope et sa comparaison avec le «système de l'Optimisme». Visite de Patu aux Délices (fin octobre). Tremblement de terre de Lisbonne (1ᵉʳ novembre).

1756. Le 9 mars, Voltaire écrit à la comtesse qu'il ne compte plus sur sa «retraite en Suisse». Elle lui fait part d'un projet de voyage à Venise. Le 15 mai, il annonce que ses Délices s'appelleront désormais les Regrets. *Poème sur le désastre de Lisbonne ou Examen de cet axiome: Tout est bien*. Réponse de J.-J. Rousseau en faveur de la Providence: «Je la sens, je la crois, je la veux, je l'espère.» Début de la guerre de Sept Ans. Défaite autrichienne à Lobositz suivie d'une lettre de Voltaire du 11 octobre à la duchesse de Saxe-Gotha évoquant ironiquement le meilleur des mondes possibles.

1757. Attentat de Damiens (5 janvier). Nouvelles offres de Voltaire concernant l'installation de Mme Bentinck en Suisse (avril-juin). Les Français occupent une partie de la Westphalie. Mme Bentinck sollicite l'intervention de Voltaire auprès du duc de Richelieu en faveur de Bückeburg (10 août). Il apprend la mort de Patu (septembre). Début probable de la rédaction des *Mémoires de M. de Voltaire* (vers octobre). Défaite de Rossbach (5 novembre).

1758. Mme Bentinck quitte Vienne avec sa suite pour la Suisse (15 mai). Informé de sa venue, Voltaire répond qu'il doit partir pour la cour de l'Électeur palatin. Première mise au net de *Candide* lors du séjour à Schwetzingen chez l'Électeur palatin (16 juillet-4 août). Lettre enthousiaste de Voltaire à son retour quand il va revoir la comtesse (17 août). Rencontre à Lausanne (24? août) et aux Délices (14 septembre-1ᵉʳ octobre). Voltaire a «les yeux humides» quand elle quitte Lausanne pour l'Allemagne (3 octobre). *Candide* est achevé en octobre ou novembre. Le 9 décembre, Voltaire y fait une série d'allusions très claires dans une lettre à Mme Bentinck.

1759. L'imprimeur Cramer expédie les premiers exemplaires du roman (janvier). Nombreuses éditions, plusieurs

traductions anglaises. Voltaire reprend la composition des *Mémoires* (6 novembre, 27 novembre).

1760. Dernière addition aux *Mémoires*, relative aux relations de Voltaire avec Frédéric. Mme Bentinck regagne Vienne.

1760-1761. Poursuite de la correspondance entre Voltaire et Mme Bentinck, touchant surtout aux affaires européennes.

1761. Nouvelle édition de *Candide* chez Cramer dans laquelle le chapitre XXII est étendu.

1762-1778. Correspondance intermittente entre Voltaire et la comtesse. En 1768, lorsque Mme Denis est retournée à paris, Voltaire lui offre de venir habiter Tournay.

1778. Dernière lettre à Mme Bentinck, de Hambourg, 17 avril 1778, à Voltaire, qui meurt le 30 mai 1778 sans avoir eu le loisir de lui répondre.

LE TEXTE

Le texte qui est reproduit ici est celui de la dernière édition revue par l'auteur (1761). Il comporte, par rapport à l'édition originale de 1759, quelques modifications qui seront signalées en note.

On dispose d'un manuscrit important de *Candide*. D'une main de copiste, il comporte des états du texte antérieurs à l'édition originale, notamment pour le chapitre XXII. Ils seront signalés dans l'Appendice 2.

L'orthographe du texte, qui de toute façon n'est pas de Voltaire, a été modernisée. N'ont été conservées que les particularités qui touchaient à la prononciation. La ponctuation a été corrigée aussi légèrement que possible. Elle non plus ne remonte pas à Voltaire.

Les références aux lettres de Voltaire à Mme Bentinck et réciproquement renvoient à leur numéro dans l'édition de l'ouvrage de Frédéric Deloffre et Jacques Cormier, intitulé *Voltaire et sa grande amie. Correspondance complète de Voltaire et de la comtesse Bentinck*, Voltaire Foundation (Oxford, 2003), distribution Presses universitaires de France (Paris, 2003). Dans cet ouvrage, les lettres sont présentées pour la première fois dans leur ordre chronologique et accompagnées d'un commentaire. On a joint le numéro des seules lettres de Voltaire dans l'édition de sa *Correspondance* à la Bibliothèque de la Pléiade en 13 volumes, puisque les lettres des correspondants n'y figurent pas.

Les références à la vie de Voltaire sont faites à l'ouvrage de René Pomeau et autres, *Voltaire en son temps* (Voltaire Foundation, Oxford, 1985-1994); voir la Bibliographie.

APPENDICES

1. DEUX LETTRES AU SUJET DE *CANDIDE*

Le Journal encyclopédique *de Liège du 15 mars 1759 avait publié un long article sur* Candide. *Le rédacteur disait ne croire nullement que l'original allemand de ce roman existât, et ajoutait qu'on l'attribuait «à M. de V...». Dans l'analyse ou «extrait» qu'il faisait du roman, deux passages critiquaient l'auteur, l'un à propos des jésuites du Paraguay: «Nous ne suivrons pas l'auteur qui a calqué ici les folies qu'on a débitées au sujet de la royauté qu'on prétend que les jésuites possèdent au Paraguay»; l'autre, en conclusion, reprenant la même critique, la généralisait: «Nous désirerions que l'auteur eût parlé avec plus de respect de tout ce qui regarde la religion et ses ministres; qu'il n'eût point adopté la misérable fable du Paraguay qui n'a rien ici ni de neuf ni de piquant...» Voltaire répondit par une lettre qui ne parut pas immédiatement dans le* Journal encyclopédique[1], *dont nous donnons le texte d'après l'original conservé dans le fonds Launoit de la Bibliothèque royale de Bruxelles:*

1. Pour des raisons qui nous échappent, Pierre Rousseau, directeur du *Journal encyclopédique*, ne la publia que dans le numéro du 15 juillet 1762, p. 128-131, en demandant qu'on excusât son retard.

Lettre au sujet de *Candide*

Messieurs,

Vous dites dans votre journal du mois de mars qu'une espèce de petit roman intitulé *De l'Optimisme* ou *Candide* est attribué à un *nommé* Mr. De V... Je ne sais de quel Mr. De V... vous voulez parler; mais je vous déclare que ce petit livre est de mon frère Monsieur Démad, actuellement capitaine dans le régiment de Brunswick; et à l'égard de la prétendue royauté des jésuites dans le Paraguay, que vous appelez une misérable fable, je vous déclare à la face de l'Europe que rien n'est plus certain; que j'ai servi sur un des vaisseaux espagnols envoyés à Buenos-Ayres en 1756 pour mettre à la raison la colonie voisine du St Sacrement; que j'ai passé trois mois à l'Assomption; que les jésuites ont, de ma connaissance, vingt-neuf provinces qu'ils appellent Réductions, et qu'ils y sont les maîtres absolus au moyen de huit réales par tête qu'ils payent au gouverneur de Buenos-Ayres pour chaque père de famille, et encore ne payent-ils que pour le tiers de leurs cantons. Ils ne souffrent pas qu'aucun Espagnol reste plus de trois jours dans leurs réductions. Ils n'ont jamais voulu que leurs sujets apprissent la langue castillane. Ce sont eux seuls qui font faire l'exercice des armes aux Paraguains; ce sont eux seuls qui les conduisent. Le jésuite Tomas Verle, natif de Bavière, fut tué à l'attaque de la ville du St Sacrement, en montant à l'assaut, à la tête des Paraguains en 1737, et non pas en 1755, comme le dit le jésuite Charlevoix, auteur aussi insipide que mal instruit. On sait comment ils soutinrent la guerre contre Don Antequera; on sait ce qu'ils ont tramé en dernier lieu contre la couronne du Portugal, et comme ils ont bravé les ordres du Conseil de Madrid.

Ils sont si puissants qu'ils obtinrent de Philippe V, en 1743, une confirmation de leur puissance qu'on ne pouvait leur ôter. Je sais bien, Messieurs, qu'ils n'ont pas le titre de rois, et par là on peut excuser ce que vous dites de la misérable fable de la royauté du Paraguay. Mais le Dey d'Alger

n'est pas Roi, et n'en est pas moins maître. Je ne conseillerais pas à mon frère le capitaine de faire le voyage du Paraguay sans être le plus fort.

Au reste, Messieurs, j'ai l'honneur de vous informer que mon frère le capitaine, qui est le Loustik du régiment, est un très bon chrétien, qui en s'amusant à composer le roman de *Candide* dans son quartier d'hiver a eu principalement en vue de convertir les Sociniens. Ces hérétiques ne se contentent pas de nier hautement la Trinité et les peines éternelles, ils disent que Dieu a nécessairement fait de notre monde le meilleur des mondes possibles, et que tout est bien. Cette idée est manifestement contraire à la doctrine du péché originel. Ces novateurs oublient que le serpent, qui était le plus subtil des animaux, séduisit la femme tirée de la côte d'Adam; qu'Adam mangea la pomme défendue, que Dieu maudit la terre qu'il avait bénite: *Maledicta terra in opere tuo; in laboribus comedes*[1]. Ignorent-ils que tous les pères sans en excepter un seul ont fondé la religion chrétienne sur cette malédiction prononcée par Dieu même, dont nous ressentons continuellement les effets? Les Sociniens affectent d'exalter la Providence, et ils ne voient pas que la Providence les punit, ils ne voient pas que nous sommes des coupables tourmentés, qui devons avouer nos fautes et notre punition. Que ces hérétiques se gardent de paraître devant mon frère le capitaine; il leur ferait voir si tout est bien.

Je suis, Messieurs, votre très humble et très obéissant serviteur Démad.

À Zastrou, le 1er avril 1759

P.-S. Mon frère le capitaine est l'intime ami de M. Ralph, professeur assez connu dans l'Académie de Francfort-sur-l'Oder, qui l'a beaucoup aidé à faire ce profond ouvrage de philosophie, et mon frère a eu la modestie de ne l'intituler que traduction de M. Ralph, modestie bien rare chez les auteurs.

1. Genèse, III, 19. Traduction: «Maudite soit la terre à cause de ce que tu as fait, et tu n'en tireras de quoi manger que par les travaux.»

On a remarqué le malin plaisir, déjà signalé (préface, p. 12, et cf. chapitre V, p. 43, n. 2), que Voltaire prend à attaquer l'optimisme au nom du dogme orthodoxe de la chute.

La Bibliothèque royale de Bruxelles conserve l'original d'une autre lettre, également d'une main de secrétaire, par laquelle Voltaire répond au journaliste qui avait dû lui accuser réception de la prétendue lettre de «Démad» du 1er avril:

11 juillet 1759

Monsieur Desmal [*sic*], Monsieur, a reçu votre lettre. Il vous est très obligé de votre souvenir; et quoique son frère le capitaine ait été fâché contre je ne sais quel Monsieur de V. qui lui a ravi insolemment l'honneur d'avoir mangé du jésuite et d'avoir voyagé avec M. Martin, votre journal est le seul qu'il lise avec plaisir. Il pense absolument comme vous sur l'ex-jésuite dont vous lui parlez[1], à cela près qu'il ne le lit jamais. Il voudrait fort avoir quelque pièce à vous communiquer, mais votre journal n'en a certainement pas besoin; et d'ailleurs Mr. Desmal est si gâté par ses voyages, et pense quelquefois d'une manière si hardie, que son frère le capitaine, tout Loustik qu'il est du régiment, n'oserait pas faire imprimer ses rêveries à Zastrou. Il craint si terriblement de déplaire à la Sorbonne qu'il s'est fait maçon, laboureur et jardinier; il gouverne ses terres et n'écrit point sur l'agriculture comme font tant de gens à Paris qui n'ont jamais vu que les Tuileries, et qui enseignent hardiment sur la multiplication du blé. À l'égard des pucelles, il est trop vieux pour s'en mêler, et il serait bien fâché de se brouiller avec St. Denis pour la tête duquel il a toujours eu un respect vivement sincère. Il vous fait ses très humbles compliments sans aucune cérémonie, dans le goût d'un homme qui a voyagé avec Martin.

Ces lettres témoignent surtout du goût de Voltaire pour la mystification. Seule la mention du régiment de Brunswick présente un intérêt: elle rappelle que Candide *se rattache à*

1. Élie Fréron, qui avait professé au collège jésuite de Louis-le-Grand.

l'Allemagne du Nord; pendant la guerre de Sept Ans, le régi-
ment de Schaumburg-Lippe se battait aux côtés du régiment
hanovrien de Brunswick. Démad (ou Desmal) est un nom
de fantaisie et Zastrow celui de deux villages de Poméranie.
Quant à l'université de Francfort-sur-l'Oder, fondée en 1506,
son éloignement dissuade les curieux d'y rechercher un
«professeur Ralph».

2. LE TEXTE DU CHAPITRE XXII

Sans reprendre ici l'exposé détaillé des différents états
des manuscrits, qu'on trouvera dans l'édition des *Romans
et Contes* de Voltaire à la Bibliothèque de la Pléiade, tant
dans la Note sur le texte, p. 841-853, que dans les notes
critiques, notamment p. 875-880, nous reproduisons ici le
résumé que nous avons donné, p. 850-852, des cinq états
successifs du chapitre XXII, celui qui a manifestement
coûté le plus à Voltaire. Les sigles *ms.1*, *ms.2*, *ms.3* repré-
sentent trois états différents du manuscrit de l'Arsenal,
découvert par Ira O. Wade. Le quatrième état est constitué
par une série de corrections apportées à *ms.3*, désigné par
ms.3bis; le cinquième état est celui qu'apporte l'édition
Cramer de 1761.

Dans le premier état, *ms.1*, peut-être antérieur à l'atten-
tat de Damiens (5 janvier 1757), le chapitre XXII a déjà
son titre, mais ne comporte que cinq pages manuscrites
(trois de nos pages). Candide a laissé son mouton à Bor-
deaux. Il arrive à Paris, assiste à une scène de convul-
sionnaires, puis à un attroupement autour de personnes
décédées qu'on n'enterre pas, faute de billets de confes-
sion. Il arrive à un carrefour. Après des épisodes que nous
ignorons (deux pages ayant été supprimées), mais sans abbé
périgourdin ni «drôlesse», il se trouve arrêté dans son
auberge par un exempt qui, moyennant trois diamants, le
libère, paie son hôtel, et le conduit à Dieppe, où il le confie
à son frère.

Dans un deuxième temps, *ms.2*, Voltaire reprend un peu
plus de la moitié de son texte, à partir de l'arrivée au car-
refour. Après les même scènes de convulsionnaires et d'en-

terrements que précédemment, les voyageurs, arrivés au carrefour, sont pris dans une émotion populaire soulevée par l'attentat de Damiens. Ils gagnent une hôtellerie. Au souper, ils font la connaissance de l'abbé périgourdin. Celui-ci offre à Candide «la première femme sur laquelle il jettera les yeux au spectacle». Candide décline cette offre, à cause de son rendez-vous avec Cunégonde. Il raconte ses aventures. Le lendemain, Candide reçoit une lettre de la prétendue Cunégonde. Il va la voir, lui laisse de l'or et des diamants. Pendant sa visite, arrive un exempt accompagné d'une escouade et de l'abbé. Contre trois diamants, l'exempt libère Candide et Martin, les mène à Dieppe et les remet à son frère, qui les conduit en Angleterre, comme précédemment.

Cette version comporte trois pages et demie un peu plus serrées, outre les deux premières qui subsistent.

Dans un troisième temps, version *ms.3*, c'est la première moitié du chapitre que Voltaire reprend. Le début reste le même, mais il y est fait allusion au concours organisé par l'Académie de Bordeaux pour expliquer la couleur rouge du mouton. À son arrivée à Paris, Candide ne voit ni convulsionnaires ni attroupement. Il va directement à l'auberge et y tombe malade. On vient lui demander un billet de confession. Il refuse de se soumettre à cette formalité, et Martin chasse rudement le clerc qui leur en parlait. Candide guérit. Pendant sa convalescence, il fait la connaissance de l'abbé périgourdin, qui les emmène à la comédie. Réflexions sur *L'Orphelin de la Chine* (remplacées ensuite par d'autres sur «une pièce nouvelle», dont l'auteur «ne sait pas le persan»). L'abbé offre à Candide «une jeune personne» rencontrée au théâtre. Candide ne refuse pas absolument, mais «ne peut lui donner qu'un jour ou deux» parce qu'il a «un rendez-vous à Venise qui presse». Après souper, l'abbé se fait raconter ses aventures. À partir de là, le texte rejoint celui de la version précédente.

Une série cohérente de corrections (*ms.3bis*) compose une quatrième version. À propos de la pièce nouvelle, il est question de l'Arabie au lieu de la Perse. Juste avant le paragraphe final, deux paragraphes introduisent une question de Candide: Pourquoi arrête-t-on tous les étrangers?

ainsi que la réponse de l'abbé. Cette quatrième version comporte une demi-page de plus que la troisième version manuscrite.

La cinquième version est apportée par l'édition de 1761. Cette fois, le chapitre est sensiblement augmenté par l'introduction d'un bloc comportant une suite au passage sur la comédie, le souper chez Mme de Parolignac, l'infidélité effective de Candide avec cette dame (réplique à une scène de *La Nouvelle Héloïse*, et préfiguration de l'infidélité d'Amazan dans *La Princesse de Babylone*), enfin des considérations préparant la trahison de l'abbé périgourdin. Au total, le chapitre est plus que doublé par rapport à la première version imprimée, et triplé par rapport à la version initiale du manuscrit de l'Arsenal.

On a dit que, malgré les efforts de Voltaire, ce chapitre fut jugé à Paris le plus faible du roman.

Autoportrait de Johann-Heinrich Meister

Ce portrait de Meister, le modèle de Pangloss, déjà publié par Curd Ochwadt, est conservé à la Bürgerbibliothek de Berne, à laquelle nous exprimons nos remerciements. Il a été réalisé par Meister lui-même en 1719, à l'âge d'environ vingt ans. Il est intitulé, d'une écriture du XIXᵉ siècle, « Meister J. H. V.D.M. (?) Hofprediger zu Bückeburg und Dekan in Küssnacht » (« Meister J[ohann] H[einrich], prédicateur de la cour à Bückeburg et doyen à Küssnacht »). L'ouvrage exposé est le *Dictionnaire de Bayle*, t. I. L'auteur se représente déjà dans sa « tabagie », comme celle où, en 1743, il rédigera le procès-verbal de ses discussions avec Voltaire ; voir ici p. 174, et l'article de la Bibliographie intitulé « Maître Pangloss », p. 218.

BIBLIOGRAPHIE

I. BIOGRAPHIE

Voltaire en son temps, sous la direction de René Pomeau, Voltaire Foundation, Oxford, 1985-1994, 5 vol. C'est l'édition que nous citons. Seconde édition, Fayard, 1995, 2 vol.

II. ÉTUDES SUR VOLTAIRE

Mervaud, Christiane, *Voltaire et Frédéric II : une dramaturgie des lumières : 1736-1778*, Studies on Voltaire and the Eighteenth Century, 234, Oxford, Voltaire Foundation, 1985.

Pomeau, René, *La Religion de Voltaire* (1956), 2e éd., Nizet, 1969.

Wade, Ira O., *The Intellectual Development of Voltaire*, Princeton University Press, 1969.

Dictionnaire de Voltaire, sous la direction de Raymond Trousson, Jeroom Vercruysse et Jacques Lemaire, Bruxelles, 1994.

Inventaire Voltaire, sous la direction de Jean Goulemot, André Magnan et Didier Masseau, Gallimard, «Quarto», 1995.

Mémoires pour servir à la vie de M. de Voltaire, édition de Jacqueline Hellegouarc'h, Le Livre de Poche classique, 1998.

III. SUR LES CONTES EN GÉNÉRAL

Édition:

Romans et Contes de Voltaire, édition de Frédéric Deloffre
et Jacques Van den Heuvel, avec la collaboration de Jac-
queline Hellegouarc'h (1979), 2ᵉ éd. mise à jour, Biblio-
thèque de la Pléiade, Gallimard, 2001. Voir spécialement
l'édition de *Candide*, p. 145-233 et le commentaire de
Jacques Van den Heuvel, p. 817-892.

Étude:

Van den Heuvel, Jacques, *Voltaire dans ses Contes*, A. Colin,
1967.

IV. SUR *CANDIDE* EN PARTICULIER

Manuscrits:

On dispose de deux manuscrits de *Candide*, d'importance
inégale. Le premier, *Candide ou l'optimisme* (*sic*), décou-
vert et publié en fac-similé par Ira O. Wade, est conservé à
la bibliothèque de l'Arsenal sous la cote 3160. On a étudié
dans l'Appendice 2, p. 211, les indications qu'il fournit sur
la composition du chapitre XXII.

Le manuscrit de la Bibliothèque de l'Arsenal n'est pas
de la main de Wagnière, le secrétaire qui succéda à Col-
lini, et par conséquent n'est pas celui qui fut dicté par
Voltaire à Schwetzingen chez l'Électeur palatin. On a de
bonnes raisons de penser qu'il fut envoyé au duc de La
Vallière. C'est en effet à l'Arsenal que se trouvent les restes
de sa bibliothèque. Une note de Quérard le confirme:
«Voltaire en avait envoyé le manuscrit à la duchesse de La
Vallière, qui lui fit répondre qu'il aurait pu se passer d'y
mettre tant d'indécence, et qu'un écrivain tel que lui
n'avait pas besoin de cette ressource pour se procurer des
lecteurs.»

L'autre manuscrit, conservé à la Bibliothèque Nationale

(cote Réserve Z Beuchot 927 A), n'est qu'un fragment comprenant deux alinéas du même chapitre XXII, à partir de «Cependant l'abbé...», p. 111 de la présente édition. Le texte de ce fragment fut inséré *in extremis* dans l'édition Cramer de 1761.

Éditions modernes :

Candide ou l'Optimisme, édition d'André Morize, Hachette, 1913 ; Didier, 1957.
Candide ou l'Optimisme, édition de Christopher Thacker, Droz, Genève, 1968.
Candide ou l'Optimisme, édition critique par René Pomeau, Oxford, Voltaire Foundation, 1980.

Études :

Bottiglia, William F., *Voltaire's* Candide : *Analysis of a Classic*, Studies on Voltaire and the Eighteenth Century, 7, Oxford, Voltaire Foundation, 1959.
Mason, Haydn T., *Candide, Optimism Demolished*, Twayne Publishers, New York, 1992.
Starobinski, Jean, «Sur le style philosophique de *Candide*» (1976), repris dans *Le Remède dans le mal*, Gallimard, 1989.
Wade, Ira O., *Voltaire and «Candide». A Study in the Fusion of History, Art and Philosophy. With the text of the La Vallière manuscript of «Candide»*, Princeton University Press, 1959.

V. SUR LA GENÈSE DE *CANDIDE*

Deux ouvrages apportent les documents de base :

Deloffre, Frédéric, et Cormier, Jacques, *Voltaire et sa grande amie. Correspondance complète de Voltaire et de Mme Bentinck*, Voltaire Foundation, Oxford, et Presses universitaires de France, Paris, 2003. Abréviation : *Voltaire et sa grande amie.*
Ochwadt, Curd, *Voltaire und die Grafen zu Schaumburg-Lippe*, Jacobi Verlag, Brême et Wolfenbüttel, 1977.

Études complémentaires :

Deloffre, Frédéric, «Aux origines de *Candide* : Une écono-
mie de roman», *Revue d'Histoire littéraire de la France*,
98 (1998), p. 63-83.

— «De la comtesse d'Empire à la baronnette : Mme Ben-
tick et Cunégonde», *Mélanges de littérature française,
belge et comparée offerts au professeur Jean-Paul de Nola*,
textes réunis et édités par Diana Martinez, Palerme,
2003.

— «Pococuranté, Candide et les deux "jeunes gens de
Paris"», *Revue d'histoire littéraire de la France*, 2006,
n° 3, p. 689-693.

— «Genèse de *Candide* : étude de la création des person-
nages et de l'élaboration du roman», *Studies on Voltaire
and the Eighteenth Century*, Oxford, 2006, p. 201-302.

NOTES

Les notes empruntées à l'édition de Jacques Van den Heuvel (Pléiade, 1979; nouvelle éd. 2001) sont signalées par les initiales «VDH». Les références aux lettres de Voltaire à Mme Bentinck ou de celle-ci à Voltaire sont données, sans autre précision, d'après leur numéro dans l'édition complète de leur correspondance, publiée par F. Deloffre et J. Cormier sous le titre *Voltaire et sa grande amie;* voir la Bibliographie. Chaque fois que ces lettres figurent dans l'édition en treize volumes de la *Correspondance de Voltaire* publiée à la Bibliothèque de la Pléiade, on y a renvoyé en faisant précéder le numéro de la lettre dans cette collection de la mention «Pléiade».

Page 27.

1. Dès son premier voyage à travers l'Allemagne, Voltaire avait été frappé par l'extrême misère de la Westphalie: «Ô champs westphaliens, faut-il vous traverser?/ Destin où m'allez-vous réduire!» écrivait-il à Frédéric le 28 novembre 1740 (Pléiade 1465) [VDH]. Il sera question dans le roman de «la sale province de Westphalie» (chap. XIV, p. 73).

2. Sur le contraste entre ce pays et le château réel de Bückeburg, celui auquel songe Voltaire, voir p. 170-171.

Page 28.

1. Sur les fonctions de ces «précepteurs», *Erzieher* ou

Hofmeister dans les maisons princières, voir p. 174, n. 1.
Mais c'est surtout en tant que prédicateur de la cour (*Hof-prediger*) que le modèle de Pangloss, Heinrich Meister,
exerçait son influence. Par prudence, Voltaire ne précise
pas que, comme il l'a constaté à Bückeburg, le précepteur
se confond en réalité avec le «grand aumônier».

2. C'est le père Castel qui, dans les *Mémoires de Trévoux*
(1735), appelle le système de Leibniz une «doctrine phy-
sico-géométrico-théologique». Quand au terme *cosmolo-
gie*, une fois débarrassé de ce *nigo* qui est une espièglerie
de Voltaire (rencontrée après plusieurs tentatives), c'est
Wolf, disciple de Leibniz, qui l'a mis à la mode [VDH].
Voltaire avait eu affaire à des doctrines théosophiques, qui
cherchaient, à partir d'une définition de l'essence divine, à
en déduire l'univers sensible; voir p. 12-13 et 175.

3. «Scie» de Voltaire dans sa correspondance, par
laquelle il singe la formule leibnizienne du «meilleur des
mondes possibles» [VDH]; voir la lettre à la duchesse de
Saxe-Gotha du 11 octobre 1756, citée p. 181.

4. Voltaire, qui n'a jamais nié une certaine finalité (les
jambes sont faites pour marcher), attaque les excès des
cause-finalistes comme l'abbé Pluche (*Spectacle de la nature*,
1732-1750), ou «l'illustre vicaire Derham», auteur d'une
Astro-theology, 1715; voir *Micromégas*, chap. I [VDH].

Page 29.

1. L'allusion est à Leibniz, qui distingue le principe de
«raison suffisante» du principe de simple «non contradic-
tion». Mais la plaisanterie relève d'une tradition. Pangloss
rappelle ici un personnage de Marivaux dans la (seconde)
Surprise de l'Amour (1728), Hortensius, qui prétend don-
ner des leçons de logique à la suivante Lisette à l'aide du
«syllogisme» qu'il lui présente. La «raison suffisante» du
docteur tient ici la place du «syllogisme» d'Hortensius.

Page 30.

1. Comme on l'a vu (p. 178), *Bulgare* ne signifie pas autre
chose pour Voltaire que *Prussien*. Ce chapitre et le suivant
sont donc des figures, des «emblèmes» du séjour de Vol-
taire en Prusse.

2. Dans la perspective qui vient d'être indiquée, l'expulsion du paradis terrestre a un sens métaphorique immédiat (Thunder-ten-tronckh était un paradis pour Candide); un second sens figuré (Voltaire a été chassé, à ce qu'il prétend dans ses *Mémoires*, du paradis terrestre de Paris par les menées des dévots et des jaloux); enfin un troisième sens théologique: comme Adam, Candide est chassé du paradis terrestre pour avoir consommé l'acte de la chair, et sera puni comme Adam par la nécessité de travailler la terre pour subsister; sur ce dernier point, voir pourtant chap. XXX, p. 153, n. 3.

3. On a remarqué une contradiction entre ce paysage hivernal et la scène du parc, apparemment printanière ou estivale, entre Pangloss et la femme de chambre. Il est clair que ces notations sont pour Voltaire de simples éléments de décor au service de l'atmosphère psychologique.

4. Le troisième et le premier élément de ce mot suggèrent quelque chose comme «épais village de la cour de la montagne du bois». *Trab* désigne le trot d'un cheval, mais *Trarbk* est la création d'un mot inapte à entrer dans un vers français, ce qui le condamne aux yeux de Voltaire.

Page 31.

1. Les soldats prussiens portaient un uniforme bleu; c'est parce qu'il portait un costume bleu que Maupertuis, après la bataille de Mollwitz (10 avril 1741), fut arrêté par des hussards impériaux et emmené prisonnier à Vienne.

2. Peut-être y a-t-il encore ici une réminiscence. Alors qu'il demandait en 1750 à Frédéric à titre d'avance des subsides pour son voyage de Berlin (p. 161, n. 1), Voltaire offrait en garantie une hypothèque sur ses biens français que Frédéric, naturellement, refusa.

Page 32.

1. Pour accélérer le tir, l'armée prussienne avait décomposé la manœuvre de chargement. Une des phases consistait à hausser, c'est-à-dire lever la baguette, standardisée et métallique, qui servait à bourrer la charge dans le canon, une autre à la remettre (sur son support) pour avoir les

mains libres. Voltaire lui-même écrit, à propos de la bataille de Mollwitz, que les soldats prussiens, tirant cinq coups à la minute, faisaient «un feu continuel».

2. S'adressant à Mme Bentinck qui va assister à une revue, Voltaire l'appelle «mon héroïne qui va voir des héros» (lettre 84, Pléiade 2810, du 17 mai 1751).

3. Le châtiment militaire des baguettes consiste à faire passer le condamné, torse nu, devant le régiment aligné, dont chaque soldat lui donne un coup de la baguette du fusil. Le passage se fait au son d'une marche plus ou moins lente, suivant la gravité de la faute. Le chiffre de trente-six n'est pas pris au hasard (voir p. 179, n. 1): dans ses *Mémoires* (Livre de Poche, p. 99). Voltaire évoque le cas d'un vieux gentilhomme français, enrôlé de force qui, ayant tenté de s'évader, puis de se rebeller, avait eu le nez et les oreilles coupés, avant de «passer par les baguettes trente-six fois». Mais l'expression a ici un sens figuré: elle désigne les *humiliations* subies par Voltaire à la cour de Prusse; voir p. 163, n. 2 et 180 n. 1 et 2.

Page 33.

1. S'il y a de l'ironie dans l'expression «grand génie», elle comporte une part de sincérité: Voltaire a toujours admiré le génie de Frédéric. Une phrase comme celle-ci lui permet de reprocher au roi son attitude envers lui sans l'offenser de façon irréparable. Dans la suite («jeune métaphysicien...»), Voltaire fait son autoportrait avec une délicieuse ironie.

2. Ce détail est historique; les journaux berlinois avaient célébré la clémence du roi quand il avait fait grâce à Voltaire; voir p. 180-181. Noter que les mots *dans tous les journaux et* sont une addition de l'imprimé, ce qui souligne leur importance.

3. Dioscoride est un médecin grec du I[er] siècle après J.-C. que ses recettes bizarres ont rendu célèbre. Rabelais y fait de nombreuses allusions dans son *Gargantua* [VDH].

4. Les Abares sont une peuplade d'origine mongole qui avait envahi l'Europe à plusieurs reprises [VDH]. Ils peuplaient les limites orientales du royaume austro-hongrois; cf. p. 181, n. 1. Par synecdoque, le mot désigne donc pour

Voltaire strictement l'Autriche-Hongrie, et non la Russie, ou la France, comme on le dit communément.

5. La description convient par exemple à la bataille austro-prussienne de Lobositz (1ᵉʳ octobre 1756); voir p. 181. D'un autre point de vue, la proximité de la Hollande (voir plus loin) suggère que Voltaire a placé par commodité dans son esprit le cadre de cette bataille en Westphalie, où avaient eu lieu des combats de moindre importance en 1757. En tout cas, il ne peut s'agir de la grave défaite française de Minden (1ᵉʳ août 1759), postérieure à la publication de *Candide*.

Page 34.

1. Dans cette phrase célèbre, on remarque l'autodérision («qui tremblait comme un philosophe») et le puissant effet obtenu par l'alliance des mots, «boucherie héroïque».

2. L'ironie sur les *Te Deum* est commune à l'époque. Robert Challe rapproche leur «ridicule» de celle des «prières pour la prospérité des armes» (*Difficultés sur la religion*, éd. Droz, 2000, p. 337-431). Voltaire, dès l'époque des *Lettres philosophiques*, songe plutôt à opposer (comme ici implicitement) leur pompe aux «meurtres» des combats. Ainsi que le dit son quaker à la fin de la première *Lettre philosophique*, «lorsque après des batailles gagnées tout Londres brille d'illuminations [...], que l'air retentit du bruit des actions de grâces [...] nous gémissons en silence sur ces meurtres qui causent la publique allégresse» (éd. Folio, p. 41).

3. La description est plus discrète que celle qui concerne les méfaits causés par les «Bulgares». C'est aussi plutôt les Prussiens que les Autrichiens que Voltaire met en cause dans sa correspondance lorsqu'il dénonce les horreurs de la guerre, par exemple lorsqu'il rapporte comment ils ont brûlé des quartiers de Prague. Pour l'application à Thunder-ten-tronckh, voir plu loin, p. 48.

4. C'était effectivement l'impression qu'avait eue Voltaire lorsqu'il avait été à La Haye en 1713 à la suite de l'ambassadeur. Y retournant en 1743, il avait écrit à Mme Denis: «On tue nos gens en Allemagne à coups de fusil, et on me tue ici à force de bonne chère» (lettre inédite, 8 juillet

1743). Effectivement les Pays-Bas étaient riches, mais les richesses y étaient plus inégalement réparties qu'au XVII⁰ siècle.

Page 35.

1. L'orateur est un calviniste, probablement « gomariste », c'est-à-dire partisan d'une stricte prédestination.

2. Voltaire connaissait les anabaptistes par les quakers, auxquels il avait fait un grande place dans les premières *Lettres philosophiques*. Dans le *Pot pourri*, conte ouvrant la voie au *Traité sur la tolérance* (1763), il y a aussi un anabaptiste, et il a « les plus jolis enfants du monde ».

3. Cette définition remonte aux *Définitions* du pseudo-Platon (415a) : « Homme, animal sans ailes, muni de deux pieds, aux ongles aplatis. » Mais *l'âme* ramène à la définition de l'homme selon saint Thomas, « une substance unissant un corps matériel à une âme raisonnable ».

Page 36.

1. La formule joint à l'idée d'un « haut-précepteur » (*Hofmeister*, cf. p. 28, n. 1) celle d'un professeur d'université, comme l'était Wolf ; voir p. 12 et 174.

Page 37.

1. On se rend compte que les combats se déroulent sur des territoires n'appartenant directement ni à l'un ni à l'autre des adversaires. C'était le cas dans les petites principautés du nord-ouest de l'Allemagne, comme Bückeburg.

Page 38.

1. La « chambrière Paquette » vient de La Fontaine (*Fables*, VII, 11, « Le Curé et le Mort ») [VDH].

2. On admet en effet que, si ce sont les Européens qui ont porté en Amérique la petite vérole, la syphilis ou vérole a été rapportée d'Amérique. Noter les accords au féminin (*l'avait eue, la devait*, etc.) par référence implicite à la vérole.

Page 39.

1. Le mot *stipendiaire* était nouveau à l'époque ; le *Dictionnaire de l'Académie* de 1762 le définit comme « celui

qui est à la solde de quelqu'un». Il désigne ici les soldats, payés «cinq sous par jour», mais peut-être aussi leurs chefs, dont beaucoup, parmi les plus illustres, comme Maurice de Saxe, mettaient leur service à la disposition d'un prince étranger.

2. Pangloss, qui vient de tenir des propos fort sages sur la guerre, manifeste des talents dans des domaines pratiques, ceux que Voltaire apprécie particulièrement.

Page 40.

1. C'est-à-dire «de vingt-quatre livres de balle». Le calibre des canons était défini par le poids du boulet (6, 12, 24, jusqu'à 36 livres pour les plus gros canons de forteresse).

2. Voltaire avait souffert de diverses banqueroutes. La dernière était celle du fils de Samuel Bernard, qui lui fit perdre huit mille livres de rente en 1754 [VDH]. Mais il s'en prend ici davantage aux juges des faillites qu'aux faillis.

3. «Une partie de la succession [provenant du père du banquier frauduleux] entre dans les coffres du receveur des consignations qui prend d'abord cinq pour cent par an pour garder l'argent, et qui gagne six pour cent à le faire valoir; le tout pendant vingt années» (lettre à d'Argental, Pléiade 5132).

4. Contre «cet axiome, ou plutôt [...] cette plaisanterie», Voltaire écrivait à Élie Bertrand le 18 février 1756 : «C'est se moquer de moi que de dire que mille infortunés composent le bonheur» (Pléiade 4370). On a vu pourtant qu'à l'époque de *Zadig*, sous l'influence de Mme du Châtelet (cf. p. 12), il avait été tenté par les thèses dont il se moque ici.

5. Cette notation relève d'une impression vécue. Voltaire avait souffert du mal de mer quand il était revenu en bateau de La Haye à Anvers, en 1743, et sans doute déjà auparavant dans ses quatre traversées de la Manche entre 1726 et 1728.

Page 41.

1. On se demande pourquoi.

2. En lisant cette scène de naufrage, on comprend que Voltaire ait dit que *L'Ingénu* était supérieur à *Candide*, parce qu'il était beaucoup plus vraisemblable. Mais le genre en est responsable ; voir p. 168, n. 3, et 171-172.

Page 42.

1. Les incendies qui sévirent étaient en fait secondaires à la destruction des maisons. D'autre part, il est raisonnable de penser que l'agitation de la mer avait été une conséquence du tremblement de terre, et donc ne l'a pas précédé.

2. Trente mille est en effet le chiffre auquel s'arrêtèrent les contemporains, après de premières estimations excessives (cent mille).

3. La réputation de Batavia venait du fait qu'au lieu d'exécuter les criminels, la compagnie des Indes hollandaise les envoyait comme esclaves à Batavia.

Page 43.

1. C'était la théorie la plus répandue. Buffon l'avait soutenue dans sa *Théorie de la terre* (1749), article XVI, et Élie Bertrand l'avait reprise dans un *Mémoire sur les tremblements de terre* qu'il avait envoyé à Voltaire en 1756 [VDH].

2. Ce n'est pas sans un malin plaisir que Voltaire met les optimistes leibniziens en contradiction avec le dogme de la chute. L'idée est dans la préface du *Poème sur le désastre de Lisbonne* (1756) : « On crut donc voir dans cette proposition : *Tout est bien*, le renversement du fondement des idées reçues. "Si tout est bien, disait-on, il est donc faux que la nature humaine soit déchue. Si l'ordre général exige que tout soit comme il est, la nature humaine n'a donc pas été corrompue ; elle n'a donc pas eu besoin de rédempteur" » [VDH]. À la même époque, Voltaire défend même explicitement le dogme de la chute ; « mais, mon pauvre Pope, mon pauvre bossu, que j'ai connu, que j'ai aimé, qui t'a dit que Dieu ne pouvait te former sans bosse ! Tu te moques de l'histoire de la pomme. Elle est encore, humainement parlant, et faisant toujours abstraction du sacré, elle est plus raisonnable que l'optimisme de Leibniz, elle rendrait raison pourquoi tu es bossu, malade, et un peu malin » (à Élie Bertrand, Pléiade 4370).

Page 44.

1. L'emploi répété de *Votre Excellence* rappelle que Candide pratique la politesse à l'allemande, dont Voltaire se moque parfois dans ses lettres à Mme Bentinck.

2. Dans Oporto, *O* correspond à l'article, comme dans *Le Havre*.

3. Bien entendu, le détail est inventé. Il n'y a d'ailleurs pas eu au Portugal d'autodafé meurtrier après le tremblement de terre.

4. La commère et le compère sont ceux qui ont tenu ensemble un enfant sur les fonts de baptême. L'Église catholique avait à une certaine époque interdit le mariage entre eux, sauf dispense, d'après le principe que «l'alliance spirituelle empêchait une alliance corporelle ultérieure». En 1758, cette idée n'existait plus en France que sous la forme d'une superstition : les mariages de ce genre passaient pour devoir être «toujours malheureux».

5. C'est-à-dire qu'ils l'avaient *judaïsé* en observant la pratique de la loi mosaïque qui interdit de manger du lard [VDH].

Page 45.

1. La première espèce de *san-benito* était portée par des condamnés repentis ; la seconde, image des flammes de l'enfer, était réservée aux relaps. Ces détails sont empruntés à l'ouvrage de Dellon, un religieux français qui avait eu affaire à l'Inquisition aux Indes, dans sa *Relation de l'Inquisition de Goa* (première édition 1688, plusieurs rééditions). Voltaire s'en servira amplement dans le conte intitulé *Les Lettres d'Amabed* (1769).

2. Noter le rappel de l'épisode du passage par les baguettes. C'est parce que la situation de Candide est la même que celle qu'on a vue au chapitre II que Voltaire a pu déplacer ici le secours et la consolation par la femme aimée, qui dans sa mémoire se reliait à la situation berlinoise (voir p. 185). On va voir au chapitre VII, p. 47, n. 1, que d'autres détails «berlinois» ont été également transférés ici.

3. Tout le comique est dans les cinq derniers mots, *sans que je sache pourquoi*. C'est un exemple du procédé que

Jean Starobinski a appelé le «fusil à deux coups» de Voltaire (*Le Remède dans le mal*, Gallimard, 1989, p. 143-144).

Page 46.

1. Le choix de Notre-Dame d'Atocha comme première protectrice de Candide répond à la fois à un effet de couleur locale et à une plaisanterie. La statue de Notre-Dame d'Atocha représentait la Vierge enceinte. Son sanctuaire, à Madrid, était un lieu de pèlerinage pour les femmes grosses (R. Pomeau). Saint Antoine de Padoue est invoqué pour retrouver des objets perdus, ce qui pouvait aussi s'appliquer à Cunégonde.

2. La plaisanterie par équivoque est caractéristique du ton de *Candide*.

Page 47.

1. Comme on l'a dit, ces détails précis rappellent très curieusement ce qu'on sait de la maison de campagne, à «un quart de mille» de Berlin, où Voltaire s'était réfugié à la fin de son séjour prussien, et où seules Mme Bentinck et sa suivante venaient le visiter; voir p. 184-185.

2. Aux réminiscences berlinoises se mêle une reprise de la scène des retrouvailles entre Zadig et Astarté (chap. XVI) en des termes identiques, taille majestueuse, visage couvert d'un voile, évanouissement des héros, discours entrecoupés, etc.

Page 48.

1. Autre phrase fameuse de *Candide*.

2. Sur cette expression «beau château», voir p. 170-171.

Page 49.

1. Encore une expression qui renvoie à la correspondance Voltaire-Mme Bentinck juste avant *Candide*; voir p. 191.

2. Cette phrase peut passer pour une taquinerie à l'égard de Mme Bentinck, qui se disait philosophe, et même stoïcienne, mais aimait «le militaire»; voir p. 197, n. 1.

3. Le passage de Cunégonde du théâtre d'opérations

d'Allemagne jusqu'à Lisbonne est expliqué de façon très
sommaire.

Page 50.

1. Encore une maxime qui contribue à la réputation de
Candide.
2. Le détail vient du séjour à Berlin. Dans les suites de
l'affaire Hirschel (voir p. 162-163), Voltaire avait fait
connaissance du «banquier de la cour» prussienne à Ber-
lin, israélite apparenté aux Hirschel. D'un autre côté, le
nom d'Issacar est choisi avec soin par Voltaire, grand
connaisseur de la Bible depuis son séjour à Senones chez
Dom Calmet en 1754. D'après la Genèse, XXX, 17-18, Issa-
char, cinquième fils de Jacob, était né à la suite d'un arran-
gement entre Rachel, devenue stérile, et Léa, sa sœur, à qui
elle avait pris son mari ; Rachel lui avait cédé son mari pour
une nuit en échange de mandragore. Issachar, provenu de
cette union achetée, fut ainsi appelé, son nom signifiant à
peu près «homme d'arrangement» ou «homme de salaire».
Noter enfin le jeu de mot sur *homme de crédit* : Issachar est
en crédit parce qu'il est homme de crédit, capable de prê-
ter à la cour, comme l'étaient les Hirschel à Berlin.
3. C'est-à-dire au juif ou au chrétien. Voltaire utilise
une expression voisine dans une lettre à Mme Bentinck du
22-23 novembre 1751 (150, Pléiade 2960) : «Conservez-
moi vos bontés, Madame, avec cela je ne crains ni les gens
de l'ancien testament ni les hypocrites qui affectent de
tenir pour le nouveau.»

Page 52.

1. Voltaire, qui sait l'italien, mais non l'espagnol, emploie
la forme *signor* pour *señor* ; l'erreur était courante à
l'époque.
2. De même, dans *Zadig*, chap. X, un marchand hébreu
se laisse imprudemment convaincre de mensonge parce
qu'ils se révèle «de tous les mauvais payeurs le plus vif»
que connaisse son adversaire.

Page 54

1. Plutôt que de *moyadors*, il s'agit de *moïdore* ou *lisbo-*

nine, ancienne monnaie du Portugal (*moeda*, en portugais, signifie monnaie). Ils deviendront des «pistoles» au début du chap. X (nom français de l'*escudo* espagnol et portugais). Le *maravédis* cité plus loin est une petite pièce de menue monnaie en cuivre qui avait cours en Espagne [VDH].

2. On n'a pas identifié la «petite ville» d'Avacéna.

Page 55.

1. Cette dernière interrogation est à retenir pour un portrait de Cunégonde : celle-ci se montre plus proche de Manon Lescaut que des «illustres Françaises» de Robert Challe ou de la Marianne de Marivaux.

2. Badajoz est en Espagne, près de la frontière, à près de 200 km à l'est de Lisbonne.

Page 56.

1. Dans les contes de Voltaire, les itinéraires ne sont jamais tout à fait fantaisistes, mais ils sont très approximatifs. Lucena, située entre Cordoue et Malaga, est à l'est d'une route allant de Badajoz à Cadix. Chillas ou Chellas est aux portes de Lisbonne; s'il s'agit de Cheles, c'est une petite ville située en Espagne, près de la frontière, au sud de Badajoz. On connaît un Lebrija, mais c'est une rivière du Venezuela.

2. On ne trouve pas ce «Saint-Sacrement», mais il est exact qu'en 1754-1757 l'Espagne et le Portugal s'unirent pour se partager les «réductions», territoires de mission des jésuites. Ces derniers, depuis le xviie siècle, protégeaient les missions sans recevoir aucun secours du gouvernement paraguayen d'Asunción contre les chasseurs d'esclaves venus du São Paulo. À la suite de ces campagnes contre les réductions, celles-ci furent abandonnées par les jésuites, qui furent par la suite expulsés. L'agriculture fut ruinée, et les Indiens n'eurent d'autre ressource que de fuir vers les villes ou de s'engager comme ouvriers agricoles dans de grandes exploitations. — Sensible aux critiques que le *Journal encyclopédique* avait faites de ce passage, Voltaire y répondit dans la lettre qu'on trouvera à l'Appendice 1, p. 209.

Page 57.

1. Il n'y a jamais eu de pape Urbain X. Mais, dans les premières éditions, Voltaire, comme le remarque René Pomeau, avait d'abord donné au père de la vieille le nom d'un pape réel, Clément XII, né en 1652, qui régna de 1730 à 1741 ; il avait sans doute trouvé l'idée de le nommer dans les *Lettres et Mémoires* de Pöllnitz, chambellan du roi de Prusse (1734), qui en parle souvent ; voir la note suivante. Le personnage de la princesse de Palestrine n'a rien d'historique, mais le nom n'est pas inventé.

Page 59.

1. Christopher Thacker, dans son édition de *Candide* (voir la Bibliographie), a découvert la source de ce bref épisode, à savoir encore les *Lettres et mémoires* de Pöllnitz. On y lit en effet que la princesse héritière d'un minuscule État, consistant en une île dans le golfe de Gênes, qui allait se marier, en fut empêchée par la mort de son fiancé. On notera que cette situation justifie le recours à une galère pour aller à Gaète.

2. Les corsaires de Salé, près de Rabat, pratiquaient plutôt la course dans l'Atlantique ; mais Voltaire a besoin d'une occasion pour évoquer le royaume de Maroc.

3. «À l'article de la mort» ; dans cette circonstance, on est dispensé des sacrements.

Page 60.

1. Le sultan Mulay Ismail (1646-1727) avait entrepris la pacification de son pays à l'aide d'une armée composée de nègres esclaves. Dans *Le Siècle de Louis XIV*, chap. 18, Voltaire le décrit comme «le tyran le plus guerrier et le plus politique qui fût alors chez les nations mahométanes». Sa mort fut effectivement suivie de conflits de succession qui durèrent une trentaine d'années. Vu l'âge de la vieille, on note que Voltaire prend soin de respecter la vraisemblance chronologique.

2. *Européen* est à l'époque un mot nouveau. Il avait été proposé par l'abbé de Saint-Pierre sous la forme *européan*, qui resta longtemps en concurrence avec *européen*

Page 61.

1. Les régicides étaient «tirés à quatre chevaux».
2. Traduction: «Oh, quel malheur d'être sans c...!»

Page 62.

1. Voltaire peut songer à un castrat napolitain, Carlo Broschi, qui fut un chanteur célèbre avant de devenir un personnage influent à la cour de Madrid autour de 1750 [Morize]. Plus généralement, la question des castrats était à l'ordre du jour. À la fin de 1753 le castrat Gaetano Majorano, dit Caffarelli, avait eu une saison triomphale à Paris. Au moment où Voltaire écrit *Candide*, il peut lire le *Saggio sopra l'opera in musica* d'Algarotti, et il félicite ce dernier d'avoir dénoncé l'institution des castrats [VDH].

Page 63.

1. C'est surtout l'Angleterre qui avait signé des traités avec le sultan du Maroc. Mais, dans *Le Siècle de Louis XIV*, chap. 18, Voltaire rapporte qu'au début de 1703, le roi de Portugal, qui s'était déclaré contre la France, rechercha l'aide du Maroc; finalement la négociation échoua.
2. On peut penser soit à l'épidémie de peste de 1720-1721, qui sévit notamment à Marseille, soit moins probablement à une autre épidémie qui prit naissance à Messine en 1743.
3. Par une confusion fréquente à l'époque, *sérail* (le siège du gouvernement, cf. Galata-sérail) est pris pour *harem*; de même au début du second alinéa après celui-ci.

Page 64.

1. Voltaire trace un itinéraire vraisemblable pour mener la vieille vers l'est jusqu'en Crimée.
2. Un *aga* est l'équivalent d'un général.
3. Voltaire doit avoir dans l'esprit un épisode ancien. Après un long siège (1695-1697), Pierre le Grand s'était déjà, comme ici, emparé d'Azof après un assaut de «barques longues». Mais Azof avait été assuré à la Turquie par le traité de 1711. Aussi les contemporains pouvaient-ils songer au siège et à la prise d'Azof par le maréchal russe Munnich

en 1736, quand la Turquie était entrée en guerre aux côtés de la France pendant la guerre de succession d'Autriche.

4. *Iman*: voir p. 145, n. 1.

Page 65.

1. Voltaire lui-même avait ménagé la venue d'un chirurgien français à Gotha. Il connaissait aussi le cas d'un autre chirurgien français qui, engagé à ce titre par les recruteurs de Frédéric, se trouva contraint de devenir soldat prussien.

2. Voltaire fait allusion à la révolte des streltsy, qui fut réprimée par Pierre le Grand en 1698, soit en effet deux ans après la prise d'Azof [René Pomeau]. Le sujet avait constitué un des points de la conversation de Voltaire avec Meister/Pangloss à Bückeburg; voir p. 175.

3. Ici encore l'itinéraire, d'abord le long des côtes de la Baltique (Rostock, Wismar), puis en Allemagne et en Hollande, est à peu près vraisemblable. On voit comment Voltaire compose son chapitre: disposant d'un certain nombre de faits dramatiques fournis par l'histoire, il détermine l'itinéraire de son personnage de façon que celui-ci éprouve successivement les conséquences funestes de chacun de ces drames. Le procédé est repris du *Voyage de Scarmentado*, mais il est appliqué cette fois à l'époque contemporaine.

Page 66.

1. À l'époque des *Lettres philosophiques*, Voltaire décrivait le suicide comme habituel en Angleterre.

2. Effectivement, Robeck est un personnage historique. Né à Colmar en 1672, il avait soutenu des thèses en Suède sur le ridicule d'aimer la vie, et termina la sienne en se noyant volontairement en 1739 [VDH].

3. Cette brève phrase est toute l'explication que Voltaire donne de la rencontre entre Cunégonde et la vieille. Elles ont dû ensuite suivre Don Issacar à Lisbonne.

Page 67.

1. Ces noms sont pour la plupart suggérés à Voltaire par les lectures préparatoires à la rédaction des chapitres de l'*Essai sur les Mœurs* consacrés à l'Amérique du Sud. Si

Mascarenes renvoie à *Mascarenhas*, nom d'un des respon-
sables de l'attentat contre le roi de Portugal (3 septembre
1758), ce qui est très douteux, le chapitre aurait été com-
posé après cette date.

2. Pour évoquer Don Fernando, Voltaire pense à un
autre «gouverneur», le maréchal duc de Richelieu. Divers
détails le révèlent : le fait que Don Fernando «aime les
femmes à la fureur» (Richelieu avait été notamment l'amant
de Mme du Châtelet), et surtout qu'il porte «le nez haut».
Or Voltaire écrit à d'Argental le 7 mars 1758 (Pléiade 5076)
qu'il n'est pas allé voir en passant à Strasbourg Richelieu,
qui l'aurait reçu «en passant le nez haut au milieu de deux
haies d'officiers».

3. Allusion maligne à l'histoire d'Abraham (Genèse,
XXVI, 7), déjà relevée par Bayle (article *Sara* du *Dic-
tionnaire historique et critique*). Abraham présente Sara
comme sa sœur au Pharaon, qui en fait sa concubine.
Dans *Manon Lescaut*, Des Grieux présente Manon comme
sa femme au gouverneur de La Nouvelle-Orléans et ne se
croit pas coupable pour autant d'un «mensonge honteux»
(éd. Deloffre et Picard, Classiques Garnier, p. 183-184).

Page 68.

1. Nouvelle allusion ironique, à savoir aux querelles qui
opposèrent deux partis chez les franciscains, moins à pro-
pos de l'habit (la «grande manche» rend les larcins plus
aisés), comme le laisse toujours entendre Voltaire, que
sur la question de l'*usus pauper*, refus de toute forme de
propriété par l'ordre, auquel était attachée la fraction des
spirituels.

Page 70.

1. Encore un épisode daté. En janvier 1758 avait été écrit
le chapitre 154 de l'*Essai sur les Mœurs*, paru en 1761,
intitulé : «Du Paraguay. De la domination des Jésuites
dans cette partie de l'Amérique ; de leurs querelles avec les
Espagnols et les Portugais» [VDH].

2. Le facteur est le responsable d'un négociant dans un
comptoir, qu'on appelle *factorerie*.

Page 71.

1. C'est une maxime que Voltaire enseignait à Mme Bentinck au moment de la disgrâce de celle-ci à Berlin.

2. *Cuistre* est un mot de collège pour désigner les valets de cuisine.

3. L'actuelle capitale du Paraguay, Asunción (Assomption).

4. Le terme de «royaume», appliqué aux réductions, est abusif. Voltaire fait allusion à la prétendue élection d'un jésuite, Nicolas Ier, comme roi du Paraguay. Ce bruit fut démenti : «Il est vrai qu'il n'y a point de roi Nicolas», écrivait Voltaire à Mme de Lutzelbourg le 12 avril 1756, «mais il n'en est pas moins vrai que les jésuites sont autant de rois au Paraguay» (Pléiade 4431) ; cf. aussi l'Appendice 1, p. 207-209. Sur la véritable situation, et sur les conséquences de l'expulsion des jésuites, voir chap. X, p. 56, n. 2.

Page 72.

1. Ces détails viennent encore de l'*Essai sur les Mœurs*, chap. 154. On y lit qu'il était permis aux officiers espagnols se rendant au Pérou de traverser le pays, mais ils ne devaient pas y rester plus de trois jours (et non trois heures), ni avoir de contacts avec les indigènes. Ces précautions s'expliquaient, comme on l'a dit, par la nécessité d'empêcher Espagnols et Portugais de recruter de gré ou de force des indigènes pour les enlever comme esclaves.

Page 73.

1. Un des rares cas où la langue que parle Candide est précisée. On peut assumer qu'en général les conversations qu'il tient avec Pangloss, avec Cunégonde, la vieille, Martin, se font, dans l'esprit de Voltaire, en français. On se souviendra que les personnages réels rencontrés par lui à Bückeburg, mais aussi à Berlin, parlaient entre eux le français et s'écrivaient en français. L'allemand était employé dans les conversations familières, comme ici.

2. *Sale* est presque pour Voltaire une épithète de nature quand il parle de la Westphalie ; cf. chap. I, p. 27, n. 1. Mais ce qui est notable c'est qu'il y joint le possessif *notre*

quand il en parle à Mme Bentinck le 29 août 1758, précisément au moment où il met au net *Candide* à Schwetzingen : «Je ne crois pas qu'il y ait quinze mille anglais dans notre sale Westphalie» (lettre 292, Pléiade 5201). Il est difficile de ne pas voir là une sorte de clin d'œil complice.

Page 74.

1. Cette chapelle des jésuites dans la Westphalie réformée est une commodité pour expliquer que le frère de Cunégonde devienne jésuite. Du reste, sans y insister, Voltaire présente plutôt la patrie de Candide comme une terre catholique que réformée; voir par exemple le «cordelier» qui corrompt Paquette (chap. XXIV, p. 123). Cette perspective lui est commandée par son projet satirique.

Page 75.

1. Le révérend père Croust est un des jésuites avec lesquels Voltaire avait eu maille à partir pendant son séjour à Colmar, au début de 1754 [VDH].

2. La *recrue* est «ce qui vient compléter une troupe». Sous l'Ancien Régime, chaque régiment assurait lui-même sa propre recrue.

3. La vigne du Seigneur; l'expression évangélique pour désigner l'apostolat missionnaire convient au style du jésuite.

4. Il y a peut-être un sous-entendu de l'auteur dans la notation de ce détail; l'homosexualité du baron apparaît en tout cas plusieurs fois.

Page 76.

1. Un des traits positifs de la philosophie de Pangloss. Mais qu'en pense Voltaire?

Page 77.

1. Cette fois encore, Voltaire a ses garants. Garcilaso de La Vega, explorateur du xvɪe siècle, dans son *Histoire des Incas du Pérou* (traduite en 1704), donne une carte de la «partie méridionale du Pérou», laquelle porte, au-dessus du mot Paraguai, la mention «Orejones ou Indiens à grandes oreilles» [VDH].

2. La plaisanterie vaut autant que celle qui concerne le jésuite Croust. Le *Journal de Trévoux*, qui avait ménagé Voltaire, ennemi des jansénistes, commença à l'attaquer lorsqu'il se rallia au parti des Encyclopédistes. Son directeur, le P. Berthier, devint une des cibles privilégiées de Voltaire [VDH]. On soupçonne ici une allusion plus précise, mais elle n'a pas été éclaircie.

Page 78.

1. L'épisode repend celui de *Zadig*, chap. IX, dans lequel le héros voit un homme qui bat une femme, est forcé de le tuer pour la délivrer, et ne reçoit d'elle que de violents reproches.

Page 79.

1. Ce genre de récits se trouve surtout dans les relations du Cap. Voltaire avait pu en trouver dans le *Journal de voyage aux Indes* de Robert Challe, dont il avait un exemplaire annoté dans sa bibliothèque.

2. Ce qui revient à dire que la bestialité fait partie de la «pure nature»; cf. plus loin.

3. Souvenir des *Voyages de Gulliver*, de Swift, épisode de Lilliput [VDH].

Page 80.

1. En 1725, les Indiens amenés à Paris, interrogés par Voltaire, avaient développé sensiblement les mêmes idées sur la pratique de manger ses ennemis. Elles l'avaient frappé; il les avait exposées à Bückeburg devant Meister/Pangloss (voir p. 174-175) et les reprendra dans *L'Ingénu*.

Page 81.

1. Même si *admirer*, à l'époque, n'a pas tout à fait la même valeur que pour nous (il signifie plutôt «s'étonner de»), les exclamations qui suivent sont manifestement laudatives.

Page 82.

1. Sur l'Eldorado, outre les ouvrages bien connus de

Walter Raleigh (*Relation de la Guyane*, 1596, rééditée en 1722, exploitée par Prévost dans son *Cleveland*) et de Garcilaso de La Vega (voir p. 77, n. 1), les principales sources de Voltaire sont l'*Histoire générale des conquêtes et voyages des Castillans* (1601) de Herrera, traduction de La Coste publiée en 1761, mais lue par lui dès 1740; et l'*Histoire de la conquête du Mexique et de la Nouvelle Espagne* par A. de Solis (1684), traduite de l'espagnol (1691), lue par Voltaire en septembre 1753. L'Eldorado, pays fabuleux, avait été imaginé par les *conquistadores* du xvie siècle. Situé entre l'Orénoque et l'Amazone, il aurait été le refuge des derniers Incas. Voltaire a toujours raillé l'obstination avec laquelle les voyageurs espagnols l'avaient recherché; voir l'*Essai sur les Mœurs*, chap. 151, «Des possessions des Français en Amérique» [VDH]. La description qui en est faite ici est volontairement fabuleuse : son existence réelle démentirait la thèse du conte. Mais en même temps le récit est parsemé de détails empruntés aux ouvrages cités plus haut. En outre, comme l'a montré H. T. Mason (*Candide, Optimism Demolished*, 1992), l'utopie à la Fénelon de Voltaire transporte dans l'Eldorado certaines de ses vues sur la Pennsylanie, qui réapparaîtront dans un autre conte, l'*Histoire de Jenni*.

2. Le ministère français espérait à l'époque faire de Cayenne une colonie de peuplement.

Page 83.

1. C'est le mythe de la «rivière sans retour».

2. On a fait remarquer que ce détail est anachronique, car les Incas ne connaissaient pas la roue.

3. Ces *moutons rouges* sont des lamas. Le 9 septembre 1758, Voltaire écrit au président de Brosses qu'il «a lu avec un extrême plaisir ce qu['il a] écrit sur les *Terres australes*» (Pléiade 5213); or, on lit, t. II p. 12 de cet ouvrage, cité par René Pomeau, que le lama «aurait un poil de la couleur de rose sèche» et une queue «rougeâtre». Y aurait-il là un indice chronologique sur la rédaction du chapitre?

4. Méquinez : Meknès.

Page 84.

1. Inadvertance de Voltaire : Candide et Cacambo n'ont plus leurs chevaux. Auraient-ils enfourché des lamas ?

Page 85.

1. *Contour* est le nom indigène du condor [VDH].
2. Plusieurs récits signalent que le singe est consommé au Pérou.

Page 86.

1. Parmi ces détails fabuleux, celui-ci a un fondement. Garcilaso de La Vega, cité par René Pomeau, signale dans son *Histoire des Incas* que ceux-ci avaient «eu soin de pourvoir aux nécessités des voyageurs» par des «hôpitaux.. munis de toutes sortes de provisions». Les voyageurs rapportaient la même chose à propos des *chandris* des Indes ou des couvents grecs.

Page 87.

1. Traditionnellement, le vieillard retiré du monde incarne la sagesse ; dans *Zadig*, l'ange Jesrad se présente d'abord sous les traits d'un ermite à barbe blanche (chap. XVIII).

Page 88.

1. Dans le chapitre 151 de l'*Essai sur les Mœurs*, rédigé en janvier 1758, Voltaire rapporte «qu'on disait» que les Incas s'étaient retirés dans «un vaste pays dont les limites touchaient à celles du Pérou» ; leur capitale était située auprès d'un lac «dont le sable était d'or», au point qu'ils en revêtaient leurs toits. On la nommait *el Dorado*.
2. Sur Raleigh, cf. p. 82, n. 1.

Page 89.

1. Près d'un demi-siècle après la composition des *Difficultés sur la religion proposées au père Malebranche*, on retrouve ici tout le «déisme positif» élaboré par Robert Challe dans la section de ses *Difficultés sur la religion* intitulée «Quatrième Cahier» contenant un système de reli-

gion fondé métaphysiquement sur les lumières naturelles (éd. F. Deloffre et F. Moureau, Droz, 2000), p. 555/725.

Page 90.

1. Contraste implicite avec la garde de Potsdam, qui ne laissait passer Voltaire que lorsqu'il montrait ses insignes de chambellan. L'allusion est à l'usage des initiés.

2. Souvenir probable de *Gulliver*: à la cour de Luggnagg, il doit pour être admis à l'audience, balayer le plancher avec sa langue. C'est une caricature des formalités de la cour de Londres.

Page 91.

1. C'est-à-dire que ce ne sont pas seulement des jeux de mots, qui se contentent de saisir des «faux rapports» (rapports formels); voir l'article «Esprit» du *Dictionnaire philosophique*, dans lequel Voltaire définit le «faux esprit».

2. Le mot *hospice* vient sous la plume de Voltaire parce qu'il l'emploie à l'époque pour ses retraites suisses.

Page 92.

1. Petite leçon en passant à l'intention du roi de Prusse, qui l'avait empêché de quitter la Prusse au fort de l'affaire Akakia (voir p. 163-164 et 185, n. 2) [VDH].

Page 93.

1. *Guinder*, mot d'origine scandinave, signifie originairement «hisser avec des machines»; cf. l'anglais *winch* [VDH]. Voltaire imagine la chose comme la traversée des Alpes au mont Cenis, au cours de laquelle on liait les voyageurs sur des brancards pour les manipuler comme des paquets.

2. Comme en Pennsylvanie avant l'usage du dollar; voir chap. XVII, p. 82, n. 1.

Page 94.

1. Venant de l'Ouest et visant la Guyane française, il est naturel que Candide et Cacambo rencontrent d'abord la Guyane hollandaise. Surinam est le nom de la colonie, non d'une ville (la capitale est Paramaribo).

2. Dans le manuscrit, l'épisode de l'esclave nègre qui suit, soit trois alinéas, n'existait pas. Le texte continuait : « ils entrent dans Surinam. La première chose dont ils s'informent... ». Quoique les horreurs de l'esclavage fussent un thème connu, que Voltaire abordait dès janvier 1758 dans le chapitre 152 de l'*Essai sur les Mœurs*, il ne l'avait pas inclus dans cette version primitive. C'est apparemment la lecture d'un passage du livre *De l'esprit*, d'Helvétius, qu'il avait reçu le 18 octobre 1758 qui lui donna l'idée de cet épisode. Il y avait lu : « On conviendra qu'il n'arrive point de barrique de sucre en Europe qui ne soit teinte du sang humain. » L'addition dut intervenir vers novembre-décembre 1758.

Page 95.

1. Le nom de *Vanderdendur* est caractéristique de la création voltairienne. Il lui faut un nom néerlandais. Il pense au libraire Van Duren, de La Haye, avec qui il avait eu des démêlés lors de la publication de l'*Anti-Machiavel*, et qui avait eu le front de venir lui présenter une note à payer pendant sa captivité à Francfort. Il remanie ensuite son nom pour que *den Dur* suggère l'idée de « le dur ».

2. Cette obligation de donner aux esclaves deux habits de toile par an avait été prescrite par le « code noir » de Colbert, qui visait à certains égards à améliorer leur sort.

3. Une déclaration de 1743 avait aggravé les dispositions du code noir. En cas de fuite, l'esclave « marron » pouvait avoir le jarret coupé. Pour la mutilation de la main, le père Labat, dans son *Nouveau voyage aux îles de l'Amérique* (1722), explique que lorsque les doigts de l'esclave sont pris dans le moulin à eau qui broie les cannes, on est obligé de lui couper la main d'un coup de serpe pour qu'il ne soit pas happé par la machine.

4. *Fétiche*, qui commence à s'employer à l'époque, désigne soit les objets d'un culte fétichiste, soit ceux qui les consacrent ; le portugais, en revanche, distingue *feitiço* et *feiticeiro*. On a plus loin ce second sens (sorcier) dans « les fétiches hollandais ».

Page 96.

 1. Ce seul emploi d'*optimisme* dans le conte amène une définition sans équivoque.

 2. Après cet alinéa, dont le texte a été maintenu, le récit continuait comme suit : « Hélas, dit Candide en buvant et en pleurant, je sens bien malgré toute ma passion que je ne peux aller à Buenos-Ayres. Mon amour m'aveuglait ; la sainte Hermandad m'arrêtera. Le meurtre de l'Inquisiteur me fait toujours trembler. Mon cher Cacambo voici ce qu'il faut que tu fasses. »

 3. À partir d'ici, le texte définitif suit celui du manuscrit. On notera que le texte substitué dans l'alinéa précédent est très supérieur au texte primitif. Il rend la décision de Candide plus naturelle t ajoute un trait au portrait de Cunégonde.

Page 97.

 1. Voilà qui confirme encore l'interprétation du mot *Abares* (cf. chap. II, p. 33, n. 4). Venise était restée neutre entre la Prusse et l'Autriche.

 2. Cette intervention inattendue de l'auteur dans le récit dément à l'avance le jugement que Martin portera sur Cacambo au chapitre XXIV, p. 121-122.

Page 98.

 1. Au sens technique de *démarrer*, larguer les amarres.

Page 99.

 1. Les plus apparents : les plus distingués, ceux qui faisaient la meilleure impression.

Page 100.

 1. Les sociniens étaient les disciples de Socini, réformateur siennois du xvi[e] siècle. Ils niaient la divinité du Christ et la Trinité ; ils préconisaient en général une interprétation rationnelle des Écritures [VDH]. Officiellement persécutés en Angleterre, ils étaient influents en Nouvelle-Angleterre.

Page 101.

 1. Reprise d'un trait « allemand » du personnage ; voir

«comme ils étaient allemands» à la fin du chapitre XIV, p. 74.

2. Le manichéisme, doctrine de Manès (IIIe siècle), explique l'univers par la lutte des deux principes, le bien et le mal. Voltaire fut toujours intéressé par cette doctrine et lui donna une existence romanesque dans *Le Blanc et le Noir* (1764) [VDH]; voir la préface, p. 18-19.

3. On retrouvera l'expression «globe ou globule» dans une lettre à Mme Bentinck du 9 décembre 1758 relative à *Candide;* voir p. 193. Noter que les mots *ou plutôt sur ce globule*, ont été ajoutés dans la version imprimée; ils ne figuraient pas dans le manuscrit étudié par Ira O. Wade.

Page 103.

1. Pirate et non corsaire; la Hollande n'avait pas pris part à la guerre de Sept Ans. Mais la Guyane hollandaise, proche des Caraïbes, était un centre actif de la piraterie.

2. La formule caractérise l'intrigue du roman, comme aux yeux de Voltaire elle avait caractérisé ses relations avec Mme Bentinck.

Page 104.

1. Les aventures de Martin pourraient, *mutatis mutandis*, être comparées point par point à celles de Voltaire. De la canaille écrivante, il avait connu Desfontaines et autres; la canaille cabalante, surtout ecclésiastique, est celle qu'il dénonce dans ses *Mémoires;* la canaille convulsionnaire est faite des jansénistes qui s'étaient livrés à des scènes de convulsions sur la tombe du diacre Pâris; le frère de Voltaire en avait fait partie.

Page 105.

1. Ce gros livre pourrait être la *Théorie de la terre*, de Buffon (1749), ou l'*Histoire des navigations aux terres australes* (1756) du président de Brosses, déjà cité, chap. XVII, p. 83, n. 3. La théorie d'une origine maritime des terres émergées, soutenue à cause de la présence de fossiles marins, fut toujours combattue avec passion par Voltaire, attaché au «fixisme», théorie suivant laquelle l'univers ne s'est pas modifié depuis sa création.

Page 106.

1. L'histoire de ce chapitre est très complexe. Voltaire, qui n'était guère venu à Paris depuis vingt ans, eut des difficultés pour parvenir à lui donner une forme satisfaisante : encore fut-il jugé le plus faible de l'ouvrage. Il ne connut pas moins de cinq états, qu'on a pu restituer par un examen attentif du manuscrit La Vallière (voir l'édition des *Contes* à la Bibliothèque de la Pléiade, p. 841-853). On trouvera d'ailleurs dans l'Appendice 2 (ci-dessus, p. 213-215) un résumé des cinq états successifs. En outre, dans le texte qu'on donne ici, une longue addition (entre la p. 108, n. 2, et la p. 115, n. 1) remonte à la dernière édition revue par Voltaire (1761). C'est ce qui explique qu'on y trouvera des références à des faits intervenus en 1760.

2. La chaise était une voiture légère, à deux ou quatre roues, traînée par un ou deux chevaux, pour une ou deux personnes ; les *chaises de poste*, dont les chevaux étaient changés à chaque relais de poste, avaient été établies en 1664 par Colbert pour permettre un transport rapide sur les grands itinéraires.

3. Cette allusion à un «savant du Nord» n'apparaît pas dans la version initiale de ce chapitre ; elle fut sans doute remise à l'imprimeur en octobre 1758. En effet, comme l'a signalé René Pomeau, c'est en août 1758 que l'Académie de Bordeaux avait décerné un prix à Jacobi, de Göttingen, pour sa dissertation sur «la manière de semer les bois de chênes». Pour la démonstration, Voltaire se moque de l'*Essai de cosmologie* de Maupertuis (1751) qui résumait les lois de la création divine par une formule mathématique : «Z égale BC divisé par A+B».

Page 107.

1. Très sensible aux problèmes d'urbanisme, Voltaire, dans *Le Monde comme il va* (1748), chap. 2, montre déjà du doigt sans le nommer le faubourg Saint-Marceau, d'une «rusticité dégoûtante» et peuplé de jansénistes fanatiques.

2. Allusion à l'affaire des «billets de confession» réclamés par le clergé entre 1750 et 1760 pour accorder les sacrements et donner une sépulture chrétienne à ceux qui étaient suspectés de jansénisme [VDH].

Page 108.

1. Voltaire n'a pas oublié l'affaire du «jeu de la Reine» (1748) où Mme du Châtelet avait suscité un scandale en dénonçant en anglais la tricherie d'un joueur.

2. Le texte primitif était «on jouait *l'Orphelin de la Chine*»; plus loin on disait que l'auteur ne savait pas le chinois. Cette tragédie avait été jouée dès le 20 août 1755 à Paris, mais c'est peut-être parce que Voltaire venait d'apprendre que la pièce avait été jouée à la cour de Vienne (lettre Pléiade 4971, du 17 décembre 1757) qu'il songea à la nommer ici. — Le texte qu'on a à partir d'ici jusqu'à la page 115 («Le Périgourdin redoublait de politesse et d'attentions...») est une addition de l'édition de 1761; voir l'Appendice 2.

3. Après les mots «lui dit dans un entracte», le texte des éditions de 1759 est moins élaboré; voir l'Appendice 2.

4. Voltaire ne croyait pas aux idées innées de Descartes, et pensait avec Locke que les idées d'espace et de temps s'étaient construites à partir des sensations.

5. Voltaire fait allusion au *Comte d'Essex*, de Thomas Corneille (1678), pièce fréquemment reprise au théâtre Français [VDH].

Page 109.

1. «Mlle Monime» est Adrienne Lecouvreur (1692-1730), qui avait joué avec succès le rôle de Monime dans *Mithridate*. Le curé de Saint-Sulpice lui ayant refusé la sépulture comme actrice, elle fut enterrée dans un terrain vague à l'angle de la rue de Bourgogne et de la rue de Grenelle.

2. Cette pièce qui a fait «tant de plaisir» est le *Tancrède* de Voltaire (3 septembre 1760), où Mlle Clairon brilla d'un éclat particulier. Le «gros cochon» est Fréron, qui, dans *L'Année littéraire*, en fit une critique d'ailleurs judicieuse. Cette phrase fait partie de l'addition signalée plus haut.

Page 110.

1. Le mot de *folliculaire* est nouveau à l'époque pour désigner un journaliste qui compose des «feuilles», brochures composées chacune d'une «feuille» (seize pages).

2. Le pharaon est un jeu de cartes comparable au bac-

cara. Un *banquier* mène le jeu et tient un compte personnel de la *banque* alimentée par la perte des joueurs. Les *pontes* sont des joueurs associés contre le banquier. Il était d'usage (quoique ce fût interdit) de corner sa carte au moment de la mise (d'où l'expression *registre cornu*). Le *paroli* est une mise double de la première, le *sept-et-le-va* une mise sept fois supérieure à la précédente, le *sept-et-le-va de campagne* ou *paroli de campagne* est frauduleux, c'est « celui que fait un joueur avant que sa carte soit venue, comme s'il avait déjà gagné » (cf. *Encyclopédie*, articles « Pharaon » et « Paroli ») [VDH].

Page 111.

1. Les *tailles* sont des séries complètes de coups, lorsque le banquier a retourné ses cinquante-deux cartes contre les cinquante-deux cartes des pontes.

2. Gauchat était un adversaire de Voltaire et des Encyclopédistes ; il publiait des *Lettres critiques ou analyse et réfutation de divers écrits modernes contre la religion*.

3. L'abbé Trublet (1697-1770), avait publié des *Essais de littérature et de morale*. C'était un adversaire des Encyclopédistes.

Page 113.

1. Après avoir égratigné Racine (« des idylles en dialogues bien écrits ») et Corneille (« des raisonnements politiques qui endorment »), Voltaire s'en prend avec violence à son grand ennemi, Crébillon le tragique (« des rêves d'énergumène »).

Page 114.

1. Une des rares allusions directes à Leibniz. Dans sa *Théodicée* (1710), celui-ci soutient que le mal met en valeur le bien : « Les ombres rehaussent les couleurs » [VDH].

Page 115.

1. Ici se termine l'addition de 1761. Voltaire a repris la plume non seulement pour renforcer le chapitre sur Paris, jugé faible, mais pour répondre à *La Nouvelle Héloïse*, parue en janvier 1761. Mme Denis ne cache pas que le

roman de J.-J. Rousseau «n'a pas plu aux Délices». Tout
en composant les *Lettres sur la Nouvelle Héloïse*, Voltaire en
a «refait» deux passages. La conversation sur les marches
de la Comédie réplique à la lettre II, 17 du roman de Rous-
seau sur le théâtre ; mais c'est surtout avec l'épisode de la
baronne de Parolignac que Voltaire donne une leçon à
Rousseau. Dans la lettre 26 de la seconde partie, Saint-
Preux écrit à Julie comment, sous prétexte de le faire dîner
chez la femme de leur colonel, des officiers français l'ont
entraîné chez des filles. Là, sous l'empire de l'ivresse, il a
trompé Julie avec l'hôtesse. L'épisode de *Candide* est traité
avec beaucoup plus de finesse, et le héros se gardera,
quand il rencontrera Cunégonde, de lui révéler cet inci-
dent sans importance.

Page 116.

1. On se demande ce que le gouverneur est censé avoir
pris, à moins que ce ne soit l'argent apporté par Cacambo.

Page 118.

1. Le détail n'est pas inventé. Après l'attentat de Damiens
(5 janvier 1757), on avait arrêté à Paris les étrangers, et
Voltaire en avait été informé.

2. C'est-à-dire l'Artois, jadis habité par les Atrébates ;
Damiens était né près d'Arras [VDH].

3. En mai 1610, Henri IV fut assassiné par Ravaillac ;
en décembre 1594, il avait été seulement blessé par Jean
Châtel, qui comme Ravaillac fut écartelé.

4. Pour Voltaire, les tigres sont les puissants et spécia-
lement les rois. Le 6 décembre 1752, il écrit à Mme Ben-
tinck, à l'occasion de ses procès contre trois rois : «Les
cavernes des tigres ne sont pas dans les forêts, elles sont
dans les cours. Pour vous Madame, qui êtes une amazone,
vous êtes faite pour sauter à cheval sur la tête des tigres»
(lettre 219, Pléiade 3373).

5. Le mot *barigel*, d'origine italienne, désignait le chef
de la police municipale. Pendant son séjour à Bruxelles,
Voltaire avait eu affaire à l'*amman* de la ville qui est «une
sorte de barigel» (lettre inédite à Mme Denis du 16 février
1740).

6. Pendant son séjour en Angleterre, Voltaire était passé une fois par Dieppe à l'occasion d'un voyage en France; il y avait même séjourné clandestinement.

Page 119.

1. Le traité d'Utrecht, qui cédait l'Acadie à l'Angleterre, ne comprenait pas les rives du golfe du Saint-Laurent. Ces «quelques arpents de neige» avaient une valeur stratégique capitale, puisqu'ils contrôlaient l'accès du Québec et des Grands Lacs. Le fort de Louisbourg, dans l'île Royale (maintenant du Cap Breton), avait d'ailleurs été restitué par les Anglais en 1748, par le traité d'Aix-la-Chapelle. Voltaire, qui n'avait pas d'intérêts dans cette partie du monde, alors qu'il en avait en Inde ou aux Antilles, ne néglige pas seulement cet aspect stratégique, il oublie le côté humain du problème: il y avait déjà plus d'une centaine de milliers de Français au Canada.

Page 120.

1. Cet amiral est John Byng, vaincu par l'amiral français La Galissonnière, sous les ordres du duc de Richelieu, dans les eaux de Minorque. Accusé d'avoir manqué de zèle au moment du combat, il fut condamné à mort et exécuté le 14 mars 1757 [VDH]. Voltaire avait, en vain, fait intervenir Richelieu en sa faveur.

2. Cette phrase typique de l'humour voltairien est devenue proverbiale en Angleterre, dans sa version française.

Page 122.

1. Toujours la même idée: Eldorado est parfait, mais inaccessible, c'est-à-dire qu'il n'existe pas.

2. L'ordre des théatins, fondé en Italie au xvie siècle et favorisé par Mazarin, avait été autorisé à s'établir en France en 1642. L'évêque Boyer, ennemi de Voltaire, était un théatin [VDH].

Page 125.

1. On a dit que Voltaire, pour évoquer les pratiques du carnaval de Venise, avait déjà cité à Bückeburg en 1743 les moines qui entretiennent des filles; voir p. 175.

Page 126.

1. Thème fondamental du romanesque voltairien. On l'a déjà rencontré fugitivement à la fin du chapitre XX, p. 103, mais voir aussi p. 182.

Page 127.

1. Pococuranté signifie «qui se soucie de peu de chose», ou «qui se soucie peu des choses». C'est un *dilettante*. Voltaire lui-même se compare au «signor Pococuranté» dans une lettre à Thieriot du 10 mars 1759 (Pléiade 5437). Mais dans le roman, Pococuranté représente l'ennui, forme mineure du mal dénoncé par Martin. En éloignant «l'ennui, le vice et le besoin», le travail du jardin protégera d'abord de l'ennui.

2. La Brenta est la rivière canalisée qui relie Venise à la mer par la *foce di Brenta*. Dans une lettre du 15 mai 1756 à Mme Bentinck (lettre 273, Pléiade 4463), Voltaire emploie le même mot par figure pour désigner Venise; voir p. 189.

Page 128.

1. Voltaire en était resté à la simplicité de la mélodie lulliste. Il avait peine à s'adapter à des formules plus savantes, que ce fût la musique française de Rameau, ou la musique italienne avec les raffinements du *bel canto* [VDH].

2. Allusion aux «airs de bravoure» de l'opéra italien et à leurs exercices de pure virtuosité: grands *airs* qui deviendront sous la plume de Voltaire des *chansons* ridicules. Les opéras sur César et sur Caton fleurissaient dans l'Italie du XVIII[e] siècle [VDH].

Page 129.

1. Les jugements qu'on trouve ici sur Homère et plus loin sur Virgile, le Tasse, l'Arioste, sont repris presque textuellement de l'*Essai sur la poésie épique*, composé par Voltaire dès 1727. C'est dire que, dans ce passage, Pococuranté et Martin sont bien le porte-parole du «goût» de Voltaire. Mais l'auteur de *La Henriade* paraîtrait animé par la jalousie s'il prenait directement ces jugements à son compte.

2. Voltaire exprime en d'autres circonstances son peu

de goût pour la numismatique, que Mme Bentinck prati-
quait pour sa part avec distinction.

Page 130.

1. Horace est, de loin, l'auteur le plus cité par Voltaire
dans sa Correspondance; généralement il s'agit de brefs
fragments de vers passés en proverbe.

Page 131.

1. Ici encore, Pococuranté exprime les vues de Voltaire
à l'égard de la science pure, vues étroites, comparées à
celles d'un certain nombre de contemporains, Encyclopé-
distes ou autres.

2. Voltaire s'est toujours montré sévère pour Milton,
tant dans l'*Essai sur la poésie épique* (voir p. 129, n. 1) que
dans l'article «Épopée» du *Dictionnaire philosophique*
[VDH].

Page 132.

1. Ce passage a toute une histoire. Il ne figure ni dans le
manuscrit de l'Arsenal ni dans l'édition originale publiée
par Cramer à Genève, mais il se trouve dans des éditions
légèrement postérieures, faites en réalité d'après un frag-
ment manuscrit du roman antérieur: Voltaire a donc sup-
primé le passage dans l'édition «officielle». Mais il y
tenait certainement, car il l'a rajouté dans l'édition de 1761,
base de la version définitive que nos utilisons. Pour inter-
préter ces changements, il faut savoir que Mme Bentinck,
admiratrice du poète suisse allemand Haller (1708-1777),
s'efforçait depuis longtemps d'attirer sur lui l'attention de
Voltaire, lequel se dérobait. Plusieurs lettres témoignent de
sa mauvaise humeur. Ainsi, le 22-23 décembre 1751 (lettre
150, Pléiade 2982), comme Mme Bentinck lui demandait
d'adapter en français une pièce de Haller, dans laquelle
celui-ci niait les martyrs des chrétiens du Japon, Voltaire
répondait sévèrement: «Quand on cite des exemples récents
dans un ouvrage d'une morale hardie, il faut au moins res-
pecter la vérité connue.» Plus tard, lorsque Mme Ben-
tinck, arrivée en Suisse et attendant son retour, était allée
rendre visite à Haller, il n'avait pu cacher sa jalousie, et

elle la lui avait reprochée. D'autres différends avec Haller s'étaient encore élevés à propos de Saurin, un pasteur protestant que Voltaire avait voulu réhabiliter malgré le consistoire. Pour l'édition originale, celle qu'il envoya sans doute à sa correspondante, il peut avoir supprimé ce passage qui lui aurait été désagréable, car elle aimait la jeune poésie allemande.

Page 133.

1. Voltaire condense ici, sous la forme d'une maxime, tout un passage de la *République* de Platon (475c) [VDH].

Page 135.

1. Petit détail de couleur locale; Voltaire n'oublie pas que la scène se passe à Venise.

Page 136.

1. Achmet III fut sultan de Turquie de 1703 à 1730. Détrôné par les janissaires, il mourut en 1736 [VDH].

2. Ivan VI Antonovitch, tsar de Russie en 1740 (peu après sa naissance), fut détrôné en décembre 1741 au profit d'Élisabeth, fille de Pierre le Grand. Exilé, il fut emprisonné et condamné à mort sous Catherine II [VDH]. On a vu que les affaires de la cour de Russie avaient été un des sujets des conversations de Bückeburg; le destin d'Ivan avait été spécialement évoqué. Comme le note Meister dans ses Mémoires: «M. de Voltaire le compara au prétendant [cf. note suivante] à l'occasion duquel il fit des réflexions sur les chutes tragiques de plusieurs princes et princesses de la maison de Stuart.»

3. Charles-Édouard (1720-1788), dit «le jeune prétendant», fils de Jacques III Stuart et petit-fils de Jacques II. Il essaya vainement de reprendre le trône d'Angleterre en 1745, à la faveur de la guerre anglo-française; son père Jacques III, qui avait renoncé à ses droits en sa faveur, mourut à Rome en 1766 [VDH].

4. Le «roi des Polaques» est Auguste III, électeur de Saxe et roi de Pologne, qui fut chassé de ses États héréditaires en 1756 par Frédéric. Sa femme, une princesse française, prisonnière des Prussiens, mourut de chagrin [VDH].

Page 137.

1. Il s'agit de Stanislas Leszcynski; élu roi de Pologne en 1704, il fut détrôné en 1709. Sa fille Marie Leszcynska épousa Louis XV en 1725; il tenta de recouvrer son royaume en 1733, et reçut en compensation la Lorraine à titre personnel en 1738 [VDH]. Il mourut en 1766; remarquer l'éloge appuyé qu'en fait Voltaire, qui à l'époque avait envisagé la possibilité de s'établir en Lorraine, à Champigneulles.

2. Le baron Théodore, aventurier au service de la Suède, puis résident de Charles VI, empereur d'Autriche, à Florence. Il aida les Corses révoltés contre Gênes, et fut proclamé plusieurs fois roi de Corse. Il fut emprisonné quelques années pour dettes en Angleterre, où il mourut en 1756 [VDH].

3. Tout l'effet de la phrase est dans ce dernier terme, et *qui le donne*. C'est encore un exemple du procédé appelé le «fusil à deux coups» déjà signalé (voir p. 45, n. 3).

Page 138.

1. Une des trouvailles de style voltairiennes. Elle consiste dans une «alliance de mots», qu'on a parfois appelé une «dénivellation». Le procédé apparaît ici sous une forme typique, puisque l'un des deux termes suggère la plus haute des grandeurs humaines, et l'autre une bassesse humiliée.

Page 139.

1. Encore un personnage historique bien connu des contemporains, bien qu'il fût mort depuis assez longtemps. François Ragotski (1676-1735), prince de Transylvanie, s'était réfugié à Paris en 1713. Pour subsister il avait ouvert une table de jeu: elle se tenait à l'hôtel de Transylvanie, dont il est fait mention dans *Manon Lescaut*. Il repartit pour la Turquie en 1717. Avec l'appui des Turcs, il tenta encore de soulever les Hongrois contre l'Empereur. Il se retira finalement sur les bords de la «Propontide», ou mer de Marmara [VDH].

2. L'itinéraire rappelle celui de la vieille au chap. XII, p. 63-64.

Page 140.

1. Non pas les Dardanelles, à l'ouest de la mer de Marmara, mais le Bosphore, qui donne accès à cette mer de Marmara à la mer Noire.

2. Le *levanti patron* est le «maître» d'une galère turque.

Page 141.

1. Il faut donc comprendre que la galère a été affrétée à Constantinople, ce qui n'a pas été précisé. La navigation des voyageurs n'est à vrai dire pas très claire.

Page 142.

1. Alors que Pangloss manifeste avec sensibilité sa reconnaissance, on a ici un autre trait du grand seigneur selon Voltaire (voir l'allusion au duc de Richelieu au chapitre XIII, p. 67, n. 2): la promesse de rendre l'argent qu'on a donné pour lui le dispense de reconnaissance, et il ne rendra jamais l'argent.

Page 143.

1. Les *icoglans* sont les pages du sérail.

2. Le *cadi* est un juge musulman chargé notamment des affaires de police.

Page 145.

1. L'*iman* ou plutôt *imam* est un prêtre musulman. Mais il y a ici un anachronisme volontaire: les dévotes musulmanes ne sont pas admises à l'intérieur des mosquées, même pour y dire des «patenôtres».

2. Oreille d'ours: on se doute que cette fleur printanière *(primavera auricula)* est choisie plutôt pour son nom que pour le velouté de ses couleurs ou sa précocité.

3. C'est la seconde fois que la lubricité de Pangloss est signalée (cf. chap. I), de même que les goûts du baron l'ont été aussi pour la seconde fois (cf., à propos du père Croust, chap. XV).

4. L'insistance sur la banalité de ces mœurs (voir chap. XI) est un trait du roman.

Page 146.

1. Si les sentiments leibniziens de Pangloss, en l'occurrence sur l'harmonie préétablie, sont bien connus, c'est ici qu'il se déclare le plus nettement en faveur du cartésianisme. Le plein et la matière subtile sont en effet complémentaires dans la physique cartésienne : les tourbillons de matière subtile comblent le vide dont la nature a «horreur». Tenant de l'École, Pangloss ne peut que s'opposer au newtonianisme que Voltaire a exposé dans ses *Éléments de la philosophie de Newton* (1738) [VDH].

Page 148.

1. Dans ce genre de mariage, l'époux donne à l'épouse la main gauche au lieu de la droite pendant la bénédiction nuptiale, pour signifier qu'il ne donne pas son rang ni à sa femme ni aux enfants qui pourraient survenir. Mais l'expression s'employait aussi par plaisanterie pour désigner un concubinage.

2. Il s'agit en somme de compléter la cure d'humilité du baron.

Page 149.

1. Cacambo est excédé de fatigue parce qu'il est apparemment le seul à travailler, alors que Candide, Pangloss et Martin discutent. C'est à cette situation que Candide va mettre fin.

2. Le rêve du docteur Pangloss n'était pas sans rapport avec celui de Meister, qui avait composé, entre autres ouvrages, un *Traité de religion (Religionstraktat)* ; voir p. 175-176. C'est en tout cas lui qui caractérise mieux la situation sociale que lui prête Voltaire.

3. Les *effendis* sont de hauts personnages du sérail. De nos jours, accolé au nom d'une personne, *effendi* est un simple titre de politesse. Les *bachas* ou *pachas* sont des gouverneurs de provinces [VDH]. On a déjà rencontré les *cadis* (chap. XXVIII, p. 143, n. 2).

4. Le détail est exact : ces têtes empaillées étaient exposées au portail du vieux palais, dans des niches disposées à cet effet. Mais l'effet tient surtout au choc des deux mots «proprement empaillées» ; cf. chap. XXVII, p. 138, n. 1.

Page 150.

1. Cette condamnation tardive des «principes» de Martin surprend un peu. Son tort est de tirer un «principe» d'observations partiales et incomplètes.

2. L'apostasie d'un moine fait partie des «scies» de Voltaire. Celle de Giroflée doit être motivée par la rancune envers son ordre.

3. Les derviches sont des religieux musulmans groupés en communautés.

Page 151.

1. Les *vizirs du banc* sont les ministres admis au conseil du Grand Seigneur, le *banc*. Le grand muphti de Constantinople est le chef spirituel de la communauté musulmane.

Page 152.

1. Le kaïmac est une sorte de fromage fait de la peau du lait bouilli.

Page 153.

1. Ces souvenirs bibliques proviennent des lectures de Don Calmet que Voltaire a faites à Berlin, puis à l'abbaye de Senones (*Histoire de l'Ancien Testament*, 1718, *Dictionnaire de la Bible*, 1720-1721). On peut relever dans le *Dictionnaire de la Bible* des passages comme le suivant : «Aod, roi des Maobites, tua Églon» (Juges, III, 15) ; «Absalon fut percé de trois dards» (II Samuel, XVIII, 14) [VDH].

2. Sur les différentes significations figurées de cette formule, voir la préface, p. 21-23.

3. Genèse, II, 15. Le texte de la Vulgate porte : *Tulit ergo Dominus hominem et posuit eum in paradiso voluptatis, ut operaretur et custodiret illum*, «Le seigneur porta l'homme dans le jardin de délices *pour le cultiver* et le garder». Ceci se passe avant la chute. Comme le remarque Voltaire dans un carnet de notes conservé, «donc l'homme est né pour le travail», et «dont le travail n'est point un châtiment». Ce n'est qu'après la chute (Genèse, III, 17) que la terre est maudite et ne produit plus que par les «travaux» *(laboribus)*.

Page 154.

1. Encore un effet de «dénivellation», ici entre les causes et l'effet. Un second effet est obtenu par l'opposition entre le discours en forme de Pangloss et la réponse de Candide, qui résume toute la signification du roman.

Avant-propos 7

«La leçon de Candide*», préface de Frédéric*
Deloffre 11

CANDIDE OU L'OPTIMISME

 I. Comment Candide fut élevé dans un beau
 château, et comment il fut chassé d'icelui 27

 II. Ce que devint Candide parmi les Bulgares 30

 III. Comment Candide se sauva d'entre les
 Bulgares, et ce qu'il devint 33

 IV. Comment Candide rencontra son ancien
 maître de philosophie, le docteur Pangloss,
 et ce qui en advint 36

 V. Tempête, naufrage, tremblement de terre,
 et ce qui advint du docteur Pangloss, de
 Candide et de l'anabaptiste Jacques 40

 VI. Comment on fit un bel auto-da-fé pour
 empêcher les tremblements de terre, et
 comment Candide fut fessé 44

VII. Comment une vieille prit soin de Candide,
 et comment il retrouva ce qu'il aimait 46

VIII. Histoire de Cunégonde 48

 IX. Ce qui advint de Cunégonde, de Can-
 dide, du grand Inquisiteur et d'un Juif 52

 X. Dans quelle détresse Candide, Cuné-
 gonde et la vieille arrivent à Cadix, et
 de leur embarquement 55

 XI. Histoire de la vieille 57

 XII. Suite des malheurs de la vieille 62

XIII. Comment Candide fut obigé de se sépa-
 rer de la belle Cunégonde et de la vieille 66

 XIV. Comment Candide et Cacambo furent
 reçus chez les jésuites du Paraguay 70

 XV. Comment Candide tua le frère de sa
 chère Cunégonde 74

 XVI. Ce qui advint aux deux voyageurs avec
 deux filles, deux singes et les sauvages
 nommés Oreillons 77

XVII. Arrivée de Candide et de son valet au
 pays d'Eldorado, et ce qu'ils y virent 82

XVIII. Ce qu'ils virent dans le pays d'Eldorado 87

 XIX. Ce qui leur arriva à Surinam, et com-
 ment Candide fit connaissance avec
 Martin 94

 XX. Ce qui arriva sur mer à Candide et à
 Martin 100

 XXI. Candide et Martin approchent des côtes
 de France et raisonnent 104

XXII. Ce qui arriva en France à Candide et à
 Martin 106

XXIII. Candide et Martin vont sur les côtes
 d'Angleterre ; ce qu'ils y voient 119

XXIV. De Paquette et de frère Giroflée 121

 XXV. Visite chez le seigneur Pococuranté,
 noble vénitien 127

Table 261

XXVI. D'un souper que Candide et Martin firent avec six étrangers, et qui ils étaient ... 134

XXVII. Voyage de Candide à Constantinople ... 138

XXVIII. Ce qui arriva à Candide, à Cunégonde, à Pangloss, à Martin, etc. ... 143

XXIX. Comment Candide retrouva Cunégonde et la vieille ... 146

XXX. Conclusion ... 148

Postface: «Un nouveau regard sur *Candide*»

I. Prélude à *Candide* ... 157

II. Genèse de *Candide* ... 167

 Le personnage de Candide ... 196

Dossier:

Chronologie relative à *Candide* ... 203

Le texte ... 207

Appendices:

 1. Deux lettres au sujet de *Candide* ... 209

 2. Le texte du chapitre XXII ... 213

Autoportrait de Johann-Heinrich Meister ... 216

Bibliographie ... 217

Notes ... 221

DU MÊME AUTEUR

Dans la même collection

ROMANS ET CONTES, *tome I* : Le Crocheteur borgne. Cosi-Sancta. Songe de Platon. Micromégas. Le Monde comme il va. Zadig ou la Destinée. Memnon ou la Sagesse humaine. Lettre d'un Turc. Histoire des voyages de Scarmentado. Les Deux Consolés. Histoire d'un bon bramin. Pot-pourri. Le Blanc et le Noir. Jeannot et Colin. Petite digression. Aventure indienne. L'Ingénu. La Princesse de Babylone. *Édition présentée et établie par Frédéric Deloffre avec la collaboration de Jacques Van den Heuvel et Jacqueline Hellegouarc'h.*

ROMANS ET CONTES, *tome II* : Candide ou l'Optimisme. L'Homme aux quarante écus. Les Lettres d'Amabed, etc. Le Taureau blanc. Aventure de la Mémoire. Éloge historique de la Raison. Les Oreilles du comte de Chesterfield et le chapelain Goudman. Histoire de Jenni ou le Sage et l'Athée. *Postface de Roland Barthes. Éditions établie par Frédéric Deloffre avec la collaboration de Jacques Van den Heuvel et Jacqueline Hellegouarc'h.*

L'AFFAIRE CALAS et autres affaires : Traité sur la Tolérance. L'Affaire Sirven. Commentaire sur le Livre des délits et des peines de Beccaria. L'Affaire Lally. L'Affaire du chevalier de la Barre. *Édition présentée et établie par Jacques Van den Heuvel.*

LETTRES PHILOSOPHIQUES (LETTRES ANGLAISES). *Édition présentée et établie par Frédéric Deloffre.*

DICTIONNAIRE PHILOSOPHIQUE. *Édition présentée et établie par Alain Pons.*

ZADIG OU LA DESTINÉE. *Édition présentée par Jacques Van den Heuvel. Texte établi par Frédéric Deloffre.*

MICROMÉGAS *suivi de* L'INGÉNU. *Édition présentée par Jacques Van den Heuvel. Texte établi par Frédéric Deloffre.*

COLLECTION FOLIO

Dernières parutions

4711. Flora Tristan — *Promenades dans Londres.*
4712. Mario Vargas Llosa — *Tours et détours de la vilaine fille.*
4713. Camille Laurens — *Philippe.*
4714. John Cheever — *The Wapshot.*
4715. Paule Constant — *La bête à chagrin.*
4716. Erri De Luca — *Pas ici, pas maintenant.*
4717. Éric Fottorino — *Nordeste.*
4718. Pierre Guyotat — *Ashby* suivi de *Sur un cheval.*
4719. Régis Jauffret — *Microfictions.*
4720. Javier Marías — *Un cœur si blanc.*
4721. Irène Némirovsky — *Chaleur du sang.*
4722. Anne Wiazemsky — *Jeune fille.*
4723. Julie Wolkenstein — *Happy End.*
4724. Lian Hearn — *Le vol du héron. Le Clan des Otori, IV.*
4725. Madame d'Aulnoy — *Contes de fées.*
4726. Collectif — *Mai 68, Le Débat.*
4727. Antoine Bello — *Les falsificateurs.*
4728. Jeanne Benameur — *Présent?*
4729. Olivier Cadiot — *Retour définitif et durable de l'être aimé.*
4730. Arnaud Cathrine — *La disparition de Richard Taylor.*
4731. Maryse Condé — *Victoire, les saveurs et les mots.*
4732. Penelope Fitzgerald — *L'affaire Lolita.*
4733. Jean-Paul Kauffmann — *La maison du retour.*
4734. Dominique Mainard — *Le ciel des chevaux.*
4735. Marie Ndiaye — *Mon cœur à l'étroit.*
4736. Jean-Christophe Rufin — *Le parfum d'Adam.*
4737. Joseph Conrad — *Le retour.*
4738. Roald Dahl — *Le chien de Claude.*
4739. Fédor Dostoïevski — *La femme d'un autre et le mari sous le lit.*

4740. Ernest Hemingway — *La capitale du monde* suivi de *L'heure triomphale de Francis Macomber.*

4741. H. P. Lovecraft — *Celui qui chuchotait dans les ténèbres.*

4742. Gérard de Nerval — *Pandora* et autres nouvelles.

4743. Juan Carlos Onetti — *À une tombe anonyme.*

4744. R. L. Stevenson — *La Chaussée des Merry Men.*

4745. H. D. Thoreau — *« Je vivais seul, dans les bois ».*

4746. Michel Tournier — *L'aire du Muguet* précédé de *La jeune fille et la mort.*

4747. Léon Tolstoï — *La Tempête de neige* et autres récits.

4748. Tonino Benacquista — *Le serrurier volant.*

4749. Bernard du Boucheron — *Chien des os.*

4750. William S. Burroughs — *Junky.*

4751. Françoise Chandernagor — *La voyageuse de nuit.*

4752. Philippe Delerm — *La tranchée d'Arenberg et autres voluptés sportives.*

4753. Franz-Olivier Giesbert — *L'affreux.*

4754. Andrea Levy — *Hortense et Queenie.*

4755. Héléna Marienské — *Rhésus.*

4756. Per Petterson — *Pas facile de voler des chevaux.*

4757. Zeruya Shalev — *Thèra.*

4758. Philippe Djian — *Mise en bouche.*

4759. Diane de Margerie — *L'Étranglée.*

4760. Joseph Conrad — *Le Miroir de la mer.*

4761. Saint Augustin — *Confessions. Livre X.*

4762. René Belletto — *Ville de la peur.*

4763. Bernard Chapuis — *Vieux garçon.*

4764. Charles Julliet — *Au pays du long nuage blanc.*

4765. Patrick Lapeyre — *La lenteur de l'avenir.*

4766. Richard Millet — *Le chant des adolescentes.*

4767. Richard Millet — *Cœur blanc.*

4768. Martin Amis — *Chien Jaune.*

4769. Antoine Bello — *Éloge de la pièce manquante.*

4770. Emmanuel Carrère — *Bravoure.*

4771. Emmanuel Carrère — *Un roman russe.*

4772. Tracy Chevalier — *L'innocence.*

4773. Sous la direction d'Alain Finkielkraut — *Qu'est-ce que la France ?*

4774. Benoît Duteurtre — *Chemins de fer.*
4775. Philippe Forest — *Tous les enfants sauf un.*
4776. Valentine Goby — *L'échappée.*
4777. Régis Jauffret — *L'enfance est un rêve d'enfant.*
4778. David McNeil — *Angie ou les douze mesures d'un blues.*
4779. Grégoire Polet — *Excusez les fautes du copiste.*
4780. Zoé Valdés — *L'éternité de l'instant.*
4781. Collectif — *Sur le zinc. Au café avec les écrivains.*
4782. Francis Scott Fitzgerald — *L'étrange histoire de Benjamin Button* suivi de *La lie du bonheur.*
4783. Lao She — *Le nouvel inspecteur* suivi de *Le croissant de lune.*
4784. Guy de Maupassant — *Apparition et autres contes de l'étrange.*
4785. D. A. F. de Sade — *Eugénie de Franval.*
4786. Patrick Amine — *Petit éloge de la colère.*
4787. Élisabeth Barillé — *Petit éloge du sensible.*
4788. Didier Daeninckx — *Petit éloge des faits divers.*
4789. Nathalie Kuperman — *Petit éloge de la haine.*
4790. Marcel Proust — *La fin de la jalousie.*
4791. Friedrich Nietzsche — *Lettres choisies.*
4792. Alexandre Dumas — *La Dame de Monsoreau.*
4793. Julian Barnes — *Arthur & George.*
4794. François Bégaudeau — *Jouer juste.*
4795. Olivier Bleys — *Semper Augustus.*
4796. Éric Fottorino — *Baisers de cinéma.*
4797. Jens Christian Grøndahl — *Piazza Bucarest.*
4798. Orhan Pamuk — *Istanbul.*
4799. J.-B. Pontalis — *Elles.*
4800. Jean Rolin — *L'explosion de la durite.*
4801. Willy Ronis — *Ce jour-là.*
4802. Ludovic Roubaudi — *Les chiens écrasés.*
4803. Gilbert Sinoué — *Le colonel et l'enfant-roi.*
4804. Philippe Sollers — *L'évangile de Nietzsche.*
4805. François Sureau — *L'obéissance.*
4806. Montesquieu — *Considérations sur les causes de la grandeur des Romains et de leur décadence.*

4807. Collectif — *Des nouvelles de McSweeney's.*
4808. J. G. Ballard — *Que notre règne arrive.*
4809. Erri De Luca — *Sur la trace de Nives.*
4810. René Frégni — *Maudit le jour.*
4811. François Gantheret — *Les corps perdus.*
4812. Nikos Kavvadias — *Le quart.*
4813. Claudio Magris — *À l'aveugle.*
4814. Ludmila Oulitskaïa — *Mensonges de femmes.*
4815. Arto Paasilinna — *Le bestial serviteur du pasteur Huuskonen.*
4816. Alix de Saint-André — *Il n'y a pas de grandes personnes.*
4817. Dai Sijie — *Par une nuit où la lune ne s'est pas levée.*
4818. Antonio Tabucchi — *Piazza d'Italia.*
4819. Collectif — *Les guerres puniques.*
4820. Patrick Declerck — *Garanti sans moraline.*
4821. Isabelle Jarry — *Millefeuille de onze ans.*
4822. Joseph Kessel — *Ami, entends-tu...*
4823. Clara Sánchez — *Un million de lumières.*
4824. Denis Tillinac — *Je nous revois...*
4825. George Sand — *Elle et Lui.*
4826. Nina Bouraoui — *Avant les hommes.*
4827. John Cheever — *Les lumières de Bullet Park.*
4828. Didier Daeninckx — *La mort en dédicace.*
4829. Philippe Forest — *Le nouvel amour.*
4830. André Gorz — *Lettre à D.*
4831. Shirley Hazzard — *Le passage de Vénus.*
4832. Vénus Khoury-Ghata — *Sept pierres pour la femme adultère.*
4833. Danielle Mitterrand — *Le livre de ma mémoire.*
4834. Patrick Modiano — *Dans le café de la jeunesse perdue.*
4835. Marisha Pessl — *La physique des catastrophes.*
4837. Joy Sorman — *Du bruit.*
4838. Brina Svit — *Coco Dias ou La Porte Dorée.*
4839. Julian Barnes — *À jamais et autres nouvelles.*
4840. John Cheever — *Une Américaine instruite* suivi de *Adieu, mon frère.*
4841. Collectif — *«Que je vous aime, que je t'aime !»*

4842. André Gide — *Souvenirs de la cour d'assises.*
4843. Jean Giono — *Notes sur l'affaire Dominici.*
4844. Jean de La Fontaine — *Comment l'esprit vient aux filles.*
4845. Yukio Mishima — *Papillon* suivi de *La lionne.*
4846. John Steinbeck — *Le meurtre* et autres nouvelles.
4847. Anton Tchékhov — *Un royaume de femmes* suivi de *De l'amour.*
4848. Voltaire — *L'Affaire du chevalier de La Barre* précédé de *L'Affaire Lally.*
4849. Victor Hugo — *Notre-Dame de Paris.*
4850. Françoise Chandernagor — *La première épouse.*
4851. Collectif — *L'œil de La NRF.*
4852. Marie Darrieussecq — *Tom est mort.*
4853. Vincent Delecroix — *La chaussure sur le toit.*
4854. Ananda Devi — *Indian Tango.*
4855. Hans Fallada — *Quoi de neuf, petit homme ?*
4856. Éric Fottorino — *Un territoire fragile.*
4857. Yannick Haenel — *Cercle.*
4858. Pierre Péju — *Cœur de pierre.*
4859. Knud Romer — *Cochon d'Allemand.*
4860. Philip Roth — *Un homme.*
4861. François Taillandier — *Il n'y a personne dans les tombes.*
4862. Kazuo Ishiguro — *Un artiste du monde flottant.*
4863. Christian Bobin — *La dame blanche.*
4864. Sous la direction d'Alain Finkielkraut — *La querelle de l'école.*
4865. Chahdortt Djavann — *Autoportrait de l'autre.*
4866. Laura Esquivel — *Chocolat amer.*
4867. Gilles Leroy — *Alabama Song.*
4868. Gilles Leroy — *Les jardins publics.*
4869. Michèle Lesbre — *Le canapé rouge.*
4870. Carole Martinez — *Le cœur cousu.*
4871. Sergio Pitol — *La vie conjugale.*
4872. Juan Rulfo — *Pedro Páramo.*
4873. Zadie Smith — *De la beauté.*
4874. Philippe Sollers — *Un vrai roman. Mémoires.*
4875. Marie d'Agoult — *Premières années.*
4876. Madame de Lafayette — *Histoire de la princesse de Montpensier* et autres nouvelles.

4877. Madame Riccoboni — *Histoire de M. le marquis de Cressy.*

4878. Madame de Sévigné — *« Je vous écris tous les jours... »*

4879. Madame de Staël — *Trois nouvelles.*

4880. Sophie Chauveau — *L'obsession Vinci.*

4881. Harriet Scott Chessman — *Lydia Cassatt lisant le journal du matin.*

4882. Raphaël Confiant — *Case à Chine.*

4883. Benedetta Craveri — *Reines et favorites.*

4884. Erri De Luca — *Au nom de la mère.*

4885. Pierre Dubois — *Les contes de crimes.*

4886. Paula Fox — *Côte ouest.*

4887. Amir Gutfreund — *Les gens indispensables ne meurent jamais.*

4888. Pierre Guyotat — *Formation.*

4889. Marie-Dominique Lelièvre — *Sagan à toute allure.*

4890. Olivia Rosenthal — *On n'est pas là pour disparaître.*

4891. Laurence Schifano — *Visconti.*

4892. Daniel Pennac — *Chagrin d'école.*

4893. Michel de Montaigne — *Essais I.*

4894. Michel de Montaigne — *Essais II.*

4895. Michel de Montaigne — *Essais III.*

4896. Paul Morand — *L'allure de Chanel.*

4897. Pierre Assouline — *Le portrait.*

4898. Nicolas Bouvier — *Le vide et le plein.*

4899. Patrick Chamoiseau — *Un dimanche au cachot.*

4900. David Fauquemberg — *Nullarbor.*

4901. Olivier Germain-Thomas — *Le Bénarès-Kyôto.*

4902. Dominique Mainard — *Je voudrais tant que tu te souviennes.*

4903. Dan O'Brien — *Les bisons de Broken Heart.*

4904. Grégoire Polet — *Leurs vies éclatantes.*

4905. Jean-Christophe Rufin — *Un léopard sur le garrot.*

4906. Gilbert Sinoué — *La Dame à la lampe.*

4907. Nathacha Appanah — *La noce d'Anna.*

4908. Joyce Carol Oates — *Sexy.*

4909. Nicolas Fargues — *Beau rôle.*

4910. Jane Austen — *Le Cœur et la Raison.*

4911. Karen Blixen — *Saison à Copenhague.*

4912. Julio Cortázar — *La porte condamnée* et autres nouvelles fantastiques.

4913. Mircea Eliade — *Incognito à Buchenwald...* précédé de *Adieu!...*

4914. Romain Gary — *Les trésors de la mer Rouge.*

4915. Aldous Huxley — *Le jeune Archimède* précédé de *Les Claxton.*

4916. Régis Jauffret — *Ce que c'est que l'amour* et autres microfictions.

4917. Joseph Kessel — *Une balle perdue.*

4918. Lie-tseu — *Sur le destin* et autres textes.

4919. Junichirô Tanizaki — *Le pont flottant des songes.*

4920. Oscar Wilde — *Le portrait de Mr. W. H.*

4921. Vassilis Alexakis — *Ap. J.-C.*

4922. Alessandro Baricco — *Cette histoire-là.*

4923. Tahar Ben Jelloun — *Sur ma mère.*

4924. Antoni Casas Ros — *Le théorème d'Almodóvar.*

4925. Guy Goffette — *L'autre Verlaine.*

4926. Céline Minard — *Le dernier monde.*

4927. Kate O'Riordan — *Le garçon dans la lune.*

4928. Yves Pagès — *Le soi-disant.*

4929. Judith Perrignon — *C'était mon frère...*

4930. Danièle Sallenave — *Castor de guerre*

4931. Kazuo Ishiguro — *La lumière pâle sur les collines.*

4932. Lian Hearn — *Le Fil du destin. Le Clan des Otori.*

4933. Martin Amis — *London Fields.*

4934. Jules Verne — *Le Tour du monde en quatre-vingts jours.*

4935. Harry Crews — *Des mules et des hommes.*

4936. René Belletto — *Créature.*

4937. Benoît Duteurtre — *Les malentendus.*

4938. Patrick Lapeyre — *Ludo et compagnie.*

4939. Muriel Barbery — *L'élégance du hérisson.*

4940. Melvin Burgess — *Junk.*

4941. Vincent Delecroix — *Ce qui est perdu.*

4942. Philippe Delerm — *Maintenant, foutez-moi la paix!*

4943. Alain-Fournier — *Le grand Meaulnes.*

4944. Jerôme Garcin — *Son excellence, monsieur mon ami.*

4945. Marie-Hélène Lafon — *Les derniers Indiens.*

*Impression Novoprint
à Barcelone, le 10 février 2010
Dépôt légal : février 2010
Premier dépôt légal dans la collection : juin 2003*

ISBN 978-2-07-038906-3./Imprimé en Espagne.

174536